招財進寶

3

文創風 260

天然宅 著

目錄

第六十一章　情敵出現

聞風書院是十天休息一天，很快就迎來了林實入學後的第一個休息日。林實是頭天晚上回來的，第二天一早，林實本來打算去冬寶家看看的，今天書院休沐，冬寶一定在家裡。只是沒等他出門，家裡就來了客人。

「大實，你擱家呢？」來人笑道，親熱地拉著大實的胳膊上下打量，對秋霞嬸子說道：「長高了，也瘦了，唸書累的了。」

林大姑帶著自己的兒子和女兒過來了，女兒田妮兒手裡拎了一包點心和一包紅糖，兒子田毛兒懷裡還抱著一隻大公雞。

「來就來吧，還帶啥東西！」秋霞嬸子笑道。「這雞妳帶回去，給田妮兒燉了吃。」

田妮兒笑道：「我娘特意給大實哥逮的雞，說大實哥唸書辛苦了，要給大實哥補補身子。」

林實去聞風書院唸書的事並不是什麼秘密，林大姑打聽到今天書院休沐，就帶著兒子、女兒過來了。

田毛兒這回來不像以前那樣拉著全子跑出去瘋玩，而是好奇地纏著林實問東問西。

林實性子好，笑著一一作答了。

「去！」田妮兒看不慣他一個勁兒地纏著林實。「表哥好不容易回家一趟，淨聽你瞎咋呼了。」

等到快做飯的時候，林大姑和田妮兒去灶房幫秋霞嬸子了，林實終於鬆了口氣，先去砍了一大捆柴火，再去了冬寶家。

冬寶剛燒了一鍋水，正準備在院子裡洗頭，李氏他們去鎮上了，一家人就數她最小，要她在家好好歇一天。

趴在地上的小黑聽到了林實的腳步聲，立刻興奮地叫了起來，來回跳躍著，要不是脖子上拴著繩子，指不定就要衝出去了。

「寶兒，是我！」林實在外頭喊道。

冬寶趕緊跑去開門了，看到林實扛著一大捆柴火站在門口，有些過意不去，笑道：「家裡有柴火，大實哥你好不容易休息一天的。」

林實笑了笑。「順手的事。」

放下柴火後，林實走到了興奮的小黑跟前，摸了摸小黑的腦袋，小黑抱著林實的腿嗚嗚地叫，拚命地搖著小尾巴。

「小黑真是沒良心！」冬寶抱怨道，眼紅得很。「我天天好吃好喝地餵著牠，牠見我也沒這麼親。」

林實笑道：「那不一樣，你們倆天天見面，小黑可好長時間沒見到我了。」

林實洗了洗手，就來幫冬寶洗頭，冬寶坐在矮凳上，林實彎腰站在她背後，舀了桶裡的熱水慢慢地澆在冬寶的長髮上，又揉了皂角在冬寶頭上。

冬寶的頭髮沾濕了水，在陽光下顯得黑亮黑亮的，十分好看。

「妳的頭髮比以前黑多了。」林實笑道。

一說到這個，冬寶就驕傲了，一邊揉頭髮一邊笑道：「我娘她們都這麼說，還說我比以前白了。」

不光是她，李氏現在也比以前好看多了。營養好了，頭髮自然就黑了，皮膚也嫩了，早晚跟塊嫩豆腐一樣。

兩人輕聲慢語地聊著，林實說起了學堂的事，提起了那個經常來冬寶這裡買菜的中年瘸子。

「柳夫子可不是什麼雜工。」林實笑道。「據說他是進士，殿試的時候被皇上欽點為探花。」

冬寶詫異不已。「你怎麼知道？」

探花耶，多厲害的人物啊！譬如小李探花，不但人長得俊，還會使飛刀啥的……

「我聽柳夫子說的。」林實笑道。

冬寶頓時就笑出了聲，自己吹的吧！

「我覺得是真的。」林實認真地說道。「柳夫子說話、行事跟一般人不一樣，而且他琴棋書畫樣樣都精，我向他請教過學問，覺得他挺厲害的。」

冬寶點頭道：「那倒是。」柳夫子給人的感覺挺好，那份幽默睿智就超出別人一大截。又問道：「你向他請教過學問？」

「是啊，我比其他同學基礎都差，柳夫子也不嫌我煩，不過他不讓我叫他夫子，還稱呼我為小友，說要和我共同學習進步。」林實笑道。

「柳夫子對你這麼好啊！」冬寶笑道。「那以後我做了啥好吃的，給柳夫子也捎一份。」

林實起身舀水幫冬寶沖洗頭髮，冬寶就是一個簡單又溫暖的女孩，恩怨分明，誰對她好，她就對誰好。

冬寶沖乾淨了頭髮後，拿帕子擦著，林實陪著冬寶坐在院子裡晾頭髮，難得有如此靜好寧謐的相處時光，只盼著時間能過得再慢一點。

因為林實在，冬寶家的院門並沒關，這時，一個女孩站在門口張望了一下，看到林實後高興地走了進來，對林實說道——

「大實哥，你咋在這兒哩？我找你好久了！」

來人十二、三歲，圓盤臉，濃眉大眼，黑亮的頭髮在腦後編成了一根烏油油的大辮子。

「啥事啊？」林實問道，對冬寶笑道：「這是我大姑家的閨女，田妮兒。」又對田妮兒說道：「這是冬寶，比妳小兩歲。」

冬寶給田妮兒搬了個凳子，熱情地說道：「田妮兒姊，妳坐！」

田妮兒沒接板凳，掃了眼破敗的小院，最後目光鎖定到了在她腳邊撒歡的小黑身上，驚喜地抱起了油光水滑的小黑，上看下看了半天，最後不確定地問林實。「哥，這是你從我家抱走的小黑狗吧？」

「是啊！」林實笑道。

田妮兒放下了小黑，看了眼冬寶，心裡頭就有點不舒坦，嘟著嘴說道：「抱狗的時候你可沒說是給別人家抱的狗。我還以為是你要養狗，才捨得把這小黑狗兒送你的。」

冬寶皺了皺眉頭，吹了聲口哨，喊道：「小黑，過來！」

小黑立刻衝了過來，搖著尾巴，吐著舌頭，乖乖地蹲到了冬寶的跟前，任由冬寶撓著牠的下巴，閉著眼睛享受得直嗚嗚。

其實十二歲的田妮兒還是個小丫頭片子，冬寶犯不著跟她計較，只不過牽扯到了林實，那就抱歉了。本姑娘的未婚夫可不許任何人覬覦的！本著有萌芽便要扼殺在搖籃裡的方針，寧可錯殺一千，絕不可放過一個。

冬寶笑咪咪地摸著小黑的頭，說道：「不管以前是誰家的，現在就是我的了。」

比起牙尖嘴利、指桑罵槐，田妮兒遠不是冬寶的對手，被冬寶一句話堵得心窩子都疼了。

田妮兒不高興地看著林實，說道：「你趕緊跟我回家，飯都做好了，就等你回家吃飯哩！」

今天李氏等人中午不回來，林實想陪冬寶吃午飯，便搖頭說道：「妳回去跟我娘說一聲吧，冬寶家中午沒人，我在冬寶家吃飯，不回去吃了。」

田妮兒的臉脹得通紅，跺腳指著冬寶大聲說道：「她又不是一歲孩子，還要人餵的，我跟我娘難得來一趟！」田妮兒氣得轉身就走。

有什麼了不起！聽娘說，那丫頭是個天煞孤星命，剋死了自己的爹。然而，想起冬寶披散著黑髮坐在太陽下，白淨的臉、周正的眉眼，她又有點底氣不足，嘟嘟囔囔地說道：「也就長得還行！」可看著瘦瘦小小的，肯定不好生養。想到生養，田妮兒忍不住臉紅了。

林實追到了門口，看田妮兒一會兒氣得咬牙跺腳，一會兒又臉紅羞澀起來，鬧不明白她到底是怎樣，讓她先回去，便回了院子。

冬寶的頭髮也晾乾得差不多了，很高興林實這麼「體貼，懂做」，用手絹包了頭，便進了灶房做飯。冬寶炒菜，林實幫忙打下手燒鍋，等菜出鍋，燜在小鍋裡的米飯也好了。

「這也太多了。」林實看著滿滿一桌子菜笑道。

「吃不完的話你帶回家，給全子吃。」冬寶挾了一筷子粉蒸肉給林實。「你嚐嚐這個。」

「好吃！」林實笑道。「又軟又香，肥肉吃著也不膩。這是米？咋這麼小啊？」

冬寶笑道：「這是大米曬乾了磨成的粉，用調料和肉拌勻了，蒸出來的。你嚐嚐底下的南瓜，可也好吃了。」有了大灰在，磨米粉簡直是太容易了。

一頓飯，兩人都吃得很慢，珍惜難得的溫馨時光，你給我挾菜，我也給你挾菜。

林實家裡還有客人在，吃過飯後，林實就端著兩個菜碗回了林家。林實到家時，林大姑還沒走，林實先進灶房放下了碗，再進了堂屋。

田妮兒一看到林實，頓時覺得十分沒面子，立刻哼了一聲，扭過頭去。

林實面上掛著笑，心裡頭卻十分不耐煩，發現不管跟誰比，都是他的寶兒最好。雖然寶兒脾氣潑辣了點，但從來都是講理的，從不莫名其妙地發脾氣、使小性子。

林大姑此時看林實的目光也不如之前那麼親切熱烈了，簡單地說了幾句話，便帶著兒女告辭了。

送走了林大姑後，林實要跟著林老頭和全子下地拔草，林福心疼兒子讀書辛苦，要林實留家裡好好休息，被秋霞攔住了，笑道：「孩子想去就讓他去吧，省得養成宋家老三那德行。」

她看得出來，大實對於他花錢讀書這件事一直有著內疚，從昨晚回到家後手腳都不閒著，去冬寶家的時候還帶了砍刀，肯定又砍柴火送過去了。讓他幹活，他反而減輕了自己的心理負擔，更能全身心地去唸書了。

等林老頭笑呵呵地領著兩個孫子出門後，秋霞嬸子就臉色陰沈地關上了大門，拉著林福劈頭就說道：「今兒在灶房裡頭，他大姑非得把田妮兒說給大實！」

林福吃驚不已，隨後笑道：「妳跟她說，咱家已經跟秀才娘子家定下了。」這幾年有不少人上門打聽大兒子的親事，林福提起這事就覺得倍有面子，這說明兒子好啊！

「我說了。」秋霞嬸子十分不高興。「你妹子就拿話擠兌我，說啥我看上秀才娘子家如今掙了錢就巴上去，送兒子給人家當上門女婿。這還罷了，可她不該說人家冬寶是虎女，將來對大實不好，要剋……」秋霞嬸子氣得說不下去了。「我就跟她拌了幾句嘴。」

「她真這麼說？」林福也惱了。

秋霞嬸子白了他一眼。「你妹子啥樣人你不知道嗎？以前她咋不提這事？那是她看不上咱家。現在看大實唸書，要有出息了，她就動這個心了。光看這點，我就不能答應了。人家冬寶可從來沒挑剔過咱大實有沒有出息。」

林福想起今天妹子走的時候，和外甥女一樣，兩人都是臭著臉，想必以後也不會再提這個事了。

秋霞嬸子想到大兒子的反應，笑道：「我看大實早看出來了，要不為啥中午不在家吃哩？咱大實多懂禮的孩子啊，田妮兒去冬寶家喊他，他都不回來。」

林福摸著腦袋笑了起來，嘖嘖說道：「那小子面兒上不顯，實際上精得很。」

秋霞嬸子到了灶房，看到了林實帶回來的菜，喊了林福過來看，笑道：「這兒有兩個菜了，咱晚上再燉個冬瓜就夠吃了，又沾人家冬寶的光了。」

「兒媳婦給妳捎點菜，看把妳樂的。」林福打趣道：「等冬寶進了門，妳這當婆婆的可就享福了。」

秋霞嬸子哼了一聲，認真地說道：「就是冬寶進了門，我也不能啥都使喚她幹。」秋霞嫁進來的時候婆婆已經去了，公公又是個好說話的，她從來沒受過氣，但是有李氏的遭遇做對比，她對那些欺壓媳婦的惡婆婆是厭惡透頂。

冬寶在木器店訂做的桌子、凳子還有家具都在有條不紊地打造著，又請林實找了柳夫子題了「寶記」的字，拿去刻了匾額。

開店不同於擺攤，開業前要先去請財神。

所謂的請財神，做大買賣的都會請雕刻精美的財神像，點上香火供奉在大堂，而像冬寶家這樣做小生意的，只需要請一張財神的畫像。到賣這個的鋪子裡請財神的時候，不能問價錢，要給店家遠高於這張畫像價錢的錢，任由店家找錢，所以不叫「買」，而叫「請」。

冬寶按照梁子的指導，給了店家十個錢，店家看她是個小姑娘，漂亮嘴甜，便笑呵呵地找了七個錢回來，給她撚了一張彩印的財神像。

梁子笑道：「妳面子不小，人家可沒朝妳多要。」

冬寶笑嘻嘻地吐了吐舌頭，一張薄薄的彩紙就要三文錢，這還不算是多要？比她賣豆腐賺多了！

開業的日子是李氏找了算命先生問出來的，然而對於這個算命先生的專業性和準確性，冬寶一直持懷疑態度。

留著兩撇小鬍子的算命先生一臉認真嚴肅地翻著他手裡那本破得起了卷的書，由於書皮都沒了，冬寶沒看出來到底是什麼書。

「下個月的二十和二十九都是好日子。」算命先生最後得出了結論。

冬寶擺擺手，對李氏說道：「太晚了，咱換個人算吧。」

算命先生慌忙拉住了冬寶，賠笑道：「我再算算，這個月肯定還有好日子。」

李氏哭笑不得地看著冬寶，這丫頭主意越來越大了，前些日子給自己表姊說媒，現在又「威脅」起了算命先生。

「這個月二十八是好日子，就是後天。」算命先生笑道，指著那本破書上印得亂七八糟的字，唸道：「宜嫁娶，宜動土，這天開張，肯定生意興隆！」

冬寶滿意地點點頭，數出來十個錢，放到了算命先生的桌子上。

等李氏母女走後，算命先生撚著桌子上的銅板，覺得有這麼凶悍的小姑娘，基本上連門神都能省了。

第六十二章　寶記鋪子

鋪子開業那天，不光梁子帶著幾個衙役來祝賀了，嚴大人也帶著小旭早早地過來了，還給冬寶送了一掛一萬響的大紅鞭炮。

梁子引燃了鞭炮，噼哩啪啦的鞭炮聲頓時響徹了整條街，硝煙散去後，地上滿是炸開的紅彤彤的鞭炮紙，不少小孩子在門口揀著還未引燃的小鞭炮。

冬寶幾個人從屋裡搬出了桌子，將豆腐、豆芽，還有一大鍋豆花都搬了出來，冬寶朝圍觀的人笑道：「各位大叔、大嬸、大哥、大姊，今天是我們寶記豆腐頭一天開張，買兩碗豆花就送一斤豆芽，只今天上午半天，過期就沒有這便宜了。」

不等冬寶說完，嚴大人就拉著小旭進了鋪子，對李氏說道：「兩碗豆花、兩個粽子、一個餅子。」

冬寶連忙大聲地道了一句。「好嘞！大姨，給這位客人秤一斤豆芽，等客人吃完了飯帶上。」

梁子和幾個衙役也笑嘻嘻地跟在後頭進了屋，對張秀玉說道：「要五碗豆花、五個粽子，那兩斤豆芽我們就不要了，給我們換兩個餅子成不？」

張秀玉紅著臉應了一聲，就開始盛豆花。

冬寶笑咪咪地看著。矮油～～未來的小表姊夫公開「調戲」小表姊喲！

不一會兒，鋪子裡就坐滿了。李氏也拜託了耿婆子和老陳，如果有人跟他們打聽豆花攤子怎麼沒出來，煩勞他們把鋪子的方向指給客人。

寶記之前的名聲就不錯，今天又是新鋪子頭一天開張，幾個人都忙得腳不沾地，恨不得一個人分成兩個人用。

「這不是秀才嫂子嘛！」門口有人驚訝地喊道。

李氏聽到聲音後抬頭看過去，就看到單強背著手站在那裡，臉上掛滿了笑容。

李氏淡淡地應了一聲，並沒有和單強說話的意思。雖然過去的事情已經過去了，她們熬過了最艱難的日子，然而這不代表李氏是個好了傷疤便忘了疼的人。

單強是循著鞭炮聲過來的，尋常鋪子開業，不過是放個三千響的鞭炮，而這次聽到的鞭炮聲，聲音響亮，久久沒有停歇，顯然是一萬響的長鞭，不知道今天有哪家大鋪子開張，便走出來看看，卻驚訝地發現是李氏開的店。

如果他沒記錯，今年清明時，這女人還帶著她的那個「虎女」閨女跟兩個乞丐一樣地到他家。第二次看到李氏母女，是在端午節前，那時候的李氏母女穿的已經不是帶補丁的衣裳了，還買了不少大米、白麵。第三次見面，距離上次碰到李氏，還不到一個月工夫，她們居然已經買了這個鋪子！

「嫂子，妳這是發財了啊！看這生意好的，我那幾個鋪子加起來都比不上。」單強試探地問道：「這鋪子買下來，可得不少錢吧？」

李氏不想搭理他，可他就站在鋪子門口。

旁邊的冬寶聽了，脆生生地笑道：「單老爺淨會說笑話！咱整個沅水誰不知道就數單老爺的生意最大啊？單老爺一個糧油鋪子，我們一條街的鋪子加起來都比不上呢！」

單強被冬寶幾句話堵回來了，指著冬寶笑道：「看看這閨女，模樣俊，嘴也是一等一的俐落，跟我那秀才兄弟一個樣兒啊！」又豎起大拇指誇道：「嫂子，妳命好啊，一個閨女頂人家幾個兒。」

啊呸！冬寶心裡忍不住呸了一聲。她才不跟鳳凰男老爹一個樣哩！

李氏嘆了口氣。「單老爺，我們這鋪子是賃人家的，刨去我們孤兒寡母的吃食，也就是夠繳房租罷了，哪像單老爺說的那麼掙錢。」

單強臉上的笑容淡了不少，仍然笑道：「看嫂子這話見外的。叫啥老爺啊？叫我單兄弟就成了，咱兩家可是幾十年的交情了。」

別人不知道，他還不清楚嗎？這個鋪子原來的東家可是要賣的，他很有幾分心動，然而等他找上東家要買的時候，卻被告知鋪子已經轉手了。

李氏分明是買了鋪子，卻不肯承認。

「單老爺，您看了半天了，要不來一碗豆花？」冬寶笑道。「只要兩文錢一碗。」

單強笑得有些僵硬了，這小丫頭分明是說他站了半天不買。他便從袖子裡掏出了幾枚銅錢，道：「那來一碗嚐嚐。」

「那您屋裡請。」冬寶笑著做了個請的手勢。

單強剛要進去，就看到了拉著小旭從屋裡出來的嚴大人，慌忙拱手笑道：「嚴大人，您也來吃早點啊？」儘管單強很有錢，但他是最末等的商，見了嚴大人不免低聲下氣、討好諂媚。

嚴大人看了他一眼，客氣地拱手還了個禮，淡漠地嗯了一聲，給了冬寶一把銅錢，就拉著小旭出去了，臨走前跟冬寶還有李氏打了招呼。「妳們忙，我帶著小旭先走了。」

「嚴叔，中午讓小旭到我們這裡吃飯啊！」冬寶笑道。

嚴大人點了點頭。

小旭還想和冬寶說一會兒話，然而看冬寶忙得很，只好先跟著父親走了。

單強目瞪口呆地看著，半晌才回過神來，他今天的震驚又多了一樣。李氏母女居然跟嚴大人認識，而且關係好像還挺熟的。

「妳們認得嚴大人？」單強脫口而出。

冬寶笑道：「認得啊，單老爺不也認得嚴大人嗎？怎麼，只許單老爺認識，不許我們認識？」

單強訕訕地笑了笑，進了屋又看到梁子等人坐著吃豆花，忙上前笑著打了招呼，又招過冬寶問道：「梁老爺這桌多少錢？」

冬寶算了下。「六十個錢。」

單強連忙從懷裡摸出兩串錢來，大聲笑道：「這桌我請！我請！」把錢塞給了冬寶，笑道：「不用找了，剩下的錢再給差老爺們上幾碗豆花和粽子。」

「這哪成啊！」梁子站了起來，笑道：「哪能讓單老爺破費？」

單強連忙擺手，彎腰笑道：「差老爺們平日裡巡街辛苦，單某一點小意思，不成敬意、不成敬意！」

梁子也見慣了這群商戶們討好的手段，只是一頓早點，算不得「受賄」，因此道過謝後就坐下繼續吃豆花了。

冬寶算了下價錢，單強給了兩百個錢，便給梁子這桌又上了四豌豆花和十二個粽子，官差們都是青壯年漢子，多吃兩個粽子不在話下。輪到單強的時候，除了一碗豆花，冬寶又給他上了一個剝好的粽子，笑道：「單老爺，您嚐嚐我們寶記的肉粽。」

「多謝冬寶姑娘。」單強笑道。自從知道嚴大人和冬寶等人關係熟，加上梁子等人也捧寶記的場，他對冬寶的態度就熱情多了。

冬寶笑著出去了，其實不用單強感謝，肉粽的錢也是他出的，自己可不吃虧。只不過冬寶想的是，在鄉親們眼裡，單強是個多麼高高在上的存在啊！然而單強在嚴大人甚至是梁子跟前，都是小心翼翼、卑微討好的。再想到在安州城裡看到的大商鋪，還有生意興隆的八角樓，相比之下，單強只能算一個有點小錢的土財主了。

想到這裡，冬寶對單強越發地瞧不上眼了，決定現階段的目標就是超越單強，她要成為比單強更有錢的土財主！

離中午還有一個時辰，集市上的人漸漸少了起來，前頭靠李氏和李紅琴已經能應付過來，冬寶和張秀玉便去了後院的灶房做起了中午要賣的飯菜。

前兩天冬寶已經和書院的學生們說了，以後學生們想買飯吃，就走幾步到寶記鋪子裡來。

中午書院放了學，三三兩兩的學生結伴進了鋪子，領頭的就是張謙和林實，兩人照例一進鋪子，就幫忙盛菜端碗了，給自己的同窗端碗盛菜，兩人也不覺得羞愧，態度坦然。

趙子會和周平山也進了店，他們還是天天過來，只是趙子會再也不看張秀玉了，打了飯菜就走。

不一會兒，梁子帶著小旭過來了，小旭撲到了冬寶身上，笑道：「冬寶姊，我來了！有啥好吃的？」

讓小旭中午來吃飯是冬寶的提議，嚴大人是個「單身奶爸」，他事情忙，冬寶便提議讓小旭來這裡吃午飯。

至於梁子，純粹是厚臉皮跟來蹭飯的。「這下好了，以後有吃飯的地兒了。」

午後街道便冷清了下來，幾個人這會兒上才有空坐下來歇息。

「咱得再雇上兩個人，早點還得增加幾樣，包子、油條、豆漿、八寶粥啥的，都得做起來。」冬寶說道，改成鋪面後，來吃豆花的人比以前多了，不光是老客人來吃，不少穿長衫的、看起來手頭寬綽的人也進店裡吃了，買起早點來也大方，冬寶估計這些人以前是不願意在路邊攤吃，嫌不乾淨是一方面，也嫌丟了身分。

「不用吧？」李氏笑道，捶了捶自己站得有些痠疼的腿。「也沒多少活兒。」李氏是個儉省仔細的人，雇人意味著要多出工錢，相應的利潤就少了。

冬寶笑著搖頭。「娘，妳今天累成這樣，下午還有勁兒做豆腐嗎？必須得雇人了，回頭叫桂枝嬸子和秋霞嬸子給咱們介紹幾個靠得住的。」

李氏想了想，便笑著點頭。「到底是年紀大了，一坐下來就動都不想動了。雇人就雇人吧，我聽閨女的。」又問道：「冬寶有啥想法沒有？」

「咱們找一個人專門做油條、包子，再找一個人負責端飯上菜，一個人收拾洗碗。娘、大姨還有桂枝嬸子，妳們三個就負責做豆花、豆腐、豆漿、八寶粥，還有盛飯，我和秀玉姊打雜、收錢。」冬寶笑道。

李氏笑著點頭。「那咱咋給人家算工錢？」

「做油條、包子這些，需要手藝，咱一天給她算二十個錢；端飯、洗碗的這兩個人，一天十個錢。要是生意更好，活兒累的話，再加錢。桂枝嬸子再給她加十個錢，大姨再加二十個錢，秀玉姊的工錢不算，跟以前一樣，中午賣飯菜的利潤我們倆平分。」

「不用！」李紅琴一口回絕。「妳們給我開的工錢夠多了。這活兒不累，又吃得好，整天說說笑笑也開心，上哪兒也找不來這麼好的工。本來就是看在親戚的面子上多給了，再加錢我就不幹了！」

張秀玉也附和道：「就是！我哥還天天來這兒吃飯哩，是不是也得算錢？還有中午平分利潤的事，要不是這個鋪子，飯菜也不會賣這麼多，所以我還是跟我娘一樣，拿工錢好了。」

冬寶的本意是想讓張秀玉多攢點私房錢當嫁妝，李紅琴掙的錢大部分還是為了張謙而攢著，能給張秀玉的只是一小部分。

李氏想了想，也是存著多補貼點張秀玉的心思，便說道：「秀玉都訂親了，不好跟冬寶一樣在外頭跑來跑去的了。要不，以後秀玉就在灶房裡炒菜、烙餅子，中午賣飯的錢妳跟冬寶一人一半，算妳們小姊妹的私房。」

張秀玉自然明白李氏和冬寶都是在變著法兒地補貼她，眼角紅了，笑著跟李氏和冬寶道了謝。

冬寶抱來了放錢的匣子，幾個人忙活了好一陣子，才把錢數了個清楚。

「咱今天一共掙了三千八百七十九個錢！」冬寶最後笑道。

李氏和李紅琴再也抑制不住臉上的喜悅，互相看了一眼，眼中都是不可置信。

「咋恁多啊？」李氏顫抖著聲音問道。

冬寶笑道：「咱除了賣豆花，還賣豆腐、豆芽、粽子，中午還有菜和餅子，加起來就多了。」

「按三分之一的利兒算，這一天就得一兩多銀子哪！」李氏感慨道。

一開始，李氏是不大情願買鋪子的，她還是傳統的莊戶人家思想，不想也不敢花大筆的非必要開支，畢竟日常用度擺攤所得就已經用不完了。

李紅琴笑道：「咱這鋪子是自己的，不用繳租金，又省了好大一筆本錢呢！」

找幫工的重任交給了在村裡頭人緣頗好的秋霞嬸子。

當聽李氏說準備再找三個幫工時，秋霞嬸子笑了笑，說道：「咱也不是外人，我有啥話就直接跟妳說了。妳看我行不？炸油條、包包子啥的，我都成。」

「那咋不行！」李氏驚喜地說道，她自然是十分樂意秋霞來的，既放心，又能補貼林家。「妳家忙得開不？」

秋霞嬸子笑道：「以前我一個人得伺候他們爺兒四個，現在大實去鎮上了，全子也大了，我也能撂開手了。」

「那成！」李氏笑道。「我這兒用人急，明兒個妳就來，跟我們一起去鎮上。」

秋霞嬸子點頭。「這個沒問題。還有一個端飯上菜的，一個收拾洗刷碗筷的……」秋霞嬸子沈吟了下，說道：「端菜的找富發嫂子，收拾碗筷的就找荷花咋樣？富發嫂子今年四十了，模樣妳也見過，乾乾淨淨的。荷花那媳婦，嘴是厲害了點，但心眼兒不賴。」

冬寶想起來，荷花好幾次都在公共場合幫她們說過話，而且這個安排很合理，四十出頭的乾淨婦人來端菜，既不會引起客人的反感，又不會有被「調戲」的風險，荷花是個年輕媳婦，負責收拾碗筷就很不錯。

秋霞從冬寶家出來後就去了富發家裡和荷花家裡，兩個人自然是對秋霞千恩萬謝。

秋霞走後，荷花跟丈夫大偉說道：「看看，人家秀才娘子去年臘月的時候還朝咱借錢，到現在才幾個月啊，就能在鎮上開鋪子雇人了。」

大偉憨笑道：「好人有好報，咱那時候幫了人家一把，人家記得咱的情哩！」

「就是！」荷花笑道。「讓宋家那黑心老婆子後悔去吧！」

有了大灰的加盟，豆腐的產量有了一個量的飛躍。一到下午的時候，不少漢子挑著豆腐擔子從冬寶家魚貫而出，擔子的最前頭插著鮮明的「寶記」旗幟，按規劃好的區域，每個人轉向了不同的方向。

照當初的約定，林福成了「寶記小隊」的隊長，管理著手下將近十個人。他年紀最大，人緣好，威信高，加上林家和秀才娘子家關係一向好，因此沒有人不服他的管理。

宋二嬸眼酸得都能冒出水來了，她怨恨李氏母女，覺得她們倆掙了這麼多錢，卻那麼小氣，她們大魚大肉地過著，卻眼睜睜地看著自家人過苦日子。

開業第二天，加入了豆腐粉絲包和油條，還有八寶稀飯和豆漿，包子和八寶粥是兩文錢，油條和豆漿單價一文錢，客流比昨天更大了。好在鋪子裡的幾個人都是勤快能幹的，冬寶只負責收錢都忙不過來。

今天並不是聞風書院的休沐日，然而宋柏這會兒上卻和幾個年輕男子在街上晃，走到寶記豆腐門口時，打頭的一個年輕漢子笑道：「這兒新開了一家早點鋪子，味兒可真是不賴！走，咱哥兒幾個進去嚐嚐。」

宋柏很久沒回過家了，也不知道這家鋪子就是大嫂開的，至於在門口盛飯和切豆腐的李氏，宋柏壓根兒沒正眼去瞧，在他眼裡，那不就是伺候的下人嗎？他用得著去看？

就這樣，宋柏跟著幾個人進了寶記豆腐的鋪子，大剌剌地坐下了。

幾個人進門後，找了張空桌子坐下來，就嚷嚷著上豆花。

李紅琴連忙從門口過來，笑道：「幾位公子，要吃點啥？」

李紅琴不認得長年不在家的宋柏，宋柏也不認得她。

幾個人當中曾來吃過的人吩咐道：「先來五碗豆花，再來二十個包子。」

李紅琴笑道：「好嘞，您幾位稍等。」

宋柏是頭一次來這家店，看店裡頭坐得滿滿當當的客人，感嘆著這家店的生意真是興隆，不知道一天得掙多少錢。

這會兒上，冬寶抱著錢匣子進了屋子，有桌客人吃完了，招呼她過來結帳，冬寶心算了下，對客人笑道：「大叔，您這桌是二十七個錢。」

宋柏聽著聲音耳熟，抬頭就瞧見了冬寶站在他背後的那張桌子旁，不由得吃驚地喊了一聲。「冬寶?!」

冬寶聞聲看去，這才看到宋柏。「三叔。」她不大熱情地喊了一聲。

宋柏瞧了眼冬寶手裡抱著的錢匣子，又抬頭四下打量了一番，這個寶記豆腐店面不小，客流不息。大嫂和姪女在街上擺攤，他聽說後覺得丟臉，生怕在大街上碰到了，讓朋友們知道他有個擺攤的大嫂和姪女而丟臉，可他萬沒有想到，人家已經開了這麼氣派興隆的鋪子！

「這是妳們開的鋪子？」宋柏不敢置信地問道。

還沒等冬寶吭聲，和宋柏一起過來的幾個人就起鬨道——

「宋柏，你不夠意思啊！」

「你家有這麼掙錢的鋪子，哥兒幾個就數你有錢了！」

「自家店裡吃飯還要錢？沒這規矩！」

宋柏不願在朋友面前失了面子，立刻大笑道：「跟誰收錢也不能跟幾位哥哥要錢！今兒小弟作東，請幾位哥哥吃頓飯。」一邊說著，一邊朝冬寶使了個眼色。

然而就算是讓冬寶買單，宋柏那眼神也不是懇求，而是高高在上地吩咐，好似他才是東家一樣！冬寶大怒起來，一張白淨的臉脹得通紅。

宋柏這廝是拿寡嫂、姪女的東西做人情做得順手得很呢！

第六十三章　大罵宋老三

李氏聽到了鋪子裡的吵鬧聲，便趕緊過來了，大略聽了幾句，她也猜到發生了什麼事，趕忙拉住了要發火的冬寶，小聲說道：「算了，也就幾十個錢，別跟他吵。」

宋柏這事辦得不地道，可小叔子領朋友來吃幾碗豆花就要錢，吵起來大家都不好看。幾個人吃飽喝足後，在眾人的恭維下，宋柏趾高氣揚地走了，連聲招呼都不跟冬寶和李氏打。

臨走時，宋柏背著手，得意地掃了眼冬寶和李氏，似乎是挺滿意冬寶和李氏如此「懂做」，維護了他的臉面，可把冬寶氣壞了。

「你看他像什麼樣子！」冬寶氣憤地說道。「現在是啥時候，他不在書院唸書，看那幾個人，哪像是什麼正經人！」跟宋柏混在一起的，就是鎮上的幫閒地痞。

給宋老頭和黃氏白送豆腐、豆芽，她尚且能接受，畢竟他們是秀才爹的親生父母，孝道大過天，可宋柏算個什麼啊！

李氏嘆了口氣，無奈地說道：「寶兒，他再賴，也是妳三叔。」她也不想讓宋柏幾個人白吃白喝，辛苦操勞，還少掙了幾十個錢，擱誰誰心疼。

拎著大木桶收拾碗筷的荷花附和道：「冬寶，妳娘說的對，咱要是硬跟他要、跟他吵，傳出去，人家說妳三叔不懂事，也還得說秀才娘子這個當大嫂的尖酸刻薄，一頓飯都不讓小叔子吃。今天讓他白吃一回，咱就占了理，以後他再想白占便宜，就不行了。」
冬寶心裡再氣，也只能咬牙忍下了。她不是一個人獨立地活在這個世界上的，她是塔溝集的小村姑宋冬凝，而宋柏是她嫡親的三叔，這是割斷不了的血緣關係。
就像荷花說的，頭一次他賴著不給錢，誰也拿他沒辦法！

今天加入了新品種，包子、油條大賣，中午學生來吃飯的時候，見還剩的有包子和油條，紛紛點了這兩樣，想嚐個新鮮，因此兩樣都賣光了。
小旭中午連吃了兩個豆腐粉絲餡的包子，還嚷嚷著要吃，李氏怕他吃太多鬧肚子，哄了半天，這才哄他喝了一碗豆漿，明天再來吃包子。
大實並不知道自己的母親也來幫工了，他和張謙進了鋪子就到後院洗了手，準備幫忙，瞧見了在灶房的母親。
「娘！妳咋在這裡？」大實驚訝地問道。
秋霞嬸子笑道：「我來給你大娘幫個工。快去吃飯吧，這兒有娘忙著就行了。」
大實不肯，幫著母親抬了一大盆菜到鋪子裡，幫忙盛菜。
「我多幹點，妳跟大娘不就能清閒一點？」大實這麼跟母親說道。
富發媳婦忍不住感慨，拉著秋霞小聲說道：「妳生了個好兒子啊！宋老三可不勝妳家大實的一根手指頭。」
秋霞嬸子謙虛地笑了笑，心裡美得不行，越發覺得來幫工是件一石三鳥的好事——既幫了李氏和冬寶，又掙了錢補貼家裡，還每天都能看到心愛的大兒子，多好！

忙完中午這一陣，冬寶開始了一天當中最快樂的時光——數錢！她和李氏還有張秀玉三個人，還是按照以前的老法子，一百個錢串成一串，今天的足有四千九百八十六個錢。

「生意是越來越好了！」張秀玉高興地笑道。

冬寶則有些鬱悶地說道：「要是加上我三叔白吃白喝的那桌，就上五千了！」

「還是讀書人呢，忒不要臉！」張秀玉鄙夷地說道。宋柏一個人來吃也就罷了，還領著一群人來白吃白喝寡嫂家的東西，不像話！「人家嚴大人是整個沅水最大的官，每天都領著小旭來店裡吃飯，每次都一文不少地給錢，就是想不收他們的錢，人家還不願意呢！」

冬寶促狹地看了眼張秀玉，學著張秀玉的語氣說道：「人家梁大人是整個沅水最俊的官，每天都領著同僚來店裡吃飯，每次都一文不少地給錢，就是想不收他們的錢，人家還不願意呢！」

張秀玉羞得滿臉通紅，輕輕擰了把冬寶的臉蛋，罵道：「臭冬寶，越來越壞了！」

冬寶為了提高員工的工作積極性，決定今天就先給她們發一天的工錢。荷花和富發媳婦一人十文，桂枝因為早上來幫工做豆腐了，所以多了十文錢，是二十文。幾個人喜得嘴都合不攏了。

等桂枝幾個領完工錢走了，冬寶才給秋霞嬸子發錢，她給了秋霞嬸子五十文錢。

「這不行。」秋霞嬸子嚴肅地把錢推回給了冬寶。「那三個幹活的還不得對妳們有意見啊？按原來說的工錢就行，二十個錢不少了！」

冬寶笑著把錢又推了回去。「不光是今天上午的，下午還得請嬸子幫忙做豆腐呢！」

李氏幾個人勸了半天，秋霞才肯接了錢。回家後，她又到菜園子裡，揀了最好的菜，摘了滿滿一籃子，讓全子送到冬寶家裡了。

第二天，店裡依舊坐得很滿，不少人見屋裡頭沒有空位子，便端著碗蹲到外頭門廊下吃了。李氏很是過意不去，每個人又多給了半勺豆花。

等到半晌午，客人總算是少了點，然而冬寶沒想到，昨天來的幾個吃白飯的漢子，這會兒上又大剌剌地上門了。

五月底的天氣已經相當炎熱了，幾個人看起來就不是什麼正經人，穿著半舊的綢衫，敞著懷，手裡呼啦著一把扇子，一進門就揀了個好位子坐下了，靠在椅子上大聲嚷嚷著趕緊上豆花、上包子、油條。

「趕緊的！我們幾個一人一碗豆花，再上二十個包子、十根油條！」其中一個人叫道。

冬寶皺了皺眉，跑過去強擠出了一個笑臉，說道：「四碗豆花、二十個包子、十根油條，一共是五十八個錢！」

這群人只差沒在腦門上寫「我是地痞流氓」了，冬寶預感這些人是不會乖乖付錢的，所以乾脆先報帳，收了錢再上飯。

果然，冬寶話一出，這群人就惱了，拍著桌子，吹鬍子瞪眼地叫道：「小丫頭片子，不認得妳大爺我了！」

「不長眼了嘿！我們可是妳三叔的朋友，敢問我們要錢，回頭就叫妳三叔收拾妳！」以前剛擺攤的時候，冬寶確實是怕這樣的地痞流氓的，畢竟她們孤兒寡母的，沒個出頭的人。可今時不同往日了，她們同嚴大人關係好，梁子又是張秀玉的未婚夫，還怕這群地痞流氓？

我上頭有人！如今冬寶也能驕傲地說出這句話了。

李紅琴先跑了過來，看幾個人混賴的模樣就來氣，插腰罵道：「咋？你們是想白吃飯不給錢啊？你們要鬧就儘管鬧，等著官老爺抓你們去蹲幾天大牢！」

幾個人見李紅琴說得氣勢十足，門口處這時還真有幾個穿著皂衣的衙役經過，先慫了，嘴裡不乾不淨地罵了幾句，便灰溜溜地走了。

「不走正道的東西！」李紅琴看著幾個人的背影罵道。她女婿是梁子，她教訓起這些地痞流氓來比誰都有底氣。

白吃未遂的幾個人出了鋪子，越想越覺得窩火憋氣。

「走，找宋老三去！這事賴他，得叫他幫咱出這口氣！」其中一個人叫道。

剩下幾個人紛紛附和響應，幾個人就這麼氣勢洶洶地去聞風書院找宋柏了。

一見宋柏，幾個人便惡聲惡氣地說了起來。

「宋柏，哥兒幾個今兒在你家那鋪子裡，可真是沒臉！都說了是你朋友了，她們還要攆我們滾！」

「我們哥兒幾個在咱們沅水，都是響噹噹的人物，今兒叫兩個騷娘兒們刁難了，老子嚥不下這口氣！」

「宋老三，我們是看得起你才當你是朋友的。」

宋柏是個極虛榮的性子，當即就怒不可遏了，大聲罵道：「這兩個混蛋娘兒們！看老子怎麼收拾她們！你們放心，這事做弟弟的必定給哥哥們一個交代。她們看不起你們，就是看不起我！」

幾個人跟在宋柏後面，怒氣沖沖地往寶記豆腐殺去。

這會兒正是書院的學生扎堆往鋪子裡吃飯之時，鋪子裡滿滿坐的都是書院裡的學生。

要是往常，宋柏是不會挑這個時候去「教訓」嫂子和姪女的，因為他不願意叫人知道他有拋頭露面做買賣的嫂子和姪女。然而這會兒他只想盡快在朋友面前挽回面子，便顧不上這一茬了。

豆花早就賣完了，李氏幾個在屋裡招呼客人，因此這會兒上門口沒有人。

宋柏站在門口，大聲叫道：「嫂子，妳出來！」

冬寶在鋪子裡就聽見了宋柏的叫聲，看他那副「我就是來找事」的表情，立刻攔住了要出去的李氏，她和大實一起站到了門口。

「什麼事？」冬寶問道。

宋柏不耐煩地說道：「妳滾一邊去！我找妳娘，叫她給我出來！」

「我娘是你什麼人啊？」冬寶輕蔑地問道。

宋柏一愣，下意識地就說道：「妳娘是我大嫂，咋，我還使喚不動她了？」

「你還知道我娘是你大嫂啊？你讀了這麼多年的書，書裡就是這麼教你跟長嫂說話的？」冬寶抬高了聲音，大聲質問道。

一時間，鋪子裡吃飯的學生們紛紛看向了門外。

宋柏氣得滿臉通紅，他一向自詡有文才，沒想到竟被一個丫頭片子給問住了，立刻反問道：「妳是我姪女，妳就是這麼跟親叔叔說話的？沒規矩的野丫頭！」

冬寶指著宋柏大罵道：「你還有臉當我親叔叔？各位公子們給評評理！」冬寶側過身，對屋裡的學生們說道：「我爹去年沒了，我跟我娘淨身出戶，孤兒寡母的開店掙錢討生活，他這個當叔叔的不照顧我們也罷了，還領著一群人到我們店裡白吃白喝，不給他們白吃白喝，就領一群人來罵。年初的時候，他還要賣了我這個姪女兒供他揮霍！三叔，你懂得『仁義廉恥』四個字是怎麼寫的嗎？」

「說得好！」一聲清越的讚揚聲在宋柏幾個人背後響了起來。

只見柳夫人攙扶著柳夫子，慢慢地走了過來。

柳夫子冷著臉訓斥道：「你到寡嫂店裡幹什麼？砸場子？真是有出息了！還不回去！再讓我看到你如此不孝不悌，罔顧倫常，我可要去找陳夫子說道一二了！」

宋柏立即灰溜溜地從寶記離開，滿臉都是陰鬱，暗自發狠道：「等我考上了功名，有的是機會收拾你們這群人！」

等宋柏走了後，店裡頭的學生還在低頭嗡嗡討論，交頭接耳，看向冬寶的眼光又是憐憫、又是佩服。

「夫子，您和夫人怎麼來了？」林實驚喜地說道。

柳夫子揚了揚手裡的碗，笑道：「我饞小姑娘做的菜了，這幾天都不見小姑娘出來賣菜，還是問了別人才知道，小姑娘都開店了。」

「您想吃菜，跟大實哥說一聲，讓大實哥給您帶就成了。」冬寶真心實意地說道。柳夫子腿腳不方便，旁人走這幾步路沒什麼，可對於他來說就有些艱難了。

柳夫人笑道：「我也是這麼說的，可他說了，非要來這兒吃剛出鍋、最新鮮的，就是不肯委屈了自己的舌頭。」

「也不遠，沒幾步就到了。」柳夫子笑道。

幾個人忙將柳夫子和夫人請進鋪子裡，屋裡吃飯的學生們紛紛站起來給柳夫子行禮。秋霞嬸子和李紅琴得知這是書院的夫子，十分熱情地把兩人領到了桌子跟前，把桌子擦了好幾遍。

不光柳夫子碗裡打滿了菜，李紅琴和秋霞嬸子又給兩人一人上了兩個冒著熱氣的包子，要不是豆花、豆漿賣完了，李紅琴兩個人還想給柳夫子他們打碗豆花嚐嚐呢！

「夫子，您嚐嚐這豆腐粉絲餡的包子，味可好了！」冬寶熱情地說道。她的心思和李紅琴她們一樣，柳夫子常常解答林實和張謙的問題，等於是變相地給他們輔導功課，可不得多感謝人家。

柳夫子和柳夫人也不多推辭，一人挾了一個包子嚐了一口。

柳夫子瞇著眼睛品了下味道後，睜眼對冬寶笑道：「放了茱萸粉了，對不對？」

「您真厲害！」冬寶興奮地點頭道，茱萸粉是個貴東西，她只是在餡裡頭放了一點點，旁人只覺得這包子味好，卻不知道秘密，沒想到柳夫子一嚐就吃出來了。

柳夫子吃完飯，就和柳夫人相互攙扶著走了。冬寶幾人都不願意收飯錢，但柳夫子卻執意要給，並且很認真地說，如果不收，以後就不好意思來吃小姑娘做的菜了。

無奈之下，冬寶便收了柳夫人兩個錢，包子是送給柳夫子和柳夫人嚐鮮的。

冬寶看著兩人相攜而走的身影，突然覺得有點羨慕。人家雖然不算有錢，但恩恩愛愛的，感情融洽，相互尊重，都是風趣好相處的人。

「他這回是記恨上咱們娘兒倆了。」李氏搖頭，她嫁到宋家十幾年，是看著這個小叔子長大的，宋柏什麼性子，李氏再清楚不過了。

冬寶憤憤然了。「要記恨也是咱們記恨他！他憑啥記恨啊？本來就是他不對！」

李氏嘆道：「妳三叔那人好面子，咱們今兒算是把他的面子全落光了。」

宋家三個兒子，除了宋榆是個沒臉沒皮的，她那個秀才爹和三叔都是極愛面子的人，最在乎的就是旁人是看得起還是看不起他。

這是宋老頭和黃氏的教育方式錯了，冬寶暗自想到。面子這個問題本來就是個很玄乎的東西，一個人若是有能力、人品好，旁人自然就看得起他；相反地，這個人沒能力，人品又差，誰能真心看得起他？

不知道宋柏成天把「XXX是我朋友，請我吃飯，看得起我」掛嘴邊上，是不是對自己的能力和人品極度自信的表現？

「咱可不能慣著他這臭脾氣。」冬寶說道。「娘妳別擔心，書院裡的學生、夫子都站在咱們這邊。」

李氏點頭，神情還有一絲說不出的悵然和難過，半晌才跟冬寶說道：「妳爹那是下大力供養妳三叔的，不捨得吃、不捨得穿，哪家秀才過得跟他一樣？哪家秀才閨女跟妳一樣，那麼小就下地幹活？」

即便李氏不懂讀書，她也知道，宋柏不好好唸書，跟外頭的幫閒地痞廝混，能考得上功名才怪！她的女兒要被賣掉，就是為了供養這樣的人，她現在想起來，都覺得不甘心。

走在回家的路上時，張秀玉悄聲在冬寶耳邊說道：「上午妳罵妳三叔的時候，我好像看到妳爺了。」

冬寶驚訝地問道：「妳看清楚了沒有？」

「我也不知道。」張秀玉猶猶豫豫地說道。「我聽到外頭吵鬧就趕緊出來了，看到不遠處有個人挺像妳爺的，後來再去看，那人就不見了。」

冬寶想了想，張秀玉對宋老頭又不熟，可能是看差了，便沒跟李氏說。

第六十四章　送煎餅

宋柏回到書院後，倒在床上生悶氣，滿腦子想的都是等他考了功名後怎麼報復這群看不起他的人。

這時，有同窗過來叫他。「宋柏，門口有個老頭找你。」

宋柏去門口一看，宋老頭就坐在書院的門檻上抽著旱煙，褲子膝蓋上補了一塊補丁，旁邊還放著一個麻袋。

「你咋來了？」宋柏臉色就變了，左右看了眼後，慌忙拉著宋老頭走到了書院旁邊的一個小巷子裡。

父親來看望他，宋柏沒一點高興的情緒。穿成這樣來，跟個乞丐似的，簡直就是成心來丟他的人的！叫人知道了，誰還看得起他？

「爹，你來幹啥啊？」宋柏見宋老頭臉色沈了下來，慌忙換了個語氣問道。

宋老頭掏出了一個灰布錢褡，遞給了宋柏，說道：「家裡把麥子賣了一部分，你省著點花。」

宋柏趕緊打開錢褡，往裡面看了一眼，立刻皺眉叫道：「這麼點兒哪夠啊！」

「這兒還有一袋白麵。」宋老頭說道。「以後你早上和中午去你大嫂的店裡吃，晚上就自己生火做飯吃。」他還是很相信大兒媳婦的為人的，相信她會不計前嫌，供宋柏一天兩頓飯。

宋柏十分不高興，嚷嚷道：「大嫂小氣刻薄，哪會讓我去白吃飯？你都不知道，今天冬寶那丫頭片子當著那麼多人的面，把我罵了一頓，那兩個臭娘兒們眼裡就只有錢！」

宋老頭是看到整個事件過程的，氣得劇烈地咳嗽了起來。早上他扛著糧食來看宋柏，想順便看看李氏的攤子，一路打聽來到寶記豆腐鋪子，正好看到宋柏領著幾個人去找大嫂、姪女的碴。

倘若只是宋柏一個人去吃，宋老頭相信李氏絕不會問小叔子收錢的，可宋柏帶一幫人過去白吃，還不是一次，擱誰樂意啊！

好半天，宋老頭才平息了咳嗽，說道：「你大哥沒了，你二哥就那樣，家裡只能靠你了。你得照顧這一大家子，你——」

宋柏如今一肚子的火氣，還想讓他照顧？作夢！等他考了功名，頭一件事就是好好羞辱那群不給他臉面的人！

「爹，我還要回去溫書。」宋柏打斷了宋老頭的話。

宋老頭連忙點頭。「好，我給你把麵扛到裡頭去。」

「不用！」宋柏嚇得連忙擺手，生怕被同窗看到自己的爹是個窮莊稼漢。「爹，你趕緊回去吧，我自己扛就行了。」

宋老頭聽他這麼說，便點點頭先回去了。

等宋老頭走得不見人影了，宋柏便去了鎮上的糧鋪子，麻溜地賣掉了白麵。因為是精磨的上好麵粉，店家爽快地給了他三百文錢，宋柏喜孜孜地回了書院。

下午冬寶和了麵粉，和張秀玉在鏊子上攤煎餅，又炒了鮮嫩的南瓜絲、豆芽和醬肉絲，香氣四溢。

李氏動手捲了七個煎餅，每個裡頭都捲了厚厚的肉絲，放到了小竹籃裡，蓋上了籠布後，對冬寶說道：「把這幾個餅子給妳爺奶送過去，回來咱就開飯。」又另外捲了四個放籠布裡頭包著。「這是給妳秋霞嬸子家的。」

冬寶雖然不大情願，嘟囔了一句「下午二嬸不是來要過豆腐、豆芽了嗎？」，然而還是起身往宋家去了。路上碰到了幾個從地裡收工回來的人，不等別人問就主動說自己給爺奶送煎餅去了，惹得眾人都誇她和李氏是孝順好心的人。

冬寶笑咪咪地聽著，她就是要讓全村人都知道，她和李氏對得起宋家的所有人！

冬寶剛走到宋家門口，就碰到了玩泥的二毛。

二毛長得矮小，看起來又呆呆憨憨的，看到冬寶後，他立刻跳了起來，問道：「妳來幹啥？」

小孩雖然小，不明白事理，可他們的感覺最敏銳，對大人的神態語言學習也最到位，平時都是宋招娣帶著二毛，二毛這副審犯人的語氣，同宋招娣和冬寶說話的態度如出一轍。

冬寶想了想，二毛已經看到她了，要是她先去林家送煎餅，回頭不定宋家咋說她，什麼別人吃剩下的啦、先給外人啦……什麼難聽話都能說得出來。

「你先去洗洗手，我給你們送煎餅來了。」冬寶說道。李氏一共給了宋家七個煎餅，很明顯，是比照著宋家的人數送的。

二毛早聞見了白麵和肉絲的香氣，饞得口水滴答得老長，聽到冬寶的話，立刻跑去洗手了。

宋二叔聽到冬寶的聲音，立刻出來了，宋二嬸緊跟在他後面。

「送啥啦？」宋二叔抽著鼻子問道。「冬寶，妳們這一天掙多少錢啊？見天又是白麵、又是肉的？」

冬寶沒搭理宋二叔，她打心眼裡不待見宋榆，只提著籃子往堂屋走，喊道：「爺、奶，在家不？我來送煎餅了！」

黃氏從灶房裡出來了，宋老頭也從堂屋出來了。

看到冬寶手裡的籃子，宋老頭沈默地點了點頭，難得地開口說道：「妳們做點好的也不容易，留著自己吃吧。」

「我們自己留的有，這是給爺、奶的！」冬寶笑道。

黃氏撇了撇嘴，不過她還沒高貴冷豔到捨得開口讓冬寶把煎餅拿走的地步。黃氏從灶房裡翻出一個皮籮筐，冬寶掀開籠布，把七個煎好的捲餅倒進了籮筐裡。

「這一包是啥？咋不倒進去？」宋二叔眼尖，一眼就看到了竹籃裡包著的一個籠布包裹。

冬寶皺眉說道：「這是給秋霞嬸子家的。」

「給他們幹啥？自家人都不夠吃的。」宋二叔拍腿跺腳嘆氣。「這才幾個？還不夠塞牙縫的……」

「二叔嫌少啊？有本事自己掙錢買去。」冬寶毫不客氣，鄙夷地看了眼宋二叔。大毛、二毛是小孩子，饞兩口也沒啥，宋二叔都快三十的人了，盯著捲餅，眼睛都直了。

「我就是說兩句，你看這孩子！」宋二叔嚷嚷了起來，語氣卻並不強硬，還有一絲討好和示弱的成分。冬寶已經不是以前的小丫頭了，他也不敢跟以前一樣隨口就罵。

宋老頭瞪了他一眼，喝道：「行了！」

冬寶挎著籃子，對黃氏和宋老頭笑道：「爺、奶，我走了。」

黃氏不搭理她，轉頭進了灶房，還是恨李氏和冬寶不肯出錢供宋柏唸書。

宋老頭有些生氣黃氏如此不給冬寶面子，趕忙對冬寶笑著點了下頭。「路上慢點！」

「欸！」冬寶脆生生地應了，轉身往外走，還沒走出院子，就聽到宋二嬸嚥著口水說道——

「我說大嫂發大財了，都開鋪子了，你們還都不信！這餅子裡捲了肉吧？咱家都多久沒吃過白麵了……」

「裡頭沒豆腐吧？」宋二叔的口水也嚥得響亮。「這些天，天天吃豆腐，我都吃得膩死了。」

豆腐不要錢，黃氏自然是天天清湯寡水地燉豆腐，還能省下菜園子裡的菜去賣錢。

經過西廂房門口時，冬寶看到了站在那裡的宋招娣。宋招娣靠在門框上，嘴角撇的形狀和黃氏幾乎是一個模子裡刻出來的，還翻著白眼。
看冬寶那身衣裳，細棉布藍花小褂，下面是條藍布裙子，頭上梳著整齊的圓髻，還紮著兩朵小花，怎麼看怎麼好看。最讓她眼酸的是，冬寶行走間露出的腳下的鞋居然是粉色綢面的！
等冬寶走近了，宋招娣嘴裡迸出了幾個不乾不淨的詞，帶著得意和挑釁的眼神看著冬寶。那架勢彷彿是在說：諒妳也不敢把我怎麼樣了。
上回冬寶和她打了一架，宋招娣懷恨在心，準備今天冬寶一撲過來，她就把冬寶摁在泥地裡揍，毀了冬寶這身漂亮衣裳。
冬寶不想把她怎麼樣，她其實挺為宋招娣悲哀的。爹不疼娘不愛的，這姑娘的性子也長歪了，將來嫁了人也不會招婆家待見的。
冬寶徑直出了院子，剛到林家門口，就碰到了拎著白籠布包袱出來的全子。
「冬寶姊，妳咋來了？我正要去妳家哩！」全子驚喜地說道。
冬寶反問：「去我家幹啥啊？」
全子揚了揚手裡的包袱。「我娘攤了焦饃，讓我給妳們家送過去。」
冬寶笑了起來。「那就不用你送了，我們攤了煎餅，我娘讓我送過來幾個。」
這會兒上，秋霞嬸子聽到說話聲出來了，笑道：「冬寶，嬸子也不留妳了，帶上焦饃，趕緊回家吃飯吧！」
冬寶點頭應了一聲，就拎著包袱走了。

所謂的焦饃，是用麵粉和了芝麻，在鏊子上來回兩面煎，不放油，燒猛火，煎成又脆又硬的薄餅，嚼起來香噴噴的。因為又費白麵又費芝麻，是難得的零食。

冬寶和張秀玉都愛吃這個，小孩子牙口好，芝麻嚼起來滿嘴都是香氣，叫人吃了還想吃。

「這幾個給小旭和粱子哥帶上吧。」冬寶說道，省得她們倆吃起來沒個節制。看著焦饃不起眼，等吃完了喝了水，就該漲肚了。

張秀玉點點頭，拿籠布把焦饃包了起來，放到了吊在房梁上的籃子裡。

第二天，全子和栓子跑過來吃豆花，正趕上人最多的時候。兩人接了李氏盛給他們的豆花就往外跑。

「欸，你們怎麼不進屋啊？」冬寶喊道。

全子笑道：「冬寶姊，我們倆就蹲外頭吃。」

栓子也趕緊說道：「我們就蹲外頭吃，我們是小孩子，不講究。」

兩個孩子雖然小，但很懂事，明白他們進去占了兩個座位，來吃飯的客人說不定見沒位子就走了，影響生意。

冬寶趕緊去了灶房，端了四個包子出來。「再吃兩個包子。」

「不要，光吃豆花就夠了。」全子和栓子連忙搖頭。

冬寶硬把包子塞給了他們。「跟我還客氣什麼。」

沒一會兒，高氏端著碗，嗑著瓜子過來了，往屋裡掃了一眼。「恁多人啊，我等會兒再過來吧！」

「行！嫂子妳等會兒過來的時候多帶個碗，給我哥也捎回去一碗。」李氏爽快地應了。

高氏隔三差五就會來吃一回豆花，她愛乾淨，總是自己帶碗。而且高氏不白吃小姑子家的東西，等人少的時候，她就會幫著盛個飯，幫會兒忙再回去，這樣李立風便沒理由攔著她，不讓她來吃。

等小旭和梁子過來了，冬寶便去灶房拿了給兩人捎的焦饃，可把小旭高興壞了。

冬寶一家日子過得蒸蒸日上，李氏整天作夢都在笑。與此相反，宋柏的日子就不那麼好過了。

不知道是不是柳夫子給陳夫子打了招呼，宋柏覺得自己的日子一下子辛苦了起來，夫子看他看得緊，而且嚴厲警告過他，倘若再蹺課，就攆他回家，並拒絕舉薦他下場考試。

宋柏也就只能趁吃飯的時候，和幾個狐朋狗友發發牢騷了。

「你那嘴利的姪女兒咋樣了？你沒收拾她？」其中一個人突然想起來宋柏被姪女罵了一頓的事，帶著嘲諷的語氣問道。

宋柏哼了一聲。「我才懶得去搭理那丫頭片子！」

「她就是看不起你這個當叔的。」另一個人義憤填膺，好似冬寶看不起的就是他本人似的。「她們就是仗著自己掙了幾兩錢，不把你放在眼裡。」

宋柏聽得心浮氣躁。「那有什麼辦法？」他再有錢有勢，也是未來考了功名以後的事，可憐現在他只是一個窮書生，連賣飯的小販都瞧不起他。

「說起來，你嫂子那家店可真是掙錢啊！」一個漢子摸著下巴，嘖嘖嘆道。「就瞅見你姪女不停地收錢了。宋柏，你嫂子恁會掙錢，咋你老說沒錢啊？你嫂子就不給你銀兩花花？」

宋柏一股怒氣浮在胸口，梗著脖子說道：「她的是她的，我的是我的，君子不食嗟來之食！」

「啥君子不君子的？聽不懂。」剛才說話的人又說道：「要我說，你嫂子該給你錢！等你當官了，她不得跟著沾光？這人不能光想著沾光，卻啥也不出啊！」

「她不願意，我能去搶啊？」宋柏生著氣，說話的語氣也差了起來。

那人並不生氣宋柏的態度，只和氣地笑道：「她看不起你，是因為你不能掙錢，要是你掙了錢，你嫂子、你姪女還敢對你大小聲？」

「我哪會掙什麼錢啊！」宋柏垂頭喪氣。

「我這裡有個掙錢的路子，你想不想聽？」那人說道。「我看你是自己人，才跟你說的，他們幾個都入了夥，每個月都拿分紅。」

幾個人紛紛附和。「要是一般人，兄弟們看不上他，才不把這生錢的門路交底呢！」

宋柏又是感動、又是惴惴不安，便試探地問了。「不知大哥說的生錢的門路是什麼？」

「哥兒幾個做的買賣不要本錢，可利兒大……」那人就在宋柏耳邊低聲說了很久。

宋柏的表情先是驚愕，隨後就是狂喜，還有一絲不確定。「這不合適吧？」宋柏很猶豫。

那人便有些不高興了。「你怕啥？成與不成，你都賠不了什麼。我看你是看不起我們這群大老粗，以後我們就當沒你這個朋友。」

宋柏這下子慌了，拉著那人的袖子說好話。「這不是小弟從來沒做過生意，心裡沒底嗎？這筆買賣小弟是做定了！」

那人這才滿意地拍了拍宋柏的肩膀，把宋柏從頭到腳奉承了一遍。

宋柏被奉承得飄飄然，趾高氣揚地說道：「那兩個臭娘兒們敢看不起我！我宋柏響噹噹的人物，是她們能看不起的？」

第六十五章　走娘家

日子又過了幾天，冬寶增加了茶葉蛋和雞蛋灌餅兩個種類。收雞蛋的任務就交給了秋霞嬸子，鄉親們把積攢的雞蛋拿到秋霞嬸子家賣，比賣給雞蛋販子掙錢得多，也方便。秋霞嬸子自然不遺餘力地宣傳是秀才娘子好心，幫大家掙兩個錢花，抬高李氏母女的名聲。

這天，幾個人正忙著的時候，宋二嬸領著大毛、二毛過來了，這麼熱的天走這麼遠的路，累得她滿頭大汗。

李氏皺眉對她說道：「妳這都快生了吧，咋還到處跑？」

宋二嬸不以為然。「我這都第四胎了，能有啥事！」

李氏的出發點是為了宋二嬸好，可宋二嬸只會認為是李氏不歡迎她來，怕她吃鋪子裡的東西。

宋二嬸還是頭一次來寶記豆腐鋪子，暗道老大媳婦可真是發大財了啊！

「嫂子，」宋二嬸滿臉堆笑。「這做豆腐的手藝，妳也教教我唄，等我生了，我就來給妳打個下手。」

李氏看了她一眼。「別看這鋪子生意好，可這活兒累，掙的錢還得繳賃房的錢、繳稅，也剩不下幾個，還不勝在家種地。」

宋二嬸哪能不清楚這是累活兒？她只想學手藝，再高價賣給別人罷了。

「嫂子，給我們娘仨盛碗豆花嚐嚐唄，妳做生意恁長時間了，我們都還不知道豆花是啥味哩！」她也不指望李氏能告訴自己。

李氏不是個小氣的人，當即就給宋二嬸盛了三碗豆花。

宋二嬸臉上掛著笑，帶著大毛、二毛就往鋪子裡走。

「等一下。」冬寶在門口叫住了宋二嬸，說道：「二嬸，屋裡頭人太多了，坐不下，讓大毛、二毛蹲在屋簷下吃吧，妳進屋坐著吃就行了。」

要不是宋二嬸挺著肚子蹲不下，冬寶還想讓她也蹲著吃算了。

宋二嬸掃了眼屋簷下面，幾個農家打扮的小子都捧著碗在喝豆花，可要讓大毛、二毛也蹲在屋簷下吃，她就不高興了，認為冬寶這是瞧不起她，不讓她兒子上桌吃飯。當即，宋二嬸細長的眉毛就吊了起來。

「你們一門姓宋的兄弟，到妳這兒來就只配蹲門口吃飯？冬寶，就算妳看不起二叔、二嬸，也不能看不起妳這兩個小兄弟吧？」宋二嬸插腰嚷了起來。

一旁的大毛、二毛瞧見了有人剝肉粽，肉香混合著米香飄得老遠，便嚷嚷了起來。

「娘，我要吃粽子！」

宋二嬸便看著冬寶說道：「冬寶，去給我們拿幾個粽子嚐嚐。」

冬寶淡淡地看了宋二嬸一眼，宋二嬸這種吩咐的語氣，讓冬寶想起了那天宋柏要吃白食時給她使的眼神，同樣是高高在上的吩咐口吻。

果然一個比一個讓人討厭！

冬寶也犯了倔勁。其實請宋二嬸吃粽子也不是什麼不可以的事情，但她就是不爽宋二嬸這種吩咐的語氣，好像她們天經地義要供養他們似的。

「我只跟妳說一遍，要麼老實喝豆花，要麼把我的豆花放下來走人！」冬寶冷笑道。「我們欠妳的還是該妳的啊？」

宋二嬸左右看了一眼，趁著人多就想高聲嚷嚷。

冬寶沈著臉，低聲道：「妳想叫隨便叫，但惹惱了我，仔細我在街上隨便找個漢子跟著妳……」

宋二嬸氣得滿臉通紅，卻不敢再鬧了，吩咐大毛、二毛蹲在門廊下吃飯，她則是端著碗，慢悠悠地找了個座位坐下來喝豆花。

冬寶看了眼老實了的宋二嬸，覺得這人真不能好話哄著，看，這麼一嚇唬，多老實！早這樣不就完了？

宋家人中，冬寶覺得最奇葩的就數這個二嬸了，自己打扮得光鮮俐落，可丈夫還有三個孩子一個比一個髒，屋裡也是又髒又亂，實際上和宋二叔一個德行——懶。

而光是這點，還不至於讓冬寶認為她是個奇葩。冬寶覺得，在宋二嬸的內心裡，一定認為自己是個大戶人家的媳婦或者是小姐，是個自我感覺非常良好的人。

瞧她現在拿勺子喝豆花的模樣，翹著蘭花指，不緊不慢，喝兩口就掏出帕子摁一摁嘴角上不存在的渣，把一桌子的鄉下女人都給比了下去。

千萬不要以為她在家裡的時候也是這麼吃飯的，真到搶飯吃的時候，宋二嬸就發揮出了鄉下媳婦的戰鬥力了，她也就是在外人面前裝得人五人六的。

算了，冬寶趕緊扭過了臉，再看她就忍不住要笑出聲來了。

吃過豆花後，宋二嬸才款款站起來，徑直往李氏那裡走了過去，說道：「大嫂，給我切五斤豆腐、五斤豆芽。」見李氏詫異地看著她，宋二嬸連忙說道：「是咱娘讓我來要的。」

「我奶咋會中午炒菜啊？」冬寶在一旁說道。宋家中午一般都吃湯麵條，連稀的帶稠的一起吃，既能頂飢餓，又能省糧食。「而且這一下子就要十斤，也太多了吧？」

宋二嬸的臉一下子就紅了，梗著脖子說道：「妳奶讓我要的，我哪知道為啥要恁多？妳問妳奶去！」

李氏也瞧出不對勁了，對宋二嬸客氣地說道：「她二嬸，妳懷著身子，拎這麼沈的東西也不方便。」

「這不是有大毛、二毛跟著嗎？他倆別看個子小，勁兒可不小。」宋二嬸連忙說道。

李氏皺了皺眉頭。「她奶中午做飯用不著豆腐，這麼大熱的天，豆腐放到下午就不新鮮了。等到下午，我讓冬寶送過去。」

宋二嬸被堵得說不出話來，心裡頭罵李氏尖酸小氣，卻無計可施。

「二嬸，到底是不是我奶讓妳來要的啊？要不，中午我回去問問？」冬寶在一旁笑嘻嘻地開口了。她抱著一點小小的壞心思，宋二嬸假借黃氏的命令，黃氏要是知道了，不定該怎麼罵宋二嬸，她等著看好戲哩！

宋二嬸瞪了冬寶一眼，結結巴巴地跟李氏說道：「大嫂，我實話跟妳說了吧，這豆腐、豆芽不是她奶要的，是我自己想要的。」

「妳要恁多豆腐、豆芽幹啥？」李氏驚訝地問道。

宋二嬸有點尷尬，但還是硬著頭皮說道：「我想回娘家看看……大嫂，妳也是過來人，咱娘那個人，啥都把在她手心裡頭，我回娘家也不能次次都空著手……」

五斤豆腐和五斤豆芽，算得上是非常能拿出手的禮物了。這年頭，從地裡薅幾把菜走娘家的媳婦多得是。

李氏看著宋二嬸沈默了，她確實是過來人。

在這點上，冬寶也很同情宋二嬸，但她又不是開善堂做好事的，讓宋二嬸和兩個堂弟白吃白喝不夠，還要連宋二嬸回娘家的禮物都包了？

「大嫂，妳就當可憐我，妳們這恁多豆腐、豆芽，少賣點，也沒啥不是？」宋二嬸賠著笑臉。

冬寶斂了臉上的笑容。「二嬸，妳咋就不可憐我們哩？我爹沒了，你們當叔嬸的不想著怎麼照顧我們，卻見天地變著法兒想著怎麼刮我們，有你們這麼當叔當嬸的嗎？」

宋二嬸說道：「這不是妳們有這個錢嗎？我要是有錢走娘家，我還問妳們要東西？」

「妳又扯歪理了。」冬寶說道。「妳沒錢走娘家是我們的錯嗎？妳想要錢、要東西，得問二叔要，沒有問妯娌要的道理吧？沒有拿妯娌家的東西回娘家撐門面的道理吧？」

秋霞嬸子在灶房聽說了外頭的事，氣得立刻就出來了，指著宋二嬸就罵開了。「妳咋恁厚臉皮啊？妳一家人來人家這兒白吃白喝不說，還要捎帶上娘家人的吃食！下回見了妳爹娘嫂子，我得去問問他們，呂家是咋教養閨女的？」

「算了。」李氏拉住了氣憤不已的秋霞，對宋二嬸說道：「她二嬸，妳都開口了，我也不說什麼了，給妳兩斤豆腐、兩斤豆芽，夠妳回娘家的了。」

莊戶人家沒那麼多錢，兩斤豆腐、兩斤豆芽就足夠體面了。

宋二嬸有點不情願。「大嫂，我娘家兄弟多，兩斤不夠分的。」

「她二嬸！」好脾氣的李氏也惱了，把切豆腐的刀往案板上一摔。這老二媳婦也太過分了！也就敢對她這麼得寸進尺，看她在秋霞和冬寶面前，就沒這麼不知進退。

宋二嬸見她發火了，只得說道：「兩斤就兩斤吧！」生怕李氏連兩斤都不給她秤了。

等宋二嬸走了，冬寶對李氏不滿地說道：「妳看著吧，下回她回娘家，肯定還來要。」

「咱就給她這麼一次，人情做到了就好。」李氏笑著說道。

忙完了大半天，等學生們吃完飯走了，大實和張謙才坐下來吃飯。冬寶特意給兩人做了紅燒鯽魚，對於上學的學生來說，魚可是最好的補腦子的東西了。

「不用特意做菜。」大實很過意不去，他讀書又不費啥力氣，冬寶卻是小小年紀，就跟著大人幹活的。

冬寶笑咪咪地看著林實。「給你做了就吃唄，又不是天天都給你們倆開小灶的。嚐嚐好不好吃？」

林實笑了笑，眼裡一片柔光。他想起書裡的詩──「之子于歸，宜其室家」，說的就是冬寶這樣的女子吧？他忽而又覺得自己很是幸運，遇到了冬寶這樣的好姑娘，又早早地下手把她定了下來，要不然，等別人都發現了冬寶的好，還輪得到他一個農家小子嗎？

下午店鋪關門的時候，秋霞嬸子把泔水（注）挑回去了，這可是餵豬的好東西。自從冬寶家開始做買賣，豆渣、泔水還有驢糞都給了她，豆渣和泔水能拿來餵豬養雞，驢糞可以堆肥，這樣算下來，她家的三頭豬養下來幾乎是不用花費什麼成本的。秋霞嬸子喜孜孜地想著，決定等過年殺年豬的時候，挑豬身上最好的肉給冬寶留著。

這幾天李氏一個勁兒地念叨著冬衣和被子的事。「眼看就要入伏了，得拆洗被子，咱們家被子裡的棉花該彈一彈了。冬寶的那個小襖子也不暖和了，穿了那麼多年，早該換件新的了。以前是沒錢，今年不能讓寶兒再凍著了。」

「就是！秀玉和小謙的棉襖、棉褲，也都該重新換了。」李紅琴附和道。

李氏和李紅琴便帶著張秀玉做冬衣、拆洗被子，而冬寶則有更重要的任務——曬豇豆。

挑選好的豆子煮熟，等豆子放涼了，就均勻地鋪在乾淨的席子上，放到悶熱的屋裡頭等著生黴。把發了綠黴的豆子收集起來，放酒、辣椒進去充分攪拌，攪勻後的豆子放到廣口盆裡，在烈日下曝曬。大約兩週，豇豆就曬製得差不多了，放到鍋裡加油炒一炒，味道棒得很。

注：泔水，即餿水，沒吃完要丟掉的剩飯菜。

這事別人做不來，只有冬寶知道怎麼弄。如今家裡銀錢寬綽了，李氏也不阻止，要是曬好了，家裡多個下飯的吃食，曬不好也沒關係，浪費一點豆子而已。

又過了幾天，冬寶從鋪子裡出來，就看到門口有幾個年輕人牽著馬，向李氏問道：「大娘，這家店是不是一個叫宋冬凝的姑娘開的？」

冬寶瞧了說話的公子好幾眼，這才認出來，這個公子就是八角樓東家的兒子，那個綠衣公子！

「王公子！」冬寶笑著走過去打了個招呼。

王公子鬆了口氣，笑道：「在下王聰。宋姑娘，妳可好久沒去安州了，打聽到你們在沅水鎮上，就一路找來了。這是妳家的店？不如我們進去談談？」

「成！」冬寶爽快地笑道，拉著李氏對王聰說道：「這是我娘。」

王聰客氣地向李氏行了個禮。

「您別客氣。」李氏笑道，她猜到了這個貴公子就是買冬寶水煮魚方子的人，要不然她們家的鋪子可買不下來，所以她看向王聰的眼神分外親切。

王聰帶了兩個人過來，一個看打扮，像是伺候王聰的小廝；另一個則是十一、二歲的模樣，頭上束著一支白玉簪，腰間一條碎玉腰帶，月白色的錦袍，唇紅齒白，是個十分漂亮的小公子。

冬寶在前頭帶著路，忍不住回頭瞧了眼小公子腰間的碎玉腰帶。她怎麼覺得這腰帶她在哪裡見過……可是在哪裡呢，又實在想不起來了。

冬寶把幾個人領到了後院，搬了幾個椅子請人坐下，抱歉地笑道：「還請二位公子見諒，我們這後院還沒修好，不能住人，二位公子在院子裡將就一下吧。」說著，又請張秀玉倒了幾碗豆漿過來。

那個漂亮的小公子皺了眉，他從來喝的要麼是好茶，要麼是羊乳、牛乳。

「怎麼，這位公子喝不慣？可要換成八寶粥？我們店裡頭也就這兩樣能拿出手的東西了。」冬寶笑著問道。

小公子抬頭看了她一眼，慢條斯理地說道：「不用。」眼神、氣勢滿滿都是倨傲。

呸，不懂禮貌的臭屁小孩！冬寶在心裡頭暗罵。

王聰笑道：「宋姑娘不必這麼客氣。上回宋姑娘說還有別的菜方子，不知道……」

當初簽協議的時候，一個條件就是以後宋冬凝的方子都要賣給八角樓，其實這個條款在冬寶看來，不具有什麼約束力，她要是不想賣，完全可以說自己沒有菜方子了，也可以透過李氏等人去賣，自己不出面。

王聰也是明白這個道理，因此只是客氣有禮地前來詢問，並沒有強制的意思。而且眼前這個笑起來很好看的小姑娘可不是嚇唬就能了事的，用錯了方法可是會蛋打雞飛的。

一道水煮魚的菜給八角樓帶來的可不只是錢財，買菜方子的錢早就回本了，還有更高的聲譽，這些都是錢換不來的。

「喔，有的。」冬寶笑道，眼光又掃到了小公子的土豪腰帶，腦子裡乍一閃光，想了起來。

年初她到王家做粗使丫鬟，就是被這個漂亮小公子發話，炒魷魚攆出來的！

不過看架勢，這小公子壓根兒記不得她是誰了。

其實就算是之前認得冬寶的人，隔上這麼長時間再來看，怕是也不敢認了。這半年的時間裡，冬寶個子長高了，臉變白了，頭髮也變得烏黑濃密，最重要的是，整個人的精神氣完全不同了。

王聰大喜過望，說道：「那姑娘什麼時候再去安州一趟？要不這樣，咱們提前約個日子，我派馬車來接你們去安州，下午再把你們送回來？」

冬寶笑道：「好啊，如此就多謝王少爺了。只是不知道這個價錢……」

王聰沈吟了下，隨後說道：「實不相瞞，價錢我還要跟父親商議後才能給妳一個準確的數，不過我可以保證，只要姑娘的菜式好，絕不比水煮魚的價錢低。」

「王少爺為人爽快大氣，我們都信得過。」冬寶笑道。

一直微抬著下巴，以審視的目光打量著冬寶的小公子此時開口了，微微瞇著眼說道：「別高興得太早，若是拿不出像樣的菜式來，銀子是賺不到手的。」

冬寶臉上掛著笑，心裡頭卻把這個漂亮小公子罵了個狗血淋頭了。長得好看有什麼用？金玉其外，敗絮其中！從小就知道什麼通房，盡往歪道裡走，早晚敗光家產的二世祖！

「自然不會讓王少爺失望的。」冬寶笑道。都二十多歲的女青年了，別跟個熊孩子計較。

王聰打起了圓場，苦笑地看了眼小公子。這小祖宗是王家長房嫡支，含著金湯匙出生的。對待冬寶這種身懷絕佳菜方子的人，他得放下身段，哪能跟這位祖宗一樣，看誰都是鼻孔朝天的態度。

「宋姑娘，這是我堂弟，妳叫他王五公子就行。」王聰介紹完，又對王五公子笑道：「五弟，你不是挺愛吃那個水煮魚的嗎？就是這位宋姑娘做出來的。」這小祖宗在家裡待得無聊，碰見他出城，聽說是要來拜會那個做出水煮魚的廚子，立刻抬著下巴跟上了。

「真是妳做出來的？還是有別人教妳的？」王五公子瞇著眼睛，問得毫不客氣。

王聰皺眉說道：「五弟，當日我親眼看到，是宋姑娘在廚房裡做出來的——」

王五打斷了王聰的話，譏笑道：「倘若她也是從別人那裡偷學來的呢？我不過是怕你被騙了，好心幫忙多問一句罷了。倘若是偷師來的，你花這麼大的價錢，不如去找正主兒買。」他著實不相信那道征服了安州人舌頭的水煮魚，是面前這個白淨瘦弱的小女孩創造出來的。

王聰朝冬寶歉意地笑了笑，臉色有些尷尬。兩邊都得罪不起，偏偏王五大少爺的脾氣又犯了。

冬寶也笑了笑，要不是看在王聰的態度很好的分上，她就要送客了。有的是酒樓願意買她的菜方子，何必受這窩囊氣？她又不是王家的粗使丫鬟！

第六十六章 印子錢

看冬寶不搭理他，王五有些心浮氣躁，輕蔑地說道：「怎麼？心虛了？」

冬寶心平氣和地笑道：「看王五公子一身書卷（紈袴）氣，肯定是讀書人（讀了也改變不了敗家二世祖的命），考慮得很……周全。」

王五背著手，哼了一聲。

「倘若王五公子有證據證明我是偷師的，我立刻將銀子雙倍奉還。」冬寶說道。

王聰笑著打圓場。「好了好了，宋姑娘的為人我們都信得過。」其實只要冬寶能給八角樓提供出吸引客人的菜式，是不是偷師的都無所謂。只是他有點想不明白，為什麼王五一個勁兒地咬著不放，就像是故意為難宋冬凝一樣。「那咱們就這麼說定了，等到初十那天，我早上就派人來接你們。我們的人後半夜出發，到這裡也不過是太陽剛剛昇起。」王聰接著說道。

冬寶點頭笑道：「那成啊，我那天就在這店門口等著。」初十正好是林實、張謙休沐的日子，大家可以一起去。

談到這裡，王聰便要拱手告辭。臨近中午了，這早點鋪子也不像有什麼好吃食。

「二位公子不在這裡吃頓飯再走？」一旁的李氏笑道。

自始至終，李氏都坐在冬寶旁邊，未曾開口。她覺得自己嘴笨，怕說錯了話，影響了大事。

像是看出了王聰的猶豫，冬寶笑道：「放心，我們店裡的吃食我們自己也吃的，獨一份的豆腐菜，二位公子不如嚐過再走。」

王聰眼神一亮。「我早聽人說沅水有人賣豆腐，做得很不錯，應該就是妳們家的寶記豆腐吧？」

「對啊！我們家的豆腐方圓百里內都是頭一份！」冬寶笑著點頭。

冬寶親自在灶房做了三個菜，一個家常豆腐、一個麻婆豆腐、一個小蔥拌豆腐的涼菜，還燜了一鍋米飯。

李氏悄悄地問冬寶，要不要去買幾套新的碗碟回來？

冬寶想了想，搖了搖頭。「不用，就用咱們自己的碗碟，洗乾淨點就行。」她覺得自己和王聰是合作關係，不想讓王聰覺得她們巴結著他。

王五本來對在這裡吃飯是有些皺眉頭的，不過等三個菜上來後，他看冬寶的眼神就有些不一樣了。

冬寶覺得，那眼神從看她是個「女騙子」直接轉變到「這個女騙子還有兩把刷子」上了。

「好吃！」王聰每樣菜都嚐過後，笑著向冬寶讚嘆了一聲。

王五雖然沒有吭聲，然而從一進來就沒舒展過的眉頭卻舒展開了，顯然對飯菜是十分滿意的。

等兩人吃完了飯，冬寶又給兩人端了兩碗涼豆漿。

「宋姑娘，妳這豆腐做得不錯啊！」王聰誇獎道。「只在沅水鎮上賣可惜了。」

冬寶笑了笑，她就猜王聰會這麼說。她也想把鋪子開到安州去，不但要開大鋪子，還要開大飯館，做大買賣，賺大錢。

不過這也只是想想而已，她在安州人生地不熟，開鋪子和飯館要面對的不僅僅是客人，還有地頭蛇的勒索，從巡街小吏到知府，每一樣都要打點到，光有錢不行，還要有足夠的人脈和背景。

她敢在沅水開鋪子，憑的是梁子和嚴大人的關係。但到了安州，這些優勢就不復存在了。

別怪她把人心想得太壞，實在是這個世上，孤兒寡母要立足太艱難了。

雖然不少人眼紅她們掙錢，可仔細想想，一家老小後半夜就起床磨豆子，一整天不得閒，比起這些辛苦，掙的錢就不顯眼了，要不然她們早被人惦記上了。

每當想到這些，冬寶就無比期盼著大實或者張謙能趕快考一個功名出來，即便是個秀才的頭銜，也能震懾住那些長了幾兩熊膽的人。

「王少爺，我們家就我和我娘兩個相依為命，不求發大財，只求個溫飽餬口。」冬寶笑道。「做豆腐是個辛苦活兒，就掙點辛苦錢。安州是個大地方，恐怕我們母女兩個辛苦一個月，到頭來還不夠繳鋪子租金的。」

王聰笑了笑，點了點頭，卻並沒有接冬寶的話。安州鋪子的租賃金是不低，可絕不會像冬寶說的那樣，掙的錢還不夠付租金。

「王少爺要是愛吃我們家的豆腐，等會兒我給王少爺切幾斤帶回家。」冬寶笑道。

冬寶送兩個人出去的時候，正好碰上學生進鋪子吃飯，周平山和王五少爺就打了個正面。

「是你？」周平山忍不住皺起了眉。

王五背著手，倨傲地看了他一眼，連吭聲都沒有，徑直走了出去。

周平山看著王五的背影，臉色微紅，手在袖子裡握成拳頭又伸開，半晌才在同窗們的招呼下坐下了。

周平山吃完飯後，特意落後了眾人幾步，跟冬寶悄聲問道：「他怎麼來妳們鋪子裡了？」

冬寶笑道：「跟他一起來的那個王公子想買我家的豆腐。」

「他有沒有說什麼不好聽的？」周平山緊張地問道。

冬寶搖了搖頭。「他不認得我，我也是認了好久才想起來是他。」

「那就好。」周平山鬆了口氣，看了眼站在冬寶旁邊的大實後，笑著和冬寶告了別，回書院了。

大實笑著問道：「他怎麼那麼緊張在意那個小王公子的事啊？」

冬寶笑道：「我也不大清楚，兩個人好像有點親戚關係。欸，差點忘了，初十咱們去安州，王聰說派車來接咱們。」等店裡頭沒人了，她就跟幾個人講了她是怎麼被這位王五公子炒魷魚的事。

張秀玉鄙夷地哼了一聲。「人模狗樣！」張秀玉是個正派姑娘，本能地討厭姨娘、通房之類的。

大寶則是另有想法，怪不得周平山那小子經常紅著臉偷看冬寶，原來還有這茬破事。

張謙是個老實人，當即就說道：「被攆回來也是好事，在家總比給人當丫鬟強。」

幾個人七嘴八舌地說著，而王聰和王五已經出了沅水鎮，走了老遠了。

因為王聰的馬上放了幾斤豆腐，不敢像來的時候一樣策馬狂奔了，只讓馬慢步小跑。

「五弟，那位宋姑娘怎麼惹到你了？」王聰趁這個時候問道。

王五從鼻孔裡哼了一聲，目不斜視地看著眼前的路面，只說道：「我是為你好，怕你被人騙了還替人數錢。」

「怎麼會？」王聰有些尷尬地笑道。都說這位本家的五少爺最難伺候，果然名不虛傳。

王五冷笑了一聲。「幾個月前她還到我家來當粗使丫鬟，怎麼才過了幾個月，她就會做這麼多菜了？既然會做菜，當初為何不直接賣菜方子？」

王聰大吃一驚，立刻問道：「你確定？你家丫鬟那麼多，看差了也不一定。」不是他不相信王五，而是那位宋姑娘雖然只有十歲，可舉止進退怎麼也不像是做粗使丫鬟的。

王五沒答話，策馬快跑了起來。他其實早不記得當初被他一時不爽快攆走的丫鬟長什麼樣子了，印象中那小丫頭十分上不得檯面，嚇得簌簌發抖，連頭都不敢抬。

還是後來又有一次，一個粗使丫鬟冒失地闖進了主子們住的院子，他見了那身藍粗布衣裳，還以為之前他發話攆走的丫鬟依舊留在家裡，頓時大怒，叫了管事來訓話，才知道那個被攆走的丫鬟叫宋冬凝，早攆走了，跟這個不是同一個人。

而今天來的路上，他聽王聰說要找的是一個叫宋冬凝的十歲姑娘，就起了疑心，等出門看到周平山時，就完全確定了自己的猜測。

自己喜歡吃的水煮魚，居然出自一個被他攆走的粗使丫鬟之手，這讓養尊處優的他十分不爽快。

只不過，無論他如何無理挑釁，宋冬凝都是一副笑盈盈的模樣，彷彿在她眼裡，他只是個無理取鬧的頑童，這讓他更為火大了。

聽說冬寶初十要去安州，李氏高興之餘也替冬寶擔心。晚上睡覺的時候，問冬寶。「寶兒，妳準備給人家王公子做啥樣的菜啊？」

冬寶笑道：「我這幾天想了幾個菜，到時候看他們那邊有啥材料，合適做哪樣就給他們做哪樣。」

李氏摟著她笑道：「不成也沒啥，妳都給咱們掙回來一個鋪子了，咱娘兒幾個吃喝不愁，旁的錢沒有也沒啥。」

冬寶點頭道：「我知道，不勉強自己。」

君子愛財，取之以道。若是有這種掙暗財的機會，她想盡力抓住。她們所有的產業，也就這個鋪子而已，離她當地主的目標還有很大的差距。

黃氏想賣地供宋柏，但宋二叔反抗得很劇烈，宣稱「要是娘鐵了心賣地，我就拿鐮刀到地裡割脖子，看誰敢買」。

加上宋老頭也不同意賣地，黃氏便只得暫且收回了這個想法。

這幾天，除了宋二嬸鬧騰過幾次，嫌飯食太差外，倒也沒起別的風浪。

黃氏牽掛著心愛的小兒子，幾次和宋老頭念叨。「三兒正是唸書的要緊時候，萬一分了心，前頭努力就白費了。可恨老大媳婦那個老尖酸……」

正罵著，就聽到外頭有人高聲喊道：「是宋柏家嗎？」

黃氏趕忙應了一聲，出門就看到七、八個年輕漢子站在院子裡，看樣子就吊兒郎當的，不像好人。

「你們找我兒子啥事？」黃氏看這架勢，就有些怯氣，她的凶悍只能施加在比她弱的人身上，比如李氏。

這會兒上，宋老頭也出來了，站在黃氏身後。

而宋榆本來是想出來的，被宋二嬸拉著，不讓出來。

領頭的漢子抖著手裡一張薄薄的紙，笑得不懷好意。「老太太，宋柏欠了我們銀子，到期了還不了，妳看是不是妳幫他還了？」

黃氏的腦子嗡地就暈了。

宋老頭趕忙說道：「我兒在書院有吃有花，他咋會借你的錢？」

「嘿，老爺子！」那人說道。「這我可不知道。你家兒子問我們借印子錢的時候只說是做買賣入股用的，七天就還，現如今他還不出來，你就替他還了吧！」

聽到印子錢三個字，黃氏直接暈了過去。

宋老頭連忙抱住了黃氏，掐了她半天的人中，黃氏才醒過來。

「這咋辦啊！」黃氏嚇得面無人色。

宋老頭的心也亂成了一團麻，臉上血色盡褪，半晌才勉強穩定了心神，說道：「你說我兒子借了你錢，有憑據嗎？」

那人不耐煩地說道：「這就是你兒子寫的借據，還摁了你兒子的手印。」

宋老頭並不認得字，只看到那張紙上寫了不少字，還有一個鮮紅的指印，當即心就涼了。

「多少？」宋老頭顫抖著聲音問道：「宋柏借了多少錢？」

領頭的漢子叫道：「不多，也就三百兩。」

宋老頭只覺得一道雷劈到了他頭上。即便是把宋家的家產全部賣了、老老少少都賣身為奴，連零頭也都湊不夠！

「這孩子……這……」宋老頭嚇得話都說不囫圇了。家裡啥情況宋柏不是不知道，居然借了三百兩！這不是要全家人的命嗎？

宋老頭手撐著牆才勉強使自己站立著，沒倒下去。

西廂房裡頭，正偷聽、偷看的宋二嬸立刻嚇得哭了起來。他們沒分家，老三欠了印子錢，可不就攤到他們頭上了？

「老爺子，我們不管你們怎麼湊錢，我們只管收銀子。」那人又說道。「這是你兒子寫的欠條，摁了手印的，作不了假，你要是不給錢，咱們就去公堂上好好掰扯掰扯！」

宋榆壯起膽子，掀開簾子出了屋。他跟著大哥宋秀才識了幾個字，此時戰戰兢兢地走到那幾個人跟前，接過欠條看了一眼，立刻跟宋老頭喊道：「爹，真是老三那個混帳東西寫的！」

宋老頭頓時就絕望了，三百兩銀子的鉅款，他不吃不喝一輩子也掙不到啊！

「我們沒錢！」黃氏張牙舞爪地叫了起來，當然，她是躲在宋老頭背後叫的，不敢直接對上那幾個地痞。

領頭的漢子冷哼了一聲。「我們可不管妳有錢沒錢！今兒要是收不到錢，我們空著手回去，妳兒子就得掉根手指頭。等到明兒，我們要收的銀子可就不止這個數了，要加上一天十兩銀子的利息。」

「你敢！」宋老頭氣得大喝了一聲，心裡暗道，只要宋柏老實地窩在書院不出來，這群地痞也不能衝進去綁人。

這群地痞聽到宋老頭的喝聲不但不慌亂，反而對視了一眼後，哈哈大笑起來。

領頭的人悠哉地笑道：「我們放印子錢的，還怕你一個泥腿子？你兒子就在我們手裡，今兒個要是不給錢，回去我就剁他一根手指頭，明兒個帶給你瞧瞧！」

黃氏嚇得抓著宋老頭，嗚嗚地哭了起來，驚慌失措地說道：「這咋辦啊？三兒在他們手上啊！」

宋榆也氣得要命，不是氣這群地痞敢剁三弟的指頭，而是氣老三不吭聲地借了印子錢，坑死他們了！

「你們儘管剁去吧！」宋榆縮著脖子叫道。「反正我們是沒錢，你們把他剁了，就當還錢吧！」

黃氏氣得大罵。「老二你個喪良心的東西！那是你親弟弟！當初生你的時候，就該把你摁糞桶裡淹死！」

宋榆哼了一聲，該被摁糞桶裡淹死的是老三才對！讀了那麼多書，銀錢花得跟流水似的，沒沾到光也就罷了，還拖累了一家人，去借印子錢。

領頭的漢子不耐煩聽他們一家人拌嘴，從懷裡掏出一樣東西，扔到了宋老頭跟前。

黃氏驚叫了一聲。「這是三兒的筆袋，還是我給縫的！」

「事情我已經跟你們說明白了，你們再不信……」領頭的漢子沈吟了下，揮手叫過一個人。「去，剁了宋柏的一根指頭送過來！」

那人領命就要往外走。

黃氏急了，大哭著撲了上去，攔住了那人。「不能去，你不能去啊！」又對領頭的漢子哭道：「大老爺，您行行好，寬限我們兩天，我們一定湊夠了給您送過去！他將來要考功名當大官的，可不能少了手指頭啊！」

「哭哭啼啼的惹爺煩！」領頭漢子不耐煩地說道，又對那人使眼色。「還不快去！不廢他一根手指頭，他家裡人不老實！」

黃氏這會兒顧不上害怕了，只咬牙攔住了那人，死活不肯讓步，一個勁兒地嚎啕大哭，苦苦哀求。

這會兒是上午，莊戶人家大部分都下地了，只有隔壁林家的全子，偷偷站在門口探頭打量著。

黃氏畢竟是個上了年紀的婦人，哪能攔得住一個壯年漢子？那人發狠使勁踹了她一腳，把她踹到地上後就往外走。

黃氏看著那人大踏步往外走的背影，彷彿已看到心愛的小兒子舉著一雙血淋淋的手在跟她喊疼，小兒子的光明前途從此再也與他無緣了。她倏地從地上爬起來，飛奔到那人跟前，撲倒在地上，抱住了那人的腿。

「有錢！有錢還你們！」黃氏又哭又嚇，話都說不囫圇了。

領頭的人問道：「錢呢?要是敢騙老子，老子就砍了宋柏的腿，讓他當一輩子廢人！」

黃氏指著冬寶家的方向，哭道：「我大兒媳婦家有錢！你們去她們家拿錢！你們別害我兒子！」

宋榆頓時精神一振，立刻附和道：「對，她們有錢！你們從我們這兒再刮也刮不來錢，去她們家吧！」

宋老頭氣得跺腳，指著黃氏和宋榆，顫抖著手，想說什麼，最終卻又無力地垂了下來。

「老太太，妳可別騙人啊！」領頭的人陰森森地笑了起來。

黃氏抹了把臉，搖頭道：「我不騙你，她們有錢，鎮上那寶記豆腐就是她們家開的！」

「好！」領頭人叫道：「老太太給我們帶個路吧！」

黃氏一看他們不去剁宋柏的手指頭了，立刻從地上一骨碌地爬了起來，走在了前頭給幾個人帶路，徑直往冬寶家走去。

第六十七章　鄉村保衛戰

躲在門口的全子跑回了家，拉著林福嚇得哭了起來。「爹，宋奶奶領了一幫人，要去冬寶姊家搶錢！」

林福大吃一驚，幾步飛奔出院子，正好看到黃氏帶著人往冬寶家的方向走過去，當即就跑回院子，拿了一把院牆旁邊的鐵鍬就跑了出去，對全子說道：「去，跑快點，多喊上幾個人去冬寶家！」

全子立刻和林老頭分了兩路，一個往地裡跑，喊正在地裡幹活的人，一個去找相熟的人家幫忙。

好在昨天下午下過一場雨，鄉村的土路泥濘，幾個地痞都是走慣了鎮上的青石板路，嫌裹了牲口糞便的泥臭，怕弄髒了鞋，所以走得慢一些。

今天冬寶為了準備去安州的菜式，在家裡反覆試驗調料的味道，並沒有去鎮上。

等她聽到外頭吵鬧起來的時候，還有些奇怪，剛打開門上的小門洞，就聽到林福沈聲對她說道——

「冬寶妳在家？可千萬別出來！」

冬寶詫異地看過去，看到除了扛著鐵鍬、鋤頭等各種農具的鄉親外，還有幾個地痞模樣的人，兩方對峙著。
黃氏指著領頭的林福叫道：「你給我滾一邊去！這是我們老宋家的事，你別多管閒事！」
「嬸子，」林福忍著氣說道。「妳光天化日地領這麼多人到秀才娘子家幹啥？」
黃氏本來就心虛，這會兒上被他一說更是惱羞成怒，跳腳罵道：「關你什麼事！我帶人到我兒媳婦家，還用你來管？」
大榮吼了一聲，大聲說道：「妳帶人來搶劫秀才娘子家，還有沒有天理王法了！」
幾個地痞也有點怯了，他們唬唬唬唬人還行，真碰上這群壯實有力的莊稼漢就慫了，更何況人家手裡都拿著傢伙，他們可是赤手空拳。
「老太太，妳可是說了領著我們去妳大兒媳婦家拿錢的！」領頭的人叫了起來。「妳要是不給錢，妳兒子的手指頭可就保不住了！」
黃氏又驚又怕，眼看著林福等十來個漢子不肯讓路，就哭了起來，作勢要給林福幾個人下跪。「我求求你們了！要是她們不出錢，我三兒子就要被人剁手指頭了！你們行行好，讓開吧！」
大偉皺眉問道：「宋奶奶，宋三叔咋惹到人家了？」
「我三兒子跟他們借了……一點錢。」黃氏囁嚅道。「我們哪有錢還？這不就來這兒了。」
林福哼了一聲，說道：「想找秀才娘子借錢應急，那就去鎮上找，誰不知道這會兒上秀才娘子不在家。妳領這麼一群人過來，哪是借錢？分明是要搶！」

黃氏滿臉通紅，辯解道：「她向來尖酸刻薄，一個大子兒都捨不得給我，哪會借我錢應急？我這也是沒辦法啊！」

滿堂叔叫了起來。「嬸子，妳說這話昧良心了！秀才娘子哪回做了好吃食都不忘給你們送，咋到妳嘴裡就成尖酸刻薄了？再說了，妳三兒子沒錢還債，妳就帶人來搶妳大兒媳婦的家，有這個道理嗎？」

黃氏理直氣壯地說：「我大兒媳婦的錢，我要兩個來不行？她不該孝敬我嗎？她生不出兒子來，害得我大兒子絕了後！她有罪，就該花錢贖罪，省得死了下油鍋！」

黃氏這套理論，在宋家行得通，那是因為宋老頭由著她不講理，可到外頭就不行了。

「刁鑽婆娘！」大偉的三個弟弟都是火爆脾氣，當即指著黃氏就罵。「當初看人家病得不行了，就要把人扔出去，現在看人家掙兩個辛苦錢，又要來搶！呸，妳才會下油鍋！」

領頭的地痞想走，卻又不甘心，最後跟黃氏搭話道：「今兒個要是沒拿到錢，妳兒子的手指頭可就保不住了。妳自己掂量著辦，哥兒幾個耐心不多了！」

黃氏連忙哀求道：「我大兒媳婦掙得可多錢了，都在她屋裡藏著。你們進去找，肯定能拿到錢！」

「我看誰敢！」林福暴喝一聲，揮舞著手裡的鐵鍬，把幾個探頭探腦想往前走的地痞嚇了回去。

「就是！」幾個人跟著附和道。「有我們在，想都甭想！」

這會兒上，還有十來個漢子拿著鋤頭往這裡奔來。

黃氏恨死這些擋在她前頭的人了，破口大罵起來，還要上去伸手撓人，被林福使勁推開了。

真要論打架，幾個黃氏加起來也近不了林福的身，只不過林福看她是老人，不想跟她動手。

見搶不到錢，黃氏絕望起來，坐在地上拍著腿大哭。「你們這些挨千刀的龜孫貨！你們害死了我兒子啊！我咒你們斷子絕孫！」

「妳兒子沒幹缺德事，幹啥找那種人借錢？」大偉氣得罵道。他眼下還沒孩子呢！借印子錢的人，絕對是為了吃喝嫖賭，不走正道！

林福嘆了口氣，對黃氏說道：「宋嬸子，等秀才娘子回來後跟她好好說，她絕對不會不管妳的。妳帶一群人來搶人家孤兒寡母，這像啥？非得逼秀才娘子那麼好的人恨妳，妳才樂意？」

「就是啊！」一旁有人附和道。「三、五兩銀子，就算秀才娘子拿不出恁多，咱們鄉里鄉親的還能不管嗎？幾家湊湊，也就夠了。」

黃氏氣得跺腳，咬牙說道：「三、五兩銀子哪夠！」

「那是多少？」林福驚訝地問道。

「三百兩！」領頭來要債的地痞高聲叫道，對林福幾個冷笑道：「今兒個錢要是拿不到，回頭我們就剁了宋柏的手指頭。你們好心護著小寡婦，可就害了宋柏了。」

幾個人都被地痞的話驚到了，三百兩銀子在莊戶人家看來，那是無法想像的，宋柏居然欠下了這麼一筆鉅額債款！

門裡頭，冬寶聲音清脆地說道：「好大一頂帽子！宋柏借錢不還，怎麼到你嘴裡，就成了這些好心大叔大伯們的錯了？」

黃氏聽到冬寶的話，立刻吼道：「冬寶，快點開門！妳要不開門，我打死妳個丫頭片子！」

有林福等一、二十個漢子擋在她家門口，冬寶並不怕那幾個地痞。她也不搭理黃氏，只高聲問道：「是你們借給我三叔錢的？」

領頭的地痞愣了下，沒想到那小丫頭居然會跟他說話，連忙說道：「對，連本帶利三百兩，過期不還，一天十兩利息！」

「你們知不知道宋家連人帶東西加起來，連十兩都沒有，你們就敢借給他三百兩？不怕他到期還不上？」冬寶問道。她確實很懷疑，在前世，銀行或者是貸款公司放貸前不但要調查借款人的背景和信用度，而且還要有實物抵押。

領頭的地痞一時語塞，說知道吧不對，你放印子錢的借這麼大筆錢給一個肯定還不上錢的窮光蛋，誰信啊？說不知道更不行了，連借錢的人啥背景都不調查就敢借錢？

「他說他入股做買賣，兩天就能賺一倍回來！」領頭的人硬著頭皮叫道。

冬寶在門後嗤笑。「你們是三歲小孩嗎？我三叔說這話你們都信！」光憑宋柏一句話，這些人就敢借鉅款給他？就是鄰里之間借三、五個錢，都還要掂量對方有沒有能力還呢，他們肯借給宋柏銀子，到底依憑什麼？

林福等人看向他們的眼光頓時也充滿了懷疑。

「少囉嗦這些沒用的！妳不出錢，我就把妳三叔的手指頭扔妳家院子裡！叫大家伙兒都看看，嫂子、姪女天天吃香喝辣，眼睜睜地看著小叔子被人砍手指頭！」領頭的地痞惱羞成怒了，高聲叫道。

冬寶也惱了。「嚇唬誰啊！如今連我三叔的影子都沒看到，誰知道你們是不是來矇我們這些鄉下老實人的？」

黃氏這會兒上急急地叫了起來。「他們沒騙人！妳二叔看了，那借條上的字兒就是妳三叔寫的！」

冬寶差點沒被氣得笑出聲來。不怕虎一樣的敵人，就怕豬一樣的隊友。黃氏對宋柏的偏愛真是偏得沒邊了，還不知道宋柏是個啥情況呢，就急吼吼地帶著人來搶劫大兒媳婦的財產，生怕小兒子受到一丁點傷害。

「宋嬸子，我看冬寶說的對，這事可疑得很。」林福看著那群地痞說道：「光憑一張借條就上門要錢，這叫誰信啊？我看，得找妳家老三問問。」

黃氏抹著眼淚說道：「我也想問啊！可老三在他們手裡，我見不著啊！他們過來，就給我看了個我給老三縫的筆袋。」

「光憑個筆袋也說明不了啥！」大偉說道。「宋三叔不是在書院裡頭唸書嗎？借恁些錢要幹啥？」

滿堂叔附和道：「這群人看著就不像好人，指不定是看秀才娘子掙了錢，就想來咬一口。」

來要錢的地痞們有些慌了，紛紛大叫了起來。「我們是正經的生意人！你們這群泥腿子賴帳不還也就罷了，還誣賴我們！」

「那就到公堂上讓縣老爺審一審！」冬寶清亮的聲音響了起來。「倘若我們誣賴了你們，縣老爺英明神武，豈能不幫你們伸冤？」這事實在太可疑了，她敢肯定這群人有問題！

一聽要上公堂，領頭的人眉宇間有了一絲慌張的神色，虛張聲勢地說道：「走！咱們回去，有他們送上門求咱們收銀子的時候！」

幾個地痞原本想趁這個時候跑掉的，沒想到黃氏卻一把抱住了領頭的腿，哭得撕心裂肺的，好似這些人一走，宋柏也就活不了了。

黃氏眼淚、鼻涕糊了一臉。「我兒子將來有大出息的，你們可不能毀了他啊！」

白跑一趟，領頭地痞氣惱之下，更恨黃氏一點用都沒有，當即抬腳下狠勁，把黃氏踹倒在地上。

這會兒上，全子跑了過來，小少年黝黑的臉上全是汗水，對林福說道：「爹，我去叫宋爺爺了，他不來，我說啥他都不過來，我爺去叫他，他也不搭理。」

林福嘆了口氣，宋老頭這是默許宋老太太帶人來洗劫守寡的兒媳婦了。都說人心是肉長的，他看也不盡然，宋家兩個長輩對大兒媳婦和孫女，心比石頭都硬。

冬寶聽明白了，其實她也猜到了，黃氏領人來搶劫，宋老頭是同意的，之所以沒來，不過是拉不下那張老臉而已。

想想平日裡送的豆腐、豆芽、好菜、好點心，去了安州還給兩個老人買禮物……冬寶不禁嘆道：「我和我娘加起來，還比不上三叔的一根手指頭啊！」

然而幾個地痞還未走到村口，迎面就碰到了騎著馬過來的嚴大人和一個年輕漢子，後面還有幾個皂衣捕快朝他們這裡跑了過來。

看見這幾個有些面熟的地痞，嚴大人便用馬鞭指著這幾個人，朝那年輕漢子問道：「劉勝，可是這幾個人？」

劉勝怒目瞪著那些地痞，說道：「是的，就是他們！」

領頭的地痞心裡頭直打鼓，沒想到竟會在這裡碰到了鎮上的所官，這個嚴大人可是名副其實的「嚴厲」啊！

「嚴大人，您怎麼來這裡了？」眼見躲不過去，領頭的地痞朝嚴大人作了個揖，諂媚地笑道。

剩下的幾個地痞都是領教過嚴大人的厲害的，一個個跟要砍脖子的公雞似的，縮著脖子、低著頭，不敢吭聲。

這會兒上，跟在馬後面的皂衣衙役們也跑了過來，領頭的正是梁子，瞪著他們怒斥道：「你們來這裡做甚？」

領頭的地痞心虛地左顧右盼。「小的前幾日放了筆銀子，這會兒上來收錢，不過他們家沒銀子，小的也就沒收成，正準備回鎮上去。」

「放銀子？」梁子冷笑，抬腳把領頭的地痞踢得跪在了地上。「張萬，你家窮得只剩下牆了，哪來的銀子放債？」

嚴大人翻身下了馬，見這幾個地痞都是空著手的，應該是沒能得手，便稍稍放下了心，說道：「先看住這幾個人！梁子，你跟我到冬寶家去瞧瞧。」

劉勝也牽著馬跟了過去。當時全子跑來報信的時候，他正套著馬在地裡頭幹活，慌得他立刻卸了犁，翻身就上馬給秀才娘子報信去了，正好碰上嚴大人和幾個衙役在寶記豆腐吃早點，省去了報官的工夫。

秀才娘子當即臉就白了，直說要回家看看冬寶，錢財是小事，就怕女兒受到什麼傷害。嚴大人勸住了秀才娘子，和劉勝先一人騎了一匹馬回來了，幾個腳程快的年輕衙役則在後面跟著跑。如今看來，萬幸是趕上了。

一行人到冬寶家門口時，林福幾個人還扛著農具守在門口，黃氏哭累了，回家去了。看到嚴大人和梁子，林福幾個才鬆了口氣，上前跟嚴大人行了禮。

嚴大人連忙扶起了他們，說道：「快快請起！要不是有你們這些熱心仗義的鄉親，今日就壞事了。」

村裡人紛紛笑道：「這不是應該的嗎？是個男人都不能眼睜睜地看著那群人欺負孤兒寡母啊！」

「嚴大人，您可得好好治治那群王八羔子，忒不是東西了！」

嚴大人嚴肅地說道：「這個自然，回頭審過後，就押送到縣衙去，由縣令大人判決。冬寶怎麼樣了？」

冬寶聽到了嚴大人和梁子的聲音，眼裡一熱，鼻子也酸了，高聲叫道：「嚴叔，我很好，沒事！」說著，開了家裡的大門。

看她安然無事，嚴大人才放下心，放柔了聲音說道：「妳先在家待著，把門關好，我們去審審那幾個人。」

冬寶想了想，說道：「我跟你們一起過去。」

嚴大人有些驚訝，原以為小姑娘嬌滴滴的，這回肯定是受了驚嚇，沒想到還有膽過去看他們審那群地痞。

「也好。」嚴大人點頭說道。

第六十八章 審訊

審問以張萬為首的地痞是在宋家的大院子裡進行的，宋榆得知鎮上的所官都來了他家，驚嚇過後就是驚喜，在宋二嬸的鼓動下，換了件藍棉布直裰出來了。這件藍棉布直裰原本是宋楊的，宋楊死後，好一點的衣裳就歸宋榆了，剩下的補丁摞補丁的衣裳宋榆看不上，李氏才得以留到了手裡。

然而宋榆長得賊頭賊腦的，故作嚴肅的表情也不能改變他吊兒郎當的本質，而且宋榆身材短粗，那身直裰穿在他身上，又長又瘦，說不出的怪異。

「嚴大人，草民這廂有禮了！」宋榆向嚴大人行了禮。

宋老頭則是蹲在不遠處抽著旱煙，青色的煙霧裡，他那張羞紅的老臉若隱若現。聽到宋榆的聲音，也只是抬頭看了他一眼，又低下頭去。

黃氏一個勁兒地在旁邊哭鬧，嚷著「大老爺救命啊！這群人要砍我兒子的手指頭！」，要不是有村裡的幾個媳婦拉著，她還能鬧騰得更厲害些。

嚴大人看了眼宋榆，一旁的林福趕忙說道：「這人是冬寶的二叔，宋榆。」

「正是在下。」宋榆掛著諂媚討好的笑容，慌忙上前，又作了個揖。「大人有什麼要問的，儘管問小的。」

嚴大人皺眉，冷哼了一聲，嚴厲地問道：「你既然是冬寶的二叔，那為何你娘領著一群人搶劫寡嫂家的時候，連毫無血親的鄉鄰都能仗義相助，你卻躲著不出現？你這個親叔叔當的可真是好啊！」

宋榆有些心虛，尷尬地笑道：「大人，我家啥情況您不知道，我娘下的決定，我們家誰敢不聽啊？這是……孝道！我乾著急也沒辦法啊！」說著，宋榆還拍了拍大腿，一副痛心疾首的模樣。

嚴大人懶得再看他。

「嚴叔，我懷疑這些人一開始就是衝著我們家來的。」冬寶在旁邊小聲說道。「我爺奶家沒什麼錢，他們咋就肯借那麼多錢給我三叔？」

嚴大人點了點頭，示意冬寶站到他身後，他也早發現有古怪。

「怎麼回事？是你們自個兒老實交代，還是讓兄弟們收拾一頓再說實話？」梁子大聲說道，橫眉瞪眼的凶悍樣子，與他平日裡在冬寶等人面前如沐春風、爽利和氣般的笑容完全不同。

幾個地痞互相看了一眼後，目光都集中在了領頭的張萬身上，張萬只得吞吞吐吐地開口了。「真是來討債的，兄弟們也是想快些拿回自己的錢，才嚇唬他們說要砍手指頭啥的。那宋柏，如今好端端地在書院裡唸書哩！」

聽到這話，黃氏才安下心，剛才可真是嚇死她了。摸著現在還發疼的胸口，黃氏忍不住上前去朝張萬唾了一口。「呸，殺千刀的東西！敢害我兒，我就弄死你！」

張萬心裡氣得要命，卻礙於嚴大人和幾個衙役在場，只得低頭忍下了。

「不肯說實話？」嚴大人背著手，淡淡地開口了。

張萬吞了口唾沫，小心翼翼地笑道：「大人，小人所言句句屬實啊！」他們不知道梁子和張秀玉訂了親，也根本想不到嚴大人會為了孤兒寡母出頭。

嚴大人居高臨下地瞥了他一眼，對幾個衙役簡略地說道：「梁子，小懲。」

幾個地痞頭上立刻冒出了冷汗。「小懲」是鎮所的行話，三十大板為小懲，一百大板為大戒。三十個板子足夠去掉半條命了，若是碰到下手狠的衙役，暗中使陰招，都能讓人斷一條腿。至於大戒，恐怕能扛下來的人不多。

「小人說的都是實話啊！不信您找宋柏問問就知道了！」張萬急了。

衙役們出來得急，沒有帶板子，梁子便去找了棵碗口粗的樹，用隨身帶的刀砍了，削去了枝椏，就扛了過來，這可比板子殺傷力大多了。

「不想挨板子也行。」梁子笑嘻嘻地說道，眼裡閃著凶光。「把實話說出來，否則我們兄弟幾個往死裡打你們！」

立刻就有膽小一些的地痞撐不住了，跪在地上驚慌失措地叫道：「大人，我說！這事是宋柏和張萬搞出來的！那借條是假的，就是為了讓他娘帶我們去他大嫂子家拿錢，得了錢，我們對半分！」

他這一說，其餘幾個人也爭先恐後地說了起來。

張萬又羞又惱，生怕被當成罪魁嚴判，立刻叫道：「大人，這事不是小人一人所為，他們都有份的！」

不光是圍觀的塔溝集村民，就連衙役們都驚呆了。宋柏好歹是個讀書人，怎麼是如此黑辣的心腸？禽獸也不過如此！

眾人紛紛驚嘆的時候，黃氏突然激動地跳了起來，揮舞著胳膊，大聲罵道：「你們這群爛了ＸＸ的鱉孫貨，少誣賴我兒子！再敢胡說八道，老娘拿糞堵了你們的嘴！」

「剛才還嚇得哭著抱人家腿求人家哩，這會兒上咋就恁厲害了！」三偉年紀小，嘴巴毒，涼涼地譏諷了起來。

黃氏滿心都是要為兒子「正名」，只一個勁兒地指著張萬破口大罵，唾沫星子噴得到處都是。

張萬大罵道：「這事就是妳兒子想出來的！那借條也是假的！他精得很，不肯寫真借條，落款『宋柏』兩個字寫的是連筆，細看的話，每個字都少了一撇，就連這手印，也不是他的，是我們一個兄弟摁上去的！」

聽到這話，冬寶不知道是該鬆一口氣還是該嘆一口氣，真相果然和她想的差不離。

這時，門外圍觀的人群產生了一陣騷亂，外層圍觀的人高聲叫道——

「秀才娘子莫怕，妳家姑娘好好的，沒事！」

人群分開後，李氏面色慘白，看清楚站在嚴大人身旁的冬寶後，立刻跌跌撞撞地跑了過去，把冬寶摟進了懷裡，渾身癱軟地跪在地上，失聲痛哭了起來。

「寶兒啊！妳要是有個什麼，娘也不活了！」李氏哭道。

黃氏有些心虛，悻悻地抱著胳膊站在一旁，撇嘴嘟囔道：「嚎啥嚎啊？這不是沒事嗎？

嚎得跟死了人一樣。」
冬寶抱著李氏，心裡頭酸溜溜的難受，用手輕拍著李氏的後背安慰著她。「娘，我沒事。」
李氏身上全是泥印子，尤其是膝蓋和胳膊肘上，臉上也有泥漬。這一路上李氏慌裡慌張地跑回來，也不知道摔了多少跤才把自己搞成這麼狼狽的。
秋霞和李紅琴趕忙上來扶起了李氏，看李氏情緒激動，冬寶便讓秋霞和李紅琴先扶著李氏去隔壁林家好好休息一下。
李氏心裡卻是怕極了，摟著冬寶不肯撒手，生怕她一撒手，冬寶就被人搶走了，勸了好半晌才肯前去林家。
嚴大人默默地看著，看向黃氏和張萬等人的目光更加地鄙夷。
梁子問道：「大人，可要將他們帶到縣裡？」
「這個自然。」嚴大人皺眉說道，立刻便有衙役拿了繩子過去，將幾個地痞捆了個結結實實。
地痞們哭爹喊娘地叫了起來。「這不公平！出主意的是宋柏，咋能放過他，只抓我們啊？」
「不用你們提醒。」嚴大人神色冷冷的。「一個都跑不了！」
梁子等的就是嚴大人這句話！
黃氏急了，拍腿大叫了一聲，擋到了梁子跟前，瞪著眼睛大叫道：「你幹啥？我兒子可是聞風書院的學生，秋裡上縣裡考了試就是個秀才，你們見了他還得下跪！」

要說黃氏對其他衙役態度還是恭敬的，然而她對梁子就很凶悍不講理了，原因無他，梁子是張秀玉的未婚夫，得給冬寶面子，那就別指望她有多客氣！

「老太太！」旁邊一個稍年長些的衙役陰森森地笑了笑，抖了抖手裡的麻繩。「您可別慌，不光您那要當官的兒子，您也得跟著下趟縣衙的大獄。領著歹徒強搶孤兒寡母，這罪判下來，少說也是個流放三千里。」

黃氏心虛了。「官爺，那就是我大兒子家，我去我大兒子家借點錢，咋就是搶了？」

「少囉嗦！」衙役突然瞪大眼睛暴喝了一聲，嚇得黃氏打了個哆嗦。「是讓爺動手捆了妳，還是妳自己乖乖跟著去鎮上？」

黃氏看了看梁子，梁子只冷著臉瞪著她；又看了看冬寶，冬寶乾脆別過臉去。

「冬寶！」黃氏惡狠狠地叫了一聲。「妳就看著他們拿我下大獄？要借他們的手宰了我這個老不死的？妳個X妮子，當初就該把妳浸糞桶裡溺死……」

「這咋回事啊？」張秀玉氣喘吁吁地跑了進來，還沒到門口，就聽到了黃氏不堪入耳的咒罵。

看到冬寶完完整整地站在那裡，張秀玉這才放下心，拉著冬寶的手關切地問道：「沒事吧？」

冬寶笑了笑，心裡湧起了一陣暖流，拉著張秀玉走到了一邊，搖頭道：「我沒事。」又把事情經過跟張秀玉說了一遍。

張秀玉瞪大了眼，一雙漂亮的黑眼睛裡全是怒火，握著拳頭恨恨地看著還在咒罵的黃氏。「老天咋不報應到他們身上！」

黃氏看到張秀玉，心裡燃起了一絲希望，叫道：「張家大閨女，妳跟妳男人說說，這事不關我啥事，也不關妳三叔啥事。」

「奶妳瞎胡說啥呢！」冬寶生氣地喝道。「妳咋罵我，我都受著，沒回過一句嘴，可妳說人家秀玉姊幹啥？」張秀玉和梁子還沒正式訂親，黃氏張嘴就是「妳男人」的，實在太難聽了！

梁子倒是挺喜歡這句「妳男人」的，只不過他可不敢表露出來。

幾個衙役也懶得同黃氏多囉嗦，上去就要捆人。

宋榆慌忙躲進了西廂房，生怕嚴大人順手也綁了他去見官。

一直沈默著的宋老頭看幾個衙役真要去綁黃氏了，便站了出來，說道：「各位官老爺，她一個婦道人家，啥都不懂……」

一個衙役冷笑道：「啥都不懂就能犯法了？照你這麼說，那殺人犯只要說自己啥都不懂，就不用上刑場砍頭了？」

「不不！」宋老頭激動得話都結巴了。「官爺息怒！我不是那個意思，我、我才是宋家的一家之主，還是綁我去見官吧！她一個婦道人家，沒、沒那個臉……」

這話一出，不光塔溝集的鄉親們，就連黃氏都有些震驚了，側過臉去抹起了眼淚。

「你想去，那就一起去！」衙役們並不打算給宋老頭臉面，上前去把宋老頭一起綁了。

在他們看來，默許老妻帶著地痞去搶守寡兒媳婦的男人，也不是什麼好東西！

冬寶沈默地看了眼宋老頭。她曾經對宋老頭抱以希望，以為他能夠體諒維護她們孤兒寡母，只是，事實讓她失望了。

宋老頭的目光和冬寶的目光接觸後，立刻低頭避開了，再也不敢往冬寶的方向看。他老老實實地任由衙役們捆了他，和黃氏在全村人的注視、指點下往鎮上走。

等嚴大人幾個押送著一行人出了宋家，宋榆才將西廂房的簾子掀開了一條縫，探頭探腦地看了看，出來了。

冬寶和張秀玉還在院子裡，宋榆裝模作樣，怒氣沖沖地指著冬寶罵道：「妳個死丫頭片子，敢跟官差告妳爺妳奶？妳眼裡還有沒有我們這些當長輩的？要是大哥在，保准打死妳！」

「嚴大人，您咋又回來了？」張秀玉衝門口高聲叫道。

背對著門口的宋榆立刻嚇得跑回了西廂房，等他扒著窗戶往外看時，才發現張秀玉是詐他的，嚴大人壓根兒就沒回來。

兩個女孩笑得前仰後合，手拉手出去了。

李氏在林家歇得差不多了，聽說嚴大人帶人去聞風書院捉拿宋柏，而且鋪子裡也不能沒人，幾個人便一起回了鎮上。

「這次多虧了你們家爺三個。」李氏拉著秋霞的手說道。「要不是全子和他爹，冬寶一個女娃子還不定……」

秋霞嬸子拍了拍李氏，說道：「一家人說啥兩家話？今兒這事誰看見了能不管？」

冬寶聽了也暗自點頭，她回憶了下來家裡幫忙的十來個壯年男子，有不少是沒什麼交情，卻聞訊就跑來幫忙的，主要的原因應該是公道自在人心吧！

大部分莊戶人家還是很淳樸的，路見不平總有拔「鋤頭」相助的人。

「咱可得好好謝謝人家！」冬寶說道。「等這事過了，咱們從鎮上的飯館裡訂幾桌酒席，買幾罈好酒，請他們吃一頓。」

有這些人在，冬寶才毫髮無損，別說請他們吃飯了，讓李氏把家底掏光她都願意。聽冬寶這麼說，李氏連忙點頭，又補充道：「咱們一家再送一包紅糖，外加幾斤豆腐。」

「妳們怎麼都回來了？」冬寶笑道。「鋪子裡只有桂枝嬸子她們，能行嗎？」

張秀玉伸出手指點了點冬寶的額頭。「妳個掉錢眼裡的財迷！都出了這樣的事了，我們誰還有心思做生意掙錢啊？巴巴地跑回來看妳，還招妳嫌棄。桂枝嬸子她們也要回來看的，還是我給攔住了，讓她們支應鋪子。放心，少不了妳一文錢的。」

秋霞嬸子笑道：「錢沒了能再掙，人可不能有什麼事。剛聽劉勝說妳家出事的時候，把我們都給嚇的，現在腿肚子還打顫呢！」

冬寶笑得眼睛都有些泛紅，覺得這輩子真的不虧。

「等會兒去催催咱們的家具。」冬寶說道。「早點搬過去好了。」

冬寶表面上什麼事都沒有，心裡一口惡氣卻是盤桓不去。這次絕不能簡單放過了宋柏，一定要讓黃氏等人受到懲罰，以後別再打她們孤兒寡母的主意！

幾個人到鎮上的時候，嚴大人已經提了宋柏到鎮所了。

鎮所不過是一座有幾間瓦房的小院子，大部分時間鎮所都是安安靜靜的，是辦公以及衙役們巡街後歇腳喝茶的地方。

然而今日鎮所卻很是熱鬧，冬寶和李氏幾個人進去的時候，院子裡站滿了人。大實和張謙站在門口，看到冬寶的時候，兩個人同時鬆了口氣，趕忙迎了過去。

進了院子，冬寶看到了宋柏，衣服上還有拉扯的縐痕，一臉的青白，額頭上滿滿都是汗珠。

黃氏跟護崽子的老母雞一樣站在宋柏前頭，跟旁邊幾個夫子模樣的中年人喋喋不休地說不關宋柏的事，都是張萬這群地痞不安好心之類的話。

嚴大人朝李氏幾個人點了點頭後，衝幾位夫子拱手說道：「剛才張萬幾個人已經指認了，貴書院學生宋柏假造借條，實則是欺騙父母，強搶寡嫂財物，本官要帶宋柏去縣上請縣令大人詳細審問，不知道諸位先生意下如何？」

其中一位夫子拱手，看向宋柏的眼神厭惡不已，說道：「說來慚愧，宋柏如此大逆不道，也是我等失職，未盡到為人師長的職責，一切就憑嚴大人處置，但求給所有人一個公道。」

「陳夫子，學生也是被逼的啊！」宋柏頓時嚇得面如土色，惶惶然叫了起來。「是張萬威脅學生，學生實在是不得已……」

陳夫子哼了一聲，皺眉說道：「你倒是有臉來辯解！其一，但凡你好好在書院唸書，何以認得這些地痞？其二，縱然你有千萬個不得已的理由，就能欺騙父母、謀算寡嫂姪女的錢財？」

宋柏冷汗淋漓，手腳發軟，只覺得自己這輩子是完了，拉著黃氏大哭了起來。「娘，我還不勝死了算了！」

「我苦命的兒啊！」黃氏哭叫了起來。要是上了公堂，判了罪名，宋柏這輩子就毀了！宋老頭也急得不行，他雙手還被繩子捆在身後，立刻衝幾位夫子跪下了，就開始往地上磕頭，頭在青石板上發出咚咚咚的聲響，嚇得幾位夫子立刻彎腰要扶他起來。

黃氏撲過來給陳夫子他們磕頭作揖，哭叫道：「各位大老爺，你們行行好，我家三兒是個好孩子啊！是我去我大兒媳婦家拿錢的，這不算個啥事啊！您幾位跟官老爺們說說，就沒我家三兒的事了……」

陳夫子幾個人怎麼都扶不起宋老頭和黃氏，一時間不知道該說什麼好，既可憐天下父母心，又憎惡這兩人不講理。

冬寶看著黃氏和宋老頭毫無尊嚴地跪在地上給幾位夫子磕頭，而宋柏闖了禍後毫無擔當，只會躲在黃氏身後哭。

「二位老人家，你們還是起來吧，這事我們已經管不了了。」陳夫子最終只是如此說道。「宋柏作奸犯科，已經犯了我大肅朝律令。再說，他有如此『謀斷、才智』，我們也做不得他師長了。」

黃氏發狠一般哭叫道：「你們要是帶我兒子走，我們老倆口就撞死在你們這衙門裡，叫人看看你們當官的怎麼逼死老百姓的！」

陳夫子被黃氏尖利的叫聲吵得耳朵生疼，便看向了嚴大人。

「妳膽子倒是大，犯了事還敢威脅人！」嚴大人冷冷地看著黃氏。

出於保護李氏母女的目的，嚴大人並不想把這件事捅到縣裡去。倘若鬧到了縣令堂前，宋柏犯罪判刑，這輩子與科舉無緣，黃氏和宋老頭也難逃一個從犯的罪名。然而，身為受害者的李氏母女卻不見得就能落得個好。

兒媳狀告公婆，肯定會被人罵忤逆不孝！

第六十九章　原諒

黃氏哭得滿臉都是眼淚、鼻涕，不停地給嚴大人和夫子們磕頭作揖，哭叫道：「求你們放過我家三兒吧！他是個好孩子，這事就是我領著人去大兒媳家拿錢罷了，她們掙了錢，孝敬我倆，不是應該的嘛！」

黃氏沒有說謊，她委屈得不得了，因為在她眼裡，這真不算個事。大兒媳婦的錢就是大兒子的錢，大兒子的錢就等於是她的錢，她領著人去拿自己的錢，有問題嗎？根本沒有任何問題啊！怎麼這群當官的非要為難她三兒子呢？太壞了，實在是太壞了！

這會兒上保住宋柏才是最重要的，宋老頭嘴笨不會說，又怕說多了惹人家厭煩，只一個勁兒地磕頭。

陳夫子幾個人拉住了宋老頭，說什麼也不讓他磕下去了，地上鋪的石板上已經有了血跡，再磕下去，就要磕出人命來了。而且宋老頭比他們年紀大，這個頭，他們受不起。

宋老頭急了，渾濁的眼睛裡蓄滿了眼淚，也顧不得什麼，說道：「求你們原諒這孩子一次！我們莊戶人家供應一個讀書人，不容易啊……全家人就指望他有出息了。他還是個不懂事的孩子，怪我們老倆口沒管教好，這孩子著急他秋裡考試的盤纏，一急，勁兒就往歪裡使了……」說著，宋老頭大哭了起來，掙脫了陳夫子的手，咚咚地又開始磕起頭來。

嚴大人嘆了口氣，說道：「先停下吧！老人家你愛子心切，我們可以理解，可憐天下父母心啊！」

之所以在宋老頭求情的時候開口，那是因為嚴大人看出來了，黃氏是個霸道不講理、唯我獨尊型的，而宋老頭還算是明理，知道承認宋柏有錯。倘若這兩口子執意不肯認錯，那他怎麼也要把宋柏送到縣裡頭去的。

宋老頭額頭上帶著血，滴答淌到了衣襟上，和黃氏一起眼巴巴地看著嚴大人。

「倘若李娘子和宋姑娘願意原諒宋柏，不追究宋柏的罪過，念在你們愛子心切的分上，這件事可以就這麼算了。」嚴大人說道，同時看了眼冬寶和李氏。

冬寶讀懂了嚴大人遞過來的眼神，瞪著只敢低頭跪在黃氏身後哭的宋柏。她不甘心，真的是不甘心！欺騙年邁父母，勾結無良地痞，強搶寡嫂姪女，一件件、一樁樁的事，只表明了一個事實——宋柏是個人渣！

這種人若是得不到懲罰，還有什麼公平可言？

然而，怒氣漸漸平靜下來後，她也意識到了，大肅朝不是現代的法治社會，不是誰有理就能走遍天下的地方，宗族和孝悌才是這個王朝承認的第一法理。百姓對於公堂的恐懼和厭惡，完全可以摧毀他們對於一件事的是非黑白。

她和李氏若出面把宋柏和黃氏告了，大家都會對她們指指點點，說「看！這就是因為捨不得一點小錢，就把婆婆和小叔子送進大牢的那對母女」。塔溝集的人也許現在是同情她們的，可等上完公堂，塔溝集的人就該攆走她們母女了，畢竟誰也不願意自己村子裡有狀告自己婆母、奶奶的不孝媳婦和孫女。

最後的結果，很可能是她出了一時之氣，卻毀掉了自己的根基。

黃氏這會兒上腦子轉得比誰都快，立刻看向了一旁沈默不語的李氏和冬寶，目光惡狠狠的。要不是有這麼多人在場，她只想上去撕咬李氏，讓她兒子受罪的源頭就是李氏！多大點事啊？李氏這個臭婆娘居然還鬧到這裡來了，存心要毀了她兒子的前途。

突然間，黃氏撲到李氏腳邊，更大聲地哭嚎起來。「李大老闆！李大奶奶！老婆子我給您磕頭了！您行行好，放過我兒子吧！我求您了！」說著，作勢就要給李氏磕頭。

李氏氣得眼前一陣陣地發黑，身體搖晃了幾下，才勉強扶住冬寶和秀玉站穩了。黃氏這哪裡是在求她？當著這麼多人的面，這麼唱作俱佳地磕頭作揖，分明就是在威脅她、羞辱她！她一個做人兒媳婦的，哪能讓婆母給她跪下求饒？這不是落她的臉面、折她的壽嗎？

「娘，妳怎麼了？」冬寶擔心地問道，不停地給她揉著掌心，祈禱李氏想開一點，別被黃氏這個膈應人的老太太給氣壞了。

李氏深吸了口氣，抹掉了眼裡的淚水，拉著冬寶和張秀玉，側身後退了一步，避過了黃氏的跪拜，最終說道：「這事我跟我閨女不追究了。」

黃氏大喜過望，心裡湧上來的是勝利的喜悅。這X媳婦子再厲害、再能掙錢，還不是得聽她的？還不是在她手掌心裡蹦躂？

「不過，我們有條件的！」冬寶連忙補充了一句。這事還真不能就這麼簡單地算了，不然她們家豈不是人人都可以打上門強搶的了？

黃氏喜悅的臉色還未來得及收回去，當即就大罵道：「啥條件？妳個X妮子還敢跟我提條件？妳——」

「閉嘴！」幾個衙役齊齊地厲聲喝道，阻斷了黃氏不堪入耳的叫罵。

在場的夫子們都皺眉撇過頭去，對黃氏的粗鄙厭惡不已。

「什麼條件？冬寶妳儘管說。」嚴大人說道，看向冬寶的眼神含著讚賞。要是這母女兩個只原諒了宋柏，什麼都不追究、什麼條件都不提，鬧了這麼大陣仗又回到過去的狀態，他才要哀其不幸，怒其不爭哩！枉費了這麼多人幫她們撐腰。

冬寶朝嚴大人感激地笑了笑後，對黃氏和宋柏說道：「奶，我們答應不追究，不是怕妳罵，也不是怕妳打，只是看在我們曾經一個鍋裡吃飯的情分上。這個原諒也不是無休止的，而是只此一次。嚴大人、夫子們、衙役大哥們都給做個見證，倘若以後我三叔再敢犯錯，再不能原諒他了！」

「這個自然，容不得他再度作惡。」嚴大人頷首道。

黃氏雖然臉上不以為然，卻不敢再多說什麼。

冬寶想了想，說道：「三叔必須做到三件事。第一，三叔要向書院裡教導你的夫子們賠禮道歉。你做出這樣的事，讓他們丟了臉，是你的錯。」

這話一出，在場的人都驚訝住了，書院裡的夫子們看向冬寶的眼神也帶著讚賞。無論在哪個年代，尊師重道的人總能得到人們的尊重和支持。冬寶頭一個條件居然和自己無關，不得不讓人佩服。

「這個行！」宋柏點頭如小雞啄米。

冬寶繼續說道：「第二，你要保證，以後的日子裡，要徹底和那些不走正道的人斷了關係，不得再來往，只專心在書院唸書學習。」

這回黃氏搶在宋柏前頭答應了。「這肯定行！」第二點太容易不過了。

「還有第三。」冬寶特地狠狠盯了眼宋柏。「三叔必須把這件事的始末，原原本本寫下來，簽上名字，摁上手印，由夫子們檢查無誤後，交給我來保管。」

黃氏憤怒地大叫了起來。「妳個X妮子，嘴裡說得好聽不追究了，實際上還想讓妳三叔簽字畫押！」

冬寶不看黃氏，只盯著宋柏。「三叔，讓你寫的這個字條，只是一個保證，倘若你以後不再做壞事，我們就當這件事沒發生過。」

宋柏抬起蒼白的臉，看向了冬寶，猶豫地問道：「我要是寫了，妳保證不交給縣太爺？」

「只要你做到前兩個條件要求的事，我保證不給任何人看到。我要是說話不算話，就天打五雷轟！」冬寶嚴肅地說道。「三叔，你答不答應這三個條件？不答應，咱們就去縣衙上請縣太爺評個是非公道；若是答應，日後咱們還是叔姪，我跟我娘還送你一兩銀子去縣裡考試。」

這個年代，大家還是很相信光天化日之下發的毒誓的，而且冬寶又拋出了一兩銀子的路資誘惑。

不得不說，宋柏很有幾分動心。

事情鐵證如山地擺在這裡，宋柏清楚要是李氏母女堅持鬧到縣裡公堂上，自己會是個什麼下場。自己唯一能免罪的途徑就是求得李氏母女原諒，可偏偏冬寶又提出了這麼一個棘手的條件。

寫了，自己就什麼事也沒有；可要是寫了，就等於留下一個天大的把柄在這個小妮子手裡，說不得以後一輩子就得受她拿捏了。

「冬寶，」宋柏賠笑道。「以後我一定好好唸書，這字條能不能……」

「不能！」冬寶斬釘截鐵地說道。「三叔，只是讓你寫個字條而已，你怕什麼？三叔你以後照樣能唸書考功名。日後三叔考中做了官，我們還指望三叔照拂，怎麼可能拿出來礙三叔的眼？即便三叔考不中，我們也不會拿出來故意為難三叔的。莫非三叔對自己沒信心，怕做不到那兩個條件？」

宋柏咬咬牙，憤憤地看著冬寶。他一直都錯了，錯在小瞧這個看似無關緊要的姪女。掃了一圈周圍的人，所有人都板著臉等著他的回答，宋柏握緊了拳頭，說道：「我寫！」

不一會兒，衙役們就送來了筆墨紙硯，宋柏坐在地上，寫下了「供詞」，最後簽了名、摁上了鮮紅的手指印。

冬寶先請書院的陳夫子他們看過一遍，確認無誤後，又讓林實拿著紙給她和李氏等人唸了一遍。

宋柏還算老實，基本上原本地寫出了事情的始末，包括他怎麼和張萬等人商議搶劫寡嫂財產的經過。

冬寶小心地摺疊好紙，貼著自己的胸口放好了。這張紙也是箝制黃氏的利器，但凡黃氏能為兒子著想，就不會再來找她們的麻煩了。

李氏這邊表示沒有異議了，嚴大人便朝陳夫子拱了拱手。

陳夫子看著還坐在地上的宋柏，嘆了口氣。他是真不想要這個品行不端的學生，實在是看他父親一把年紀了，磕頭可憐得很。反正宋柏秋裡就要下場考試了，考過了算他走運，考不過也再不許他到書院唸書了。

「今日是看在嚴大人和你父母的面上，才饒了你這一回！」陳夫子嚴厲地對宋柏訓斥道：「日後倘若再有作奸犯科，我先綁了你見官！」

按理來說，以聞風書院這麼嚴謹的治學風氣，是要開除宋柏的，這回已經是法外開恩，格外走運了。

宋老頭喜得老淚縱橫，不停地拉著宋柏給陳夫子等人鞠躬，感謝他們給了宋柏機會。

而宋柏也是一臉劫後餘生的喜悅表情，幸好他還沒事，可以繼續唸書考試，他可不想回家做泥腿子。

只有黃氏哭得傷心，指著冬寶大罵道：「妳個X妮子，妳這是要害死妳三叔啊！妳個白眼狼……」

冬寶冷笑了一聲。「奶，妳一罵人，我心情就不好，我心情一不好，就……」冬寶從胸口掏出了那張供詞。「就想把這張供詞到處給人看。」

黃氏頓時就住嘴了，只恨恨地瞪著冬寶，那目光幾乎能在冬寶身上穿個洞。

事情到這裡，也就結束了。

宋柏跟在幾位夫子身後，垂頭喪氣地回了聞風書院；黃氏和宋老頭則是放下了一顆心，回了塔溝集；冬寶幾個人謝過嚴大人後，回到了寶記鋪子。

桂枝嬸子等人正焦急地等在鋪子裡，看幾個人完完整整地回來了，各自鬆了口氣。「可算回來了，擔心死我們了！」

「到底咋回事啊？」荷花問道。

李氏擺擺手，她擔驚受怕了一上午，又被黃氏氣得夠嗆，實在不想說，只長嘆了一聲。回想起上午的一幕幕來，暗道還是閨女的法子好，有了宋柏這張供詞，就不怕婆婆他們再來鬧事了。

秋霞嬸子簡略地跟桂枝幾個說了，並囑咐她們，這事雙方和解了，算是已經過去了，以後就不要再提了。

幾個人罵過宋老頭夫婦和宋柏後，便各自忙去了。

「眼見要中午了，」張秀玉說道。「咱們中午賣的菜還沒炒哩，怕是來不及了。」

冬寶想了想，說道：「來不及做了，今兒賣不了中午飯了，只能給來吃飯的學生道個歉，明日咱們打個半價供應好了。」

「這也行。」張秀玉點頭道。「就像妳說的，咱們做生意的，信譽最重要。」明日要是半價，就相當於白送給他們飯吃了，學生們肯定願意。

「咱也不能歇著。」冬寶笑道。「咱們先去鎮上的飯館訂一桌菜，再添幾個菜，給嚴大人他們送過去，好好謝謝他們。」

李氏連忙點頭。「是啊，今天可真是多虧嚴大人他們了。」

「還有林叔他們，也得好好謝謝。」冬寶接著說道。「今兒來咱們家幫忙的有一、二十個人，我看得準備三桌席面。娘，妳去跟飯館老闆說一聲，咱們中午要一桌，再提前預定下午的三桌，讓他們送到塔溝集去。」

「成！」李氏點頭笑道。「是該好好謝謝人家！」

鎮上比較好的飯館是間名為雲來客棧的小飯館，菜也沒有什麼特色的，多是些燉雞、燉牛肉、燉排骨之類的葷菜，配些油炸花生米和醃菜。菜的種類不多，但生意卻很好，原因無他，這個時代吃頓肉不容易，雲來客棧的菜色符合了廣大人民群眾最基本的要求。

每桌席面要有一個燉雞和一個燉排骨，再來一個醬牛肉，主菜便足夠體面了，剩下的花生米和爽口醃菜，各樣來一些，冬寶只用做幾道家常菜補充就可以了。一旦菜做好了，就請客棧的夥計們連同席面一起送到嚴大人的鎮所去。

冬寶在灶房炒菜的時候，前頭鋪子裡迎來了學生，荷花幾個人跟學生們道歉，說今日東家臨時有事，沒能準備，學生們都是通情達理的，何況店家還許諾了第二天半價的優惠。

周平山還特意留下來問了幾句，荷花跟他再三保證，東家只是今天臨時有事忙，周平山這才放心。其實他完全可以問林實的，只是他就是不想跟林實打聽關於宋冬凝的事。

此時，聞風書院裡，跟陳夫子打聽消息的柳夫子哈哈大笑了起來，得意地笑道：「我就說那丫頭是個絕頂聰明的。」

陳夫子誇讚道：「那宋姑娘小小年紀卻聰明機變，喜怒不形於色，倘若是個男兒，定能有一番事業。」

柳夫子不以為然。「是女孩兒也不差，眼光好，將來有了依仗，一輩子富貴平安就行了。」

「你是說林實那孩子？」陳夫子笑著問道。「確實是個不錯的。怎麼？你想收為徒弟？」

「怎麼？有什麼不可以？」柳夫子笑道。

陳夫子笑道：「當然可以了，這是那孩子的福分。」

「其實我也沒打算收什麼學生。」柳夫子端正了神色說道。「我拖著這樣的身子，本就不能當別人的老師，如今也只是喜歡這對小兒女，倘若他有什麼疑問，指點一二罷了。」

陳夫子搖頭笑道：「你這話叫我等落第舉子、秀才情何以堪？你一個堂堂探花郎，還當不得一個農家娃子的老師？」

回想起往事，柳夫子臉上神色複雜，擺手道：「都是過去的事了，莫再提了！」

兩個人又說了會兒話，便各自回去了。

第七十章　請客謝恩

中午的時候，雲來客棧的兩個夥計拎了兩個大大的提盒來了寶記，正好這會兒上冬寶的菜也燒好了，李紅琴便領著兩個夥計送到了鎮所去。

「嬸子這麼客氣幹啥？」梁子不好意思地笑道，連忙殷勤地接過了李紅琴手中沈重的食盒。

因為梁子和張秀玉還沒有正式訂親，所以梁子對李紅琴的稱呼只能是「嬸子」。

李紅琴看著梁子，喜歡得嘴巴都合不攏了，真是應了那句話，丈母娘看女婿，越看越順眼。除了沒有父母兄弟，孑然一身孤單了點，其餘不論是人品還是相貌，都沒得說。

「不單是給你一個人吃的。」李紅琴笑道。「知道你們正在當值，就沒給你們備酒了。」

這會兒上，嚴大人也從屋裡走了出來，見只有李紅琴一個人過來了，又想起上午看到李氏的時候好像腳有些不利索，靠幾個人扶著走的，便問道：「李嫂子，冬寶她娘可是有些不大舒服？」

李紅琴笑道：「沒啥大事，就是上午嚇到了，這會兒好多了。」

嚴大人便點了點頭，待要轉身離去的時候，想起上午那可惡的宋老太太裝腔作勢要給李氏下跪時，李氏那憤怒隱忍的模樣，忍不住回頭對李紅琴說了一句。「且勸她心裡放寬一些，今日冬寶丫頭的主意很好，以後他們有了忌憚，必不敢再來生事了。」

李紅琴笑著欸了一聲，偷偷看了嚴大人一眼。嚴大人雖然當著一方父母官，人卻正派，不跟那些腸肥腦滿的貪官污吏一樣，實在是難能可貴。說句不客氣的話，比冬寶那個有文化的秀才爹不知強出多少倍呢！

只可惜了，依照嚴大人這個條件，想給他當填房的大姑娘多了去，咋也輪不到自家守寡的妹子。倘若不是嚴大人掛念著兒子，怕小旭受後娘的委屈，肯定早娶妻了。

「今日是不是也沒來得及做中飯？」嚴大人又問道。「等會兒我讓梁子從學堂接小旭直接來這裡吃吧。」這會兒上小旭過去，少不得冬寶還要單獨給小旭做幾個好菜，盡添麻煩。

李紅琴連忙笑道：「不了，還是叫小旭過去吃吧！你們男人吃飯說話，他一個小孩在跟前也不自在。我們那邊做的菜有多的，夠吃！」

嚴大人便點了點頭，他知道小旭喜歡和冬寶膩在一起，回回見了就往懷裡撲，親熱得如同親姊弟似的，也喜歡林實他們幾個。他也希望小旭能和冬寶、林實多接觸一些，最好能像冬寶一樣聰敏，像林實一樣溫厚。

幾個人下午回家後也沒閒著，還有兩百多斤豆腐等著做出來。

李氏覺得自己差不多了，要帶著人做豆腐，被幾個人攔下了，只肯讓她躺床上歇著。

拗不過眾人的關心和熱情，李氏只得回了屋。想起上午，黃氏領著那群地痞來搶她的家，李氏就氣得顫巍巍的。為了給宋柏脫罪，黃氏居然還朝她下跪，想當著那麼多人的面讓她沒臉！但凡是心裡有丁點兒慈愛的老人，就幹不出來這事。

然而只要冬寶平安無事，再多的糟心事也煙消雲散了。黃氏生了三個兒子，也沒她只生一個姑娘的有福氣！

桂枝回家後，受李氏等人所託，讓大榮挨家挨戶地去找今日仗義幫忙的鄉鄰們，讓晚上莫要吃飯，等林福他們賣豆腐回來，請他們吃酒席。酒席上菜夠多，饃饃管夠，家裡有小孩的也能帶來吃席。

下午隨著林福和貴子幾個人來挑豆腐進門的，還有村裡的老太太和小媳婦們，呼啦啦地趁這個時候進來了幾十個人，不少人手裡都拿著一、兩樣禮物，有的是一小包紅糖，有的是一雙糊好的鞋底子。

來的人多是上午來幫忙的人家，得知晚上秀才娘子請客吃酒席，便先來送一、兩樣禮。秀才娘子這麼客氣，他們也不好意思白吃人家的，先來看望一下受驚的秀才娘子。

幾個上了年紀的老太太和媳婦坐在李氏旁邊，一邊拉著家常，一邊好生安慰，都說秀才娘子這日子是過起來了，越過越有奔頭了。

李氏做生意也有些時日了，待人接物上面自然比過去提高了不止一個檔次，和這些人說笑有加。

冬寶注意到，栓子娘也過來了，跟在幾個媳婦身後，既想上前來插話，又有點不敢。

畢竟之前承蒙她的「聰明」，鬧過那麼大一場，冬寶對她也沒好氣，要不是栓子家其他人都不錯，冬寶壓根兒就不會讓她進門。

不光是冬寶在打量栓子娘，村裡不少人也都在偷偷瞄她，想看她笑話。栓子娘自然感受到了落在身上的種種視線，不由得把背挺得更直了，絕不讓別人看到她有後悔的意思，她就不信，找不到比宋冬凝更好看、更有錢的兒媳婦了！

冬寶則是覺得，人都是做出來的。栓子娘幹了那麼缺德的事，對她們卻一句道歉也沒有。倘若她肯誠心誠意地對李氏道個歉，衝著栓子的面子，冬寶也願意和解。

不過現在看來，人家壓根兒不覺得自己錯了呢！那抱歉了，就只好對她視而不見了。

過了一會兒，栓子娘見沒人搭理她，覺得沒什麼意思，就回去了，走的時候也沒人開口挽留她。

晚上林家的大院子裡擺上了三桌酒席，每張桌子上都擺滿了熱氣騰騰的菜，最中間的主菜是堆得冒尖的燉排骨、一隻肥嫩的全雞、大盤的鹹水牛肉，此外還有八個李氏她們炒出來的配菜。桌子旁邊的凳子上放著一個大籮筐，筐子裡放滿了鮮軟的白麵饃饃。

來吃席的人看到席面上的菜，紛紛點頭讚嘆，就是鄉下的地主擺酒席，也沒有這麼排場大方的，更何況秀才娘子還特意叮囑了，能帶孩子來吃，更讓人覺得貼心親切了。

因為秀才娘子家沒個男人主事，不方便招待男客，所以酒席就借了林福家的大院子，與宋家只有一牆之隔。

濃郁的酒香、肉香和白麵饃饃的香氣在空中飄散著，越過院牆傳到了宋家這裡。

與林家熱鬧喜氣的院子相比，宋家的院子黑燈瞎火，死氣沈沈的。宋家二房躲在西廂房裡嚥口水，空氣中的香味刺激著他們的胃，宋家的晚飯清湯寡水的，根本吃不飽。

宋二嬸忍不住了，嚥了一口口水，伸手推了推宋二叔。「你帶著大毛、二毛過去吃席，孩子都多長時間沒見過葷腥了，順便給我捎個肉夾饃回來。」

莊戶人家擺席，一定會有一道切成大片的紅燒肉和白麵饅頭，很多人都會把白麵饅頭從中間掰開一部分，夾一塊紅燒肉進去，讓家裡的小孩子捎回家給沒能來吃席的女人或者小孩。主家一般不會在這些小事上太過計較。

儘管宋榆饞酒饞得要流口水，他還是不敢去。

「大嫂這事辦得不厚道！」宋榆背著手在屋裡來回踱著步子，悻悻地說道：「請那些人吃恁好，明擺著就是說咱娘今天欺負了她，要感謝這些為她出氣的外人啊！」

「那關咱們啥事？」宋二嬸有些不高興。「你是冬寶的親二叔，那林家又不是正經主家，還能攔著你不讓你吃？」

「哪個好吃嘴的王八鱉孫想吃席？」黃氏插著腰，面朝西廂房，大罵道：「我非得去呂家村問問，哪家養出來的閨女恁不要臉，貪嘴成那樣！嫌我們家飯食不好，滾回妳家裡去，當我們老宋家稀罕！」

呂家村是宋二嬸的娘家，黃氏同天下大部分婆婆都一樣，覺得兒孫偏離了自己的意願，都是因為兒媳婦搗鼓的緣故。

黃氏站在屋簷下，隔壁林家的歡聲笑語聽得更加清楚了，心裡憋著老大一股火氣，還要朝西廂房罵，被宋老頭制止了。

宋老頭皺著眉頭說道：「孩子饞兩口肉，妳咋就罵成那樣！上午妳當著那麼多人的面跪冬寶她娘，咋不看看三兒的夫子那臉色？人家看不起妳，能對三兒有個好臉？」

黃氏跳著腳，罵了起來。「你個死老頭子，還挑起我的刺了！還不是你沒用！那X妮子對她親三叔都能下得去手，養了她恁些年，養出個黑心爛肺的白眼狼出來！」

宋老頭翕動了下嘴唇，半晌才看著掉眼淚的黃氏說道：「別罵了。」

「我咋不能罵？」黃氏哭得眼睛都紅了。「她現在有錢了，騷得很啊！有錢請外人大魚大肉的吃，沒錢給小叔子去考秀才！她就是絕戶命，將來老了也是當叫花子，餓死在街頭上，丟亂葬崗子！」

宋老頭臉色不好看，說李氏是絕戶命，那等於說自己大兒子是絕戶命。「這事說起來，是三兒走錯道了，還虧得她們不追究。」

「這事不賴三兒！」黃氏說道。「要不是她們不給出盤纏，三兒能急得使上這法子？她們害得三兒丟臉，還有理了？你也是，分家的時候又是給糧食又是給錢的，她們記得你的好嗎？」

說到這裡，宋老頭啞口無言了，半晌才鬱鬱地說道：「當時是看冬寶可憐，誰承想這妮子是個不饒人的狠辣性子。她們不是說了給出路費嗎？等秋裡三兒考中了秀才，就有自己的進項了。」

黃氏張口就想反駁，考中了秀才也不見得就有廩米可領，得考試排名靠前才行。只不過，黃氏的話在嘴邊轉了幾圈，還是嚥了下去，她可不想說什麼不吉利的話，影響了兒子的前途。

宋老頭看了眼漆黑安靜的西廂房，對黃氏悄聲說道：「老二媳婦這胎，要還是個男娃，就過繼給老大媳婦吧。冬寶那丫頭，心狠手辣，沒感情，指望不上。」

黃氏明白了宋老頭的意思，頓時不再言語了。雖然不高興李氏有了「兒子」，但想來過繼給她一個兒子後，李氏掙再多的錢，便也還是宋家人的，肥水流不到外人田裡去。

「行，我知道了。」黃氏哼了一聲，同時也打起了算盤。要是老二媳婦這胎生的是個賠錢丫頭，那就過繼二毛，反正她不能眼睜睜地看著李氏掙的錢都讓冬寶帶走。

很快就到了和王聰約定好去安州的日了，與上次不同的是，這回小旭知道了他們要去安州，也要跟著去。

在徵詢過嚴大人的意見後，冬寶決定帶上小旭。她挺喜歡這個漂亮的小娃的，聽說書唸得也好，都已經是童生了，要不是年紀太小，教他的夫子都想讓他下場考個秀才試試。

幾個人到寶記的時候，天還沒有亮。李氏她們早就開始勞作了。

「大娘她們起得真早。」小旭張著小嘴打了個哈欠，感嘆道。

冬寶揉了揉他白嫩的臉，笑道：「幹活可辛苦了，你可得好好唸書，將來就不用起早貪黑地幹活了。」教育完小旭後，冬寶突然覺得不對，笑了起來，說道：「這也不一定，就算書讀得好，考了狀元當了官，還得要起早貪黑地給皇上幹活哩！」

林實微微一笑，看向冬寶的眼神溫柔如水。「照妳這麼說，人活著可真沒奔頭了。」

「我將來要當官的，要當大官。」小旭突然說道。

冬寶伸出大拇指誇獎道：「有志氣！」

小旭嘿嘿笑了笑。「縣裡頭那群當官的總訓我爹，嫌他收上來的稅少，嫌給他們喝茶的銀子少，我當了大官後，一定要治他們的罪！」

冬寶沈默地摸了摸小旭的頭。正經的讀書人考出來的官，想必是瞧不起嚴大人這樣的小吏的，也難怪嚴大人會對小旭的學業如此上心。

幾個人正說著話時，一輛馬車平穩地駛了過來，停在了寶記門口，車頭坐著一個小廝和一個中年車夫。

冬寶借著爐子的火光，一下子就看清楚了那個小廝，正是那天跟著王聰來寶記的小廝。

「宋姑娘！」小廝麻利地跳下了馬車，向冬寶行了個禮，笑道：「還請各位上車吧！」

不得不說，王聰家裡的馬車確實要比周平山家裡的那輛騾子車坐起來舒服得多，這是冬寶幾個上車後的共同感受。凳子上包了棉花墊子，車裡頭十分寬敞，一路上走得平穩。

冬寶暗自想著，周平山家的那輛騾子車相當於桑塔納；而王聰家的馬車要高級一點，比如BMW、Audi之類的；至於更高級一點的車，有兩匹馬、四匹馬拉的大馬車，內飾華麗，相當於露營車的級別。

「想什麼呢？」林實輕聲問道。

「我覺得有馬車很方便，想去哪裡就去哪裡。」冬寶笑道。

張秀玉坐在冬寶旁邊，捏了捏冬寶的鼻子，打趣問道：「妳還想去哪裡啊？」

冬寶笑著搖了搖頭。「哪兒也不想去，塔溝集就挺好的。」

塔溝集一年四季各有不同的景色，流經村子的那條河永遠是清湊湊的，掬一捧水就能直接喝，多好的地方！要是宋家人不來鬧出那麼多的煩心事，把現在的宅子好好整修一番，前院養花栽樹，後院種菜，多好的田園風光。

「冬寶姊，妳們什麼時候搬到鎮上啊？」小旭興沖沖地問道，他可一直盼著冬寶姊搬家的。

冬寶點點頭。「快啦，等家具好了，我們就搬到鎮上來。」

林實說不大清楚自己心中的感受，一方面希望冬寶搬到鎮上，這樣他們相處的時間能多一些，而另一方面，冬寶搬到鎮上，似乎離他這個農家窮小子又遠了一點。

連小旭都是童生了，他可真得更努力才行！

一行人到安州時，太陽已經昇得老高了，小廝和車夫趕著馬車，夾在人流中進了城，穿過熙熙攘攘的街道，很快就到了八角樓。

馬車直接駛進了八角樓後面的院子，就是冬寶上次展示廚藝的地方。

除了王聰，等在那裡的還有那個王五公子。

他頭戴一頂鑲著碩大紅寶石的金冠，配上那一臉標誌性的「我很有錢、我很跩」的倨傲神色，站在臺階上，居高臨下地看著冬寶。

第七十一章　又賺一筆

「可算來了。」王聰客氣地笑道。

林實先跳下了馬車，客氣地拱手。「勞王公子久等了。」說罷便扶著冬寶下了車。

看到「王老五」時，冬寶驚訝了一下，沒想到他也在這裡。

王五公子直接不客氣地說道：「今日來是看妳如何做菜的，倘若做的菜不好吃，可是沒有銀子拿的。」

冬寶笑了笑，看向了王聰。王聰背著王五擠眉弄眼，用口形告訴冬寶：他就這樣，別計較。

等冬寶進到灶房裡後，王聰叫過了兩個中年人，讓他們跟冬寶進了灶房，冬寶看這兩個人胖乎乎的，手上和身上沾滿了油漬，就知道這兩個人應該是八角樓的大廚，進來觀摩她怎麼做菜的。

讓冬寶意外的是，王五也背著手，一臉矜持地進了灶房。

讀書人不是講究君子遠庖廚的嗎？就像王聰，他雖然是開酒樓的，卻連灶房都不進。

冬寶看了王五一眼，便不再關注他。因為前些日子黃氏鬧的那一場，她現在特別討厭蠻不講理的人，譬如眼前這個壞脾氣的小少爺。

今天她打算做兩個菜，一個粉蒸肉，一個梅菜扣肉。不過她問遍了認識的人，包括見多識廣的柳夫子和李立風，兩個人都沒聽說過「梅菜」，她只得改用乾豆角。

王老五被無視後滿心不悅，背著手瞪著低頭切肉的女孩。這丫頭不就是他家裡的下人嗎？最最可惡的是，居然還不把他當回事！

「妳是怎麼會做這些菜的？」王老五不客氣地問道。這丫頭比他還小，怎麼就有這麼大的能耐？

冬寶笑道：「沒事瞎琢磨出來的唄！」

王老五掃了眼跟著冬寶一起過來的人，不懷好意地笑道：「聽說妳上次是和周平山一起來的？妳和他走得挺近的？」難道他一不留神當了個媒人？

冬寶連頭都沒抬一下，繼續低頭切著菜。

王五公子開始覺得有些沒意思了，用力地踢著滾落到他腳邊的菜根，看著冬寶忙碌的身影。其實這丫頭長得還是挺好看的，乾淨的臉，白衣綠裙，既沒有丫鬟的曲意逢迎，也不像鄉下人有股畏縮氣。

說她舉止有禮，像個有教養的大家小姐吧，卻又不像大家小姐有那麼多的規矩，可說話做事就是比其他人高出一截。

傲嬌的小公子瞇著眼看著，頭一次覺得自己有些走眼。他也覺得自己剛才的話有點過分，然而讓他道歉那是不可能的，他生下來就是安州的土霸王。

王五公子覺得主動跟這個鄉下小丫頭說話，好像自己多上桿子似的，降低了自己的身分，脫口而出的便是——

「我問妳話呢！」王五昂著下巴問道：「妳到我家當丫鬟的時候，怎麼不去賣豆腐、賣菜方子掙錢？」完全的質問語氣，十分的不友好。

冬寶停下了手中的菜刀，瞪了他一眼。不管王家如何富貴，當王家的丫鬟也是賤役，他還要當著許多人的面道明她是個丫鬟。這小公子總是要讓別人心裡不舒坦，小小年紀，不是心理變態是什麼？

被冬寶那雙黑白分明的澄澈眼睛瞪著，王老五有點心虛，可一想自己說的都是實話，便又理直氣壯起來。「怎麼不說話？啞巴了？」

冬寶想了想，低頭切起了肉片，說道：「那時候我爹死了，我奶為了供我三叔唸書，就要把我賣了。家裡人都等我掙錢回去，沒想到剛到你家，就被你一句話攆走了。沒掙到錢，我奶很生氣，又要賣我的時候，我娘病得厲害，我奶不想花錢給她治病，就把我們兩個趕出家了，實在走投無路了，才想著去賣豆腐。不想辦法找條活路，人就得餓死了。」

冬寶語氣平淡，卻讓聽的人唏噓不已。廚房裡一片安靜，只有柴火燃燒發出的細微聲響。所有人都沒想到這個笑容甜美的小姑娘，還有這麼辛酸的往事，簡直是聞者傷心，見者落淚。

王老五也愣住了，半晌才說道：「妳那時候又不說，要不……」然而話還沒出口，就聽到冬寶笑著對兩個大廚說道——

「好了，上籠屜蒸一刻鐘。」

沒一會兒工夫，香氣就隨著蒸氣四溢開來。冬寶掀開了籠屜，讓夥計把兩碗蒸肉端了出來。色澤鮮豔，賣相漂亮的肉片，光是看著就讓人食指大動。

「宋姑娘真是七竅玲瓏心！」兩個大廚誇獎道。「我們從十二歲開始幫廚，就沒想過肉菜也能這麼做。」

冬寶謙虛地擺擺手，笑道：「我是在家閒著瞎琢磨的，兩位師傅在八角樓裡那麼忙，沒空琢磨，要是跟我一樣閒，肯定能想出更多的菜式來。」

這她可不是瞎說的，在她那個世界裡，不少廚師邊旅行邊學習當地的廚藝和料理方法，順便收集各種調料，便於自己創作新的菜式。總是忙碌著做菜的師傅，是創作不出來新鮮菜餚的。

王五公子每樣菜都嚐了一些，不得不承認，王聰買這菜買得值！

王聰另外拿了一雙筷子，趁熱將兩樣菜都細細嚐過了，光是看他的表情，便知道他對這兩個菜十分滿意。

冬寶拿過了林實手中的藍色布袋子，說道：「這是我配出來的粉蒸肉的調料，這一大包，足夠用來做個幾百道菜了。」

王聰接過了包袱，對冬寶笑道：「這兩樣菜，宋姑娘打算賣多少錢？」

「還是王公子你開價吧。」冬寶笑道。王聰也該明白，要是這次出的價錢不合適，下次她就不會再賣菜方子給他了。

王聰想了想，還是請冬寶稍等，帶著夥計端著菜去了前頭，找他父親商議去了。

不一會兒，王聰就回來了，身後跟著的小廝抬了一個小箱子，說道：「這兩道菜三百兩銀子，姑娘可還滿意？」

冬寶笑著點點頭，說道：「多謝王公子了。」這兩道菜沒有水煮魚那麼讓人驚豔，賣的價錢比水煮魚低一點，冬寶也沒有太大意見。

臨近中午，王聰在八角樓的六樓給冬寶留了一張桌子，由他作陪，請冬寶幾個人吃飯。席間，王聰問道：「宋姑娘，上次我跟妳說的來安州開鋪子賣豆腐的事，妳考慮得怎麼樣了？」

冬寶笑著搖頭，道：「我們在安州人生地不熟的，還是再等等吧。」

「不如這樣，」王聰笑道。「我們有現成的鋪子和夥計，妳們只需要每天早上提供一百斤豆腐、一百斤豆芽，按照一斤的價錢給我們，在安州只賣給我們一家，如何？」

冬寶疑惑地看了眼王聰，這點東西的利潤似乎不值得八角樓的少東家花心思。

「宋姑娘，在妳手裡，一斤豆腐只能賣兩文錢，可在我手裡，我願意它賣多少錢，就能賣多少錢。」王聰解釋道。

當然，他也想過自己做豆腐，且有的是辦法要出秘方。不過他更看重冬寶做菜的手藝，畢竟八角樓的生意才是他家的根本，他還不至於傻到撿了芝麻丟了西瓜。

而且他挺喜歡這個小姑娘的，穩重機敏，和她在一起的幾個人也都不是普通的農家孩子，值得他放下身段交往。

「我有個條件。」冬寶笑道。

王聰做了個請的手勢。

「你們賣這個豆腐，必須打上我們寶記的招牌，旁人來問，你們夥計得說賣的是寶記的豆腐。」冬寶說道。

王聰想了想，還是點了點頭，笑道：「還是宋姑娘心細。若是一百斤豆腐不夠，妳們也要多做些，供應給我們。」

冬寶笑了笑。「這個是肯定的。」

這次來安州，王聰對她更客氣了，王聰的父親在席間也來過一次。她頭一次來的時候，王家父子可是只讓他們自己吃飯，沒有親自陪客的。

吃過飯後，幾個人從樓裡出來逛街。到安州熱鬧的街道上看過了，冬寶和幾個人就去了銀樓。銀樓上下兩層，夥計們沒有因為他們是小孩子而看輕他們，熱情地介紹說一樓是賣銀飾的，二樓是賣金首飾的。

冬寶想了想，還是不要太招搖了，便說道：「咱們就在一樓看看好了。」

雖然是銀飾，但晶亮亮的，看起來也很漂亮。冬寶頭一次知道，即便是銀飾，也有很大的學問，有包銀的、純銀的、合金的……

冬寶先買了三支一樣重量的銀簪子，只是頂端刻的花不一樣，都是一兩重，然後又給李氏單獨買了一對銀耳環，笑道：「要是我娘再不戴耳環，耳朵眼就要合住了。」

李氏是有耳洞的，之前都用細細的樹葉梗塞著，而現在每天忙得腳不沾地，李氏早忘了耳洞這茬事了。

冬寶覺得李氏之前應該是有耳環之類的首飾，可分家的時候卻只有兩件破衣裳。那些嫁妝去了哪裡，冬寶懶得去想了。

「這三支釵給我娘、大姨還有秋霞嬸子。」冬寶笑道。「姊，妳想要什麼？我給妳買。」

張秀玉搖搖頭，大方地笑道：「我想買對銀手鐲，不過我身上有錢，不要妳給我買。」沒有道理讓表妹給她買首飾。將來她錢掙得夠多的時候，還想送冬寶兩樣值錢東西呢！

冬寶也沒有堅持，表姊是個有志氣的好姑娘。

「那你呢？」冬寶回頭問全子。這段時間全子個頭竄得很快，比她都要高了。「你有沒有啥想要的？」

全子也搖了搖頭，笑道：「沒啥想要的！我娘給我錢了，不要冬寶姊妳給我買。等我長大一點，就能跟我爹一樣賣豆腐掙錢了。」

冬寶笑道：「等你再大一點，也跟大實哥一樣去唸書。」不管能不能考上秀才、舉人，就算是一輩子種田，也要識字明理。

一說到唸書，全子就有些蔫蔫的，苦著個臉跟在後面。

張秀玉挑了一對細的絞絲銀鐲子，在冬寶的慫恿下，她又選了對銀耳釘。

冬寶則是選了一個沉甸甸的蒜頭鐲子，反正這年頭不用擔心金銀貶值。

幾個人買了不少新鮮東西後就回去了，冬寶領著小旭先回去，林實幾個則分頭進了兩個藥鋪子，各抬出來一麻袋石膏，用外褂蓋上，抬回了八角樓。

現在豆腐賣得多，要不是上回李立風想辦法趕了一輛大車去外地，一口氣拉回來了一千斤的石膏，豆腐早斷貨了。

冬寶也不擔心王家人會追查他們買的石膏，她相信王聰不會因為豆腐這幾文錢的生意，就耽誤了八角樓的招牌大菜。

在李氏等人的等待中，幾個孩子終於回來了，照例給每個人都帶了禮物。秋霞嬸子沒想到冬寶給自己和李氏、李紅琴帶的禮物是一樣的，心中感動，對冬寶更加疼愛。

冬寶對自己喜歡的人向來都是大方的，且不說秋霞嬸子將來是她的婆母，就憑秋霞嬸子過去對她的照顧和疼愛，也值這支銀簪子。

「咋還買了耳環啊？」李氏笑道，雖然是女兒買的，喜歡得很，還是忍不住說道：「我一把年紀了，還戴這個幹啥？盡浪費錢，以後可別買了。」

「這可不是浪費錢，」冬寶笑道。「不過是把錢戴身上了！娘妳可不老，戴這個正好，等妳真的年紀大了，就得戴金首飾才能壓得住。」

「閨女給妳買了，妳就戴上吧！」李紅琴笑道。

李氏微紅了臉，不好意思地說道：「那我就戴上了？」

「趕緊戴上吧！」眾人連忙催促。

李氏戴上耳環和簪子後，冬寶連忙拿來了銅鏡，笑道：「娘戴上挺好看的。」

待翻看完冬寶帶回來的東西後，李氏問道：「妳沒給妳爺奶捎包兒？」

「沒有。」冬寶擺弄著帶回來的布料，乾脆地搖頭，把布料往李氏身上比了比，笑道：「娘，賣布的人說這是棉加了綢混紡的，穿上可涼快了，正好給妳做身新衣裳。」

李氏摸了摸冬寶的頭，沒有說什麼。兩個老人太狠心了，要說冬寶對兩個老人真是不錯的，她就沒聽說過還有哪個孫女出去一趟會給爺奶捎包兒的。

下午寶記小隊的人來挑豆腐時，三偉跟冬寶說道：「冬寶，咱能不能用豆子換豆腐啊？要是能，豆腐肯定能多賣一倍不止。」

冬寶當然知道，如果她這邊點頭答應了用豆子換豆腐，便能賣更多的豆腐。莊戶人家看錢看得緊，一文錢恨不得掰成兩半花，讓他花錢買豆腐他肯定心疼，可讓他拿自家地裡出產的黃豆來換，那他肯定願意。

看三偉殷切的眼神，冬寶點了點頭。「可以，不過要保證收上來的豆子的品質，若是不好，我這邊可是不收的。」

「這個我心裡有數！咱怎麼個換法？」三偉問道。

冬寶盤算了下，說：「一斤豆子就換一斤豆腐或者一斤豆芽，他要是嫌貴，就讓他拿錢買。」

「好咧！」三偉笑道，要是能一斤豆子換一斤豆腐或者豆芽，肯定多的是人願意。只是自己得多操點心了，要是豆子品質不能讓冬寶滿意，怕是以後都不批發豆腐給他們賣了。

晚上的時候，冬寶家比往常還要熱鬧一些，幾個人關了大門坐在屋裡商量事，連林福和林老頭也來了。

幾個人在討論商量冬寶帶回來的三百兩銀子該怎麼花？

李氏想攢起來，等冬寶成親的時候給冬寶置辦嫁妝；李紅琴則是建議再買個鋪子，因為現在客流量大，鋪子裡經常坐不下客人。

秋霞則贊同李紅琴的意見。「好多人想進來吃，看人多，沒個坐的地方，就走了。」

幾個人說完後，就看向了冬寶。

「我想買地。」冬寶說道。沒有自己的地，就沒有安全感，畢竟糧食才是人生存的根本。

李氏點點頭，同意冬寶的觀點，用土地當嫁妝也挺好的。

林福笑道：「如今好點的地十兩銀子一畝，冬寶這回掙的錢夠買三十畝地的。」

李紅琴見冬寶主意已經定了，便笑道：「明兒個讓妳梁子哥問問，看哪兒有賣地的，這孩子辦事牢靠，放心！」

冬寶瞟了眼低頭不吭聲的張秀玉，打趣道：「大姨現在看梁子哥，咋看咋順眼嘍！」

張秀玉羞紅了臉，推了冬寶一下。「別亂說！」

梁子確實辦事牢靠，沒兩天就尋摸到了一家要賣地的。

「地是好地，我去看過了，莊稼長得都挺好的。」梁子說道。

冬寶插話問道：「我們這會兒買了，莊稼算誰的？」

「算他的。」梁子說道。「地不到四十六畝，那人按四十五畝賣了，只是要現在給錢，秋裡他收完莊稼後交地。」

李氏點頭道：「要是地好，這樣也沒啥。」那莊稼是人家侍弄出來的，沒道理白給別人。

當天下午，李氏和冬寶由梁子領著去了那片地，莊稼長得挺喜人的。

李氏又蹲下來捏了一把土，揉碎了看了看，滿意地點點頭，說道：「這地不賴。」

冬寶不大懂這裡面的道兒，李氏既然看中了，那應該不錯，就和梁子點頭，決定買下這地，由梁子領著到鎮所登記了地契。

從此，這四十五畝多的地就是她宋冬凝的了。

冬寶頭一次在這裡生出了濃濃的歸屬感，等到明年就能收穫她們的糧食了，以後就算是不做買賣，也不用看別人的臉色吃飯了。

第七十二章 搬家

拿了地契後，幾個人就回了塔溝集，剛進村子沒兩步，就看到一個小孩飛快地從一戶人家裡跑了出來，後面跟著一個婦人，拎著一根燒火棍，氣憤地大罵道：「沒臉沒皮的猴崽子！再敢偷我家的東西，打斷你的手！」

看到冬寶一行人經過了門口，婦人有些不好意思，停下來抹了把垂下來的頭髮，笑著打了招呼。「秀才娘子，妳們回來了？」

李氏問道：「劉嫂子，這是丟了啥啊？」

「我家雞剛下了蛋，就被這手快的猴崽子摸走了。又不是一次兩次了，氣死個人！」劉嫂子說道。「算不上啥事，妳們累了一天了，趕快回家歇著去吧！」

路上，冬寶對李氏說道：「娘，那個偷雞蛋的小孩像大毛。」

雖然小孩跑得極快，只有留一個背影，冬寶還是認出來了。

「我看著也像。」李氏說道。「這孩子以前就偷妳奶的雞蛋，被妳奶狠打了幾頓後不敢了，現在竟偷起別人家的來了。」

「現在我家裡要是沒人，便是一時半會兒的也要把門給鎖上，讓他偷一、兩個雞蛋沒啥，就怕他摸進屋裡把錢偷了。」秋霞嬸子說道，神色既是鄙夷，又是煩惱。

李氏回頭看了眼，有些奇怪地問道：「她知道是大毛偷的，咋也不跟咱們說一句啊？」

「那是人家知道他們跟咱不算一家人了，管也管不了。」冬寶笑道。

搬家的前一天，正好趕上林實休沐，林福和秋霞嬸子就說要請李氏幾個到家裡吃頓飯。雖然兩家人還是天天見面，可畢竟住得遠了，吃個飯算是送別。

這天冬寶一大早就去了林家，林實正坐在院子的樹蔭下練字，冬寶湊過去看了看，暗暗驚訝，林實如今的字可比之前好太多了，端正文秀。寫字前，林實先拿一枝禿了毛的筆沾水在石板上寫熟練了，才拿筆沾了墨寫在紙上，一張紙正面寫完，等墨跡乾了之後，翻過來繼續寫。

「看出點什麼了嗎？」林實問道。

冬寶笑道：「比以前寫得好看多了。」

林實放下筆，朝冬寶微微一笑，說道：「那就好，不然可就白浪費這些筆墨了。」

讀書真的讓一個人改變很大，林實比以前多了幾分儒雅內斂的氣質，不過看向她的目光依舊溫柔。

「來摘菜的？」林實笑著問道。

冬寶點點頭。「我娘讓我先做幾個菜出來，等她們回來就能開飯了。」

林實幫著冬寶摘了豆角和南瓜，臨出後院的時候，林實心裡一動，拉住了冬寶，在金色的晨光中，輕輕將唇印到了冬寶的額頭上，又閃電般地放開了。

冬寶唰地一下就紅了臉，抬頭看林實，臉已經紅到了耳朵根。她都能感受到剛剛少年貼在她額頭的嘴唇的顫抖和火熱。

兩個人默不作聲地回了前院，冬寶去了灶房，林實則是坐回去練字了。現在林實每天都堅持練一個時辰的字，柳夫子告訴過他，字是讀書人的臉面，倘若想在考試中脫穎而出，一手好字是必須的。

冬寶知道林實勤奮，柳夫子來吃飯時三句話離不開對林實的誇獎。她也知道林實內心是焦急的，他起步比別人晚，家境又不富裕。

小旭只有六歲，已經是童生了，而他十四歲了，還什麼都不是。

冬寶希望林實至少能考一個秀才回來，有個有功名的讀書人支撐門戶，便沒人敢來招惹。但冬寶覺得即便林實什麼都考不中，只要他還是那個對她溫柔照顧的正直少年，她還是會嫁給林實。

過沒多久，林福帶著全子回來了，兩個人買了排骨、一隻鹹水鴨，還有一條草魚。

林福張羅著要殺雞，被冬寶攔下來了。「咱們又不是外人，這些菜就夠吃了，雞還是留著吧！」

林福笑著示意全子把冬寶從雞舍裡拉出去了，麻利地逮住了剛才捉住的雞，爽朗地大笑道：「這雞是公雞，光吃不下蛋，留著也沒用。再說了，林叔請妳吃隻雞，不行啊？」

話都說到這分兒上了，冬寶笑著點頭，脆生生地應道：「行，當然行！」

被林福揪住翅膀和雞冠的公雞一身五彩羽毛，平日裡也是在雞舍裡作威作福欺負母雞的料，如今被逮住了，估計是知道大限將至，撲騰得尤為厲害。

等李氏她們回來，桌子上已經擺滿了飯菜。

「咋恁破費啊！」李氏搖頭道。「咱都不是外人，弄這麼多菜幹啥？你們家現在正是花錢的時候。」

「費不了多少錢。」秋霞嬸子笑道。

幾個人熱熱鬧鬧地吃了飯，林福還開了一罈酒，正是冬寶他們第一次去安州時給他帶回來的酒，林福沒捨得喝，直到今天才拿了出來。林福給每個大人面前都倒了酒，又找了個小酒杯給林實倒了半杯，笑道：「你也算是大人了，跟著喝杯酒吧。」

林實痛快地應了一聲。

李氏有些靦覥，笑道：「我不能喝酒……也沒喝過。」

「喝一口試試。」秋霞嬸子勸道。

李氏看一桌人都勸她，便爽利地笑道：「成，那我就喝一口。」

幾個人舉杯碰了，喝乾了杯子裡的酒，宴席就開始了。

冬寶連忙給辣得眨眼的李氏挾了一大筷子的菜，說道：「娘，妳吃口菜就不辣了。」

看冬寶這麼乖巧，李氏高興得一把摟住了冬寶，笑道：「欸，我的好閨女！」

秋霞嬸子嫉妒得眼都紅了，恨不得立刻叫林實娶了冬寶回家來。她作夢都想要個貼心小棉襖，沒有女兒，有個貼心的兒媳婦也好啊！

搬家這天，村裡不少人都來幫忙了，不用李氏去借車，劉勝媳婦就主動把車推到了冬寶家裡頭。

宋老頭和黃氏一直沒出現，倒是宋二嬸挺著肚子，扶著宋招娣過來了。

宋招娣是頭一回來冬寶家，她扶著宋二嬸進門後，看到一堆堆疊得整整齊齊的好被褥及衣裳時，眼都直了。

宋二嬸推開宋招娣，上前去拿起了一條小被褥，抖開之後翻來覆去地看，嘖嘖笑道：「大嫂，這小被子好啊，用來包孩子多合適。大嫂，妳看，我這都要生了，啥準備都沒有……」

宋二嬸抱著那條小被子不撒手，一個勁兒地看著李氏笑。她沒敢要那些一看就是新做的大被褥，知道李氏肯定不會給她的，便開口要了這小被子，想來李氏臉皮薄，不會拒絕的。

李氏不想和宋二嬸多說，免得叫旁人看了笑話，只說道：「這小被子是冬寶蓋過的，妳想要，我再給妳做一條。」

這條小被子是李氏專門做了給冬寶夏天睡覺的時候蓋肚子的，被面和棉花都是上好的東西，李氏可不想給宋二嬸。

「恁麻煩幹啥！」宋二嬸笑道，東西先要到手最實在。「咱們鄉下人，哪那麼多講究啊？這又不髒。」

李氏皺了皺眉，只能盡快把還沒有打包的東西用布包起來，繫成結。

宋二嬸便當李氏同意了，把小被子疊好了挾在胳膊底下，又摸上了床上的一疊衣裳，都是細棉布的好料子。「這是冬寶不要的吧？給招娣穿吧，她們倆身材正好。」說著，就把衣裳拿起一揉，塞到了宋招娣懷裡。
冬寶原本是沒有宋招娣高的，可分家這幾個月，冬寶的個頭快速地竄了起來。
李氏氣得瞪了宋二嬸一眼，還沒完沒了了！
這個時候冬寶進來了，臉色沈了下來，問道：「妳們這是要幹什麼？」
宋招娣臉上火辣辣的，如今她撿冬寶的破衣裳穿，臉上十分掛不住，忍不住撇嘴嘟囔了一句。「有什麼了不起？當我稀罕！」
「不稀罕就放下！那是我的東西，誰讓妳們拿了？」冬寶當即就惱了。
沒分家的時候，宋招娣就變著法兒地欺負她；分了家後，天天跟村裡頭的閨女嚼舌頭，說她和張秀玉整天和林實、全子幾個男娃混一起，不要臉啥的，當她不知道嗎？
宋招娣的脾氣隨了黃氏，骨氣只體現在嘴皮子上，有骨氣說不稀罕，卻沒骨氣把手裡的衣裳放下來。
宋二嬸立刻就尖著聲音叫了起來。「大嫂！拾兩身妳們不要的破衣裳，冬寶就使臉色給招娣看啊？妳也不管管！」
院子和屋子裡頭來幫忙的婦人，立刻就安靜了下來。
李氏看了宋二嬸一眼，當著所有人的面，直接說道：「我看該管的人是招娣！都是大姑娘了，還管不住自己那張嘴，想到哪兒說到哪兒！」
「秀才娘子說的對。」槐花奶奶開口了。「當姑娘的不能不講理，這麼下去，吃虧的是自己。」

宋二嬸訕訕地笑了笑，暗中推了下宋招娣，讓她趕緊回家去。

宋招娣低著頭，抱著東西就要走。

劉勝媳婦看不下去，笑道：「招娣，得了妳大娘的東西，咋一句謝謝都沒有啊？」

宋招娣的臉脹得通紅，轉頭就走。她當然不是羞愧，而是生氣！冬寶家多有錢啊，不給她們新的也就罷了，拾點破爛還得道謝？呸！

宋二嬸站了一會兒，沒人跟她說話，她也不嫌臊得慌，在院子裡轉悠了兩圈，把兩個馬扎（注）拿著便走了。

「看她那德行！」

來幫忙的幾個媳婦都看不過眼。誰家都不富裕，可也沒像她一樣，見著別人家的東西就想拿回自己家去啊，太丟人了！

送走了來幫忙的人後，冬寶和李氏正準備出門的時候，門口又響起了宋二嬸的聲音，而且底氣十足。

「大嫂、冬寶！快看是誰來了！」

還沒等李氏迎出門，宋二嬸就領著來人進了院子。

「大姑、弟妹！妳們咋來了？」李氏驚喜地問道。

冬寶也趕緊喊了一聲。「姑奶奶、嬸子！」

注：馬扎，一種可摺疊、攜帶方便的小型凳子，腿交叉作為支架，上面繃皮條、麻繩等。有些類似今日的童軍椅。

宋姑奶奶和銀生媳婦連忙應了一聲。

「宋楊媳婦，妳們這真是要搬家啊？」宋姑奶奶問道。

宋二嬸瞄見了院子裡的肥雞，對李氏笑道：「嫂子，妳們去鎮上了就不養雞了吧？」

李氏不搭理她，把幾隻雞抱上了驢車後，對宋姑奶奶笑道：「是啊，我們這不是在鎮上做買賣嗎？方便。」

「那嫂子妳們在鎮上賃人家的房子住嗎？」銀生媳婦笑著問道。

李氏點點頭，笑道：「鋪子後頭有住的地方。」

「恁大的鋪子還帶房子，一個月可得不少租金吧？」銀生媳婦關切地問道。

李氏笑道：「沒辦法，這兒的房子漏雨，要修也得老大一筆錢。」

宋姑奶奶看著有些荒敗的院子，絮絮叨叨地說道：「去鎮上，離妳公婆不就遠了？我看那鋪子沒必要開，擺攤不是挺好的？裹住妳們娘兒倆的吃喝就行了，妳又沒有——」

「娘！」銀生媳婦連忙截斷了宋姑奶奶的話。「鋪子比擺攤輕快啊，風吹不著，雨淋不著的。等大嫂子攢了錢後，肯定回來修房子的。」

「是啊，以後肯定還回來的。」李氏被宋姑奶奶說得有些尷尬，只得順著銀生媳婦的話說道。

冬寶在意的是，銀生嬸子著急地打斷了宋姑奶奶的話，可見宋姑奶奶要說的話會讓她們母女不喜。那宋姑奶奶要說的，到底是李氏沒有什麼呢？

李氏和銀生媳婦都是客氣人，兩個人聊了一會兒後，梁子和林福就過來了。

等眾人從院子裡出來後，冬寶便要鎖大門。

宋二嬸立刻笑道：「鎖啥門啊？嬸子擱這兒給妳看著門。」

冬寶笑嘻嘻地說道：「二嬸，妳可不能勞累著，趕緊回家去吧！」讓宋二嬸看門，那不等於是放賊進門啊！

宋姑奶奶立刻點頭道：「宋楡媳婦，妳趕緊回家去，這節骨眼上可不能馬虎。」

宋二嬸被堵得說不出話來，不情不願地回家去了。

李氏和冬寶同宋姑奶奶道了別後，坐上車往鎮上走。

第二次回去把剩下的東西都帶上後，冬寶鎖上了院子的大門，正好碰上了又過來看熱鬧的宋二嬸。

「咋又鎖上了？」宋二嬸問道。「妳們不是住鎮上了嗎？這房子妳們還留著啊？」

冬寶笑了笑。「二嬸，鎮上的房子是人家的，要是哪天人家不讓我們租房子了，我們去哪兒住啊？只有這房子是我們的。」

宋二嬸悻悻地瞪了冬寶一眼。反正早晚這房子也是二房的，跑不了，眼下她有更重要的問題要問。

「妳們不回來，那以後在哪兒做豆腐啊？」宋二嬸問道。

冬寶小聲地說道：「二嬸，這不是有秋霞嬸子和林大叔在嗎？每天給我們挑一擔子水過去就行了，做豆腐要不了多少水的。」

「這多麻煩啊！」宋二嬸笑了，眼神明顯的不相信。要是那井水真有那麼玄乎，老大媳婦能捨了這口發財的井？

冬寶攤攤手。「二嬸妳不信，我也沒辦法。」

冬寶這邊去了鎮上，宋姑奶奶則是去了宋家。

「娘，咱不進去啊？」銀生媳婦問道，看宋姑奶奶站在門口，不肯進門。

宋姑奶奶沈著臉搖頭，撇嘴道：「我瞅見冬寶她奶就煩！當年我發過誓，不進她家門的。」

銀生媳婦有些無奈，只得朝院子裡喊了一聲。「大舅，在家不？」

堂屋裡有人應了一聲，簾子掀開後黃氏出來了，瞧見門口的宋姑奶奶，臉色就有些不大好，又轉身進了屋，不一會兒，宋老頭便出來了。

「咋這會兒上過來了？」宋老頭問道。

宋姑奶奶嗆了一句。「咋？回娘家還得先問問她，我啥時候能回嗎？」

這個「她」，明顯指的就是黃氏。

宋老頭不會處理這些亂七八糟的關係，且嘴笨不知道該說啥，只沈默地吧嗒吧嗒抽煙。

宋姑奶奶也沒指望宋老頭會說什麼，直接問道：「我剛看你們家老大媳婦搬家了，要搬到鎮上去，你們這當公婆的，咋連個面都不露啊？」

宋老頭悶頭抽煙，半晌才說道：「她沒跟我們說。」

看宋老頭這沒出息的樣子，宋姑奶奶就氣不打一處來。「你們村裡那麼多人都去幫忙了，人家非親非故地都去幫了，你們這親爺、奶、叔叔的卻躲家裡不見人影，還指望人家咋跟你們親？」

宋姑奶奶並不知道宋柏帶人「搶劫」寡嫂家的事，畢竟是件醜事，宋老頭和黃氏到村裡幾個有頭有臉的人家坐了會兒，求人家以後不要再提這件事了。

宋柏若是能考上個一官半職，對塔溝集也是有好處的，是以村裡人即便說也是私底下說，沒有傳到村子外面去。

宋榆懶得去，老二媳婦挺著大肚子去了，存了打秋風的心思誰都知道。最重要的是，他們倆因為冬寶執意要宋柏寫「供詞」的事惱了冬寶，不願意去。

「去幹啥？那X妮子沒咱們就不搬了？」——這是黃氏的原話。

宋老頭嘆了口氣，苦笑道：「冬寶那妮子心大，跟我們親不起來。」

「冬寶心再大，也是老宋家的閨女！」宋姑奶奶瞪眼叫道。「她！她不是覺得自己挺能耐的嗎？咋這會兒上不精光了？」宋姑奶奶指著堂屋的方向說道，又壓低了聲音說：「聽說老大媳婦可不少掙錢！你怎麼就把財神爺往外推？你跟錢有仇啊？」

宋老頭悶不吭聲，老大媳婦那鋪子養活一大家子都不是問題。黃氏天天哭罵要是大兒子還在，掙再多錢還不是得孝敬給她了？現在卻一個子兒都看不到。

「……以後再說吧。」宋老頭憋出來一句話。

宋姑奶奶急了。「以後就晚了！等她帶著錢走二家的時候，我看你們上哪兒哭去！」

宋老頭想了想，才小聲地跟宋姑奶奶說道：「我跟妳嫂子合計過了，老二媳婦肚子裡那個生出來後，就過繼給老大媳婦……」

聽到這話，宋姑奶奶的面色才稍微好看了些，嘀咕道：「老二兩口子能願意？」

「咋不願意？」宋老頭說道。「去老大媳婦家是過好日子去了，將來孩子日子過好了，能忘了親爹親娘？」

宋姑奶奶想想，也是這個理。但……「那要是生的是個閨女咋辦啊？」

第七十三章　送醬

冬寶將鋪子後面的三間瓦房進行了簡單的規劃，中間的堂屋用來吃飯會客，李氏帶著冬寶住西屋，東屋留給了李紅琴和張秀玉。

搬進來的頭一天，冬寶心情不錯，哼著小曲從櫃子裡拿出了乾淨的衣裳。房間中間的空地上隔著一張繡著山水的屏風，屏風後面放著一個大的澡盆，已經放滿了溫水。

夏日的晚上，洗上一個溫水澡，出來後神清氣爽，幾乎身上的每個毛孔都舒展開了，別提有多美了。

冬寶洗完後，李氏又提了半桶水進來倒進澡盆，坐在浴桶裡泡著，嘆道：「這澡盆買得值！」

澡盆和冬寶差不多高，箍得嚴嚴實實的，一點水都不漏，一個就要將近一兩銀子，冬寶訂了兩個，另一個放到了李紅琴的屋子裡。

冬寶笑道：「娘，妳老是這樣。買東西的時候一聽價錢就嫌貴不要了，等買回來又覺得用著好，錢花得值了。」

「那不是窮日子過慣了嘛！」李氏笑道。

家雖然搬到鎮上了，但冬寶也沒有完全放棄塔溝集的房子，她把做豆腐和豆芽的工具又訂製了一套大的，放到了塔溝集，每天吃過午飯後由李氏看著店，李紅琴帶著幾個幫工、牽著毛驢，回塔溝集做豆腐。這是為了方便寶記小隊的人，要是在鎮上做豆腐，他們還要跑到鎮上去挑，麻煩得很。

到了七月，冬寶的豆瓣醬曬好了。

冬寶先舀出來一大勺，燒熱了鍋，加了油炒，噴香的味道立即飄出去老遠。

「這個豆瓣醬比咱們以前醃的大醬要好。」張秀玉也喜歡吃。「要是放到外頭，來咱家吃飯的人肯定更多了。」

「那是！」冬寶笑得得意，這可是下飯利器呢！

第二天，冬寶炒了一大鍋出來，整個鋪子裡都是香氣，每張桌子上都放了一小碗豆瓣醬。

因為豆瓣醬，不少人吃了第一碗豆花後又要了一碗，就是想再嚐嚐豆瓣醬的味道。

中午冬寶先去大舅家送了一罐豆瓣醬，等李紅琴帶著人要回塔溝集的時候，冬寶也跟著帶了一大罐回去，先到林家裡分了一半，又到了幾個交好的鄉親家裡，一家分了一大勺。

還剩下一小罐，冬寶拿著勺子去了宋家，在門口喊了一聲。「爺、奶！在家不？」

話音剛落，宋二嬸就出來了，笑道：「冬寶來啦？」瞧見了冬寶手裡的小罐子，故意吸了吸鼻子，誇張地說道：「這是啥東西啊？聞著恁香！讓嬸子看看。」

冬寶躲過了宋二嬸伸過來的手，對已經出來的黃氏和宋老頭喊道：「爺、奶，我給你們送吃的來了。」

黃氏皺了皺眉頭，嘟囔了一句。「喊啥喊？生怕別人聽不到。」然而沒敢當著冬寶的面把這話說出來。

黃氏嫌宋二嬸在那兒礙眼，訓斥道：「都快生了還站在這兒幹啥？讓妳幹活就是個屎殼郎樣子，看見吃的跑得比狗都快！」

宋二嬸往後退了兩步，卻沒有聽黃氏的話回屋裡去。

黃氏還想罵兩句，就看到宋老頭衝她使眼色，她恨恨地瞪了宋二嬸一眼，把到嘴邊的叫罵給嚥了下去。

「這是啥啊？」黃氏耷拉著眼皮子問道。

冬寶笑道：「這是今年我們家曬的豆醬，送點給爺奶嚐嚐。奶，妳拿碗過來盛吧。」

但凡冬寶來送東西，黃氏都是一副看不上眼的模樣，但卻從來不拒絕。黃氏去灶房拿了個粗瓷碗過來，冬寶從罐子裡挖了一大勺醬，盛到了碗裡。

見冬寶就要合上罐子了，宋二嬸在旁邊叫了起來。「那罐子裡還有醬沒盛完啊！」

「我還得去別家送醬哩！」冬寶笑嘻嘻地說道。「二嬸懷著毛毛，可不能多吃這個醬啊！」

「咱家除了大醬稀飯，還能吃啥啊？」宋二嬸唱作俱佳，眼睛盯著冬寶懷裡的瓦罐不放。「妳二嬸子命苦，娘家窮，婆家也窮，這輩子虧得很……」

黃氏罵道：「嫌我們老宋家窮啊？誰求妳到我們家來了？現在就滾！我照樣給我兒子找

年輕漂亮的大姑娘。還當妳是……」

後面的話就難聽了，冬寶連忙抱著罐子走人。走沒兩步，就聽到宋老頭在後面叫她。

「冬寶！」宋老頭追上來，猶豫地說道：「等會兒在家吃飯吧？」

「不用了。」冬寶驚訝不已。「我沒跟我娘說晚上不回家吃飯，她要是等不到我，得著急了。」

宋老頭當下就不知道該說什麼好了，半晌才說道：「那妳先等會兒，我讓妳奶給妳拾點東西。」

過一會兒，宋老頭端了個大碗回來了，遞給了冬寶，說道：「妳跟妳娘都忙，肯定顧不著醃菜，這是家裡今年新醃的胡瓜，拿回去吃吧。」

冬寶真是驚訝到了，宋老頭居然會禮尚往來，而黃氏居然也同意給她們醃菜了?!這什麼情況啊？

端著醃菜回塔溝集的家的時候，冬寶的腦袋還是暈暈乎乎的，覺得自己好似被五百萬大獎砸中了一般。

李紅琴好奇地問了一聲。「誰給的啊？」

冬寶恍惚間回了一句。「我爺奶。」

一句話，成功地把李紅琴也嚇到了，半晌才說道：「……真是太陽從西邊出來了。」等豆腐做好了，李紅琴問道：「妳娘不是讓妳去劉樓給妳姑奶奶送醬嗎？妳不跟著妳大榮叔一起去？」

寶記小隊裡每個人都有自己賣豆腐的區域，這是一開始就劃分好的，防止內部搶生意，分給大榮的正是劉樓村那一片。

冬寶猶豫了半晌，才跟著大榮一起去了劉樓，實際上她是不想去的。在她看來，宋姑奶奶並沒有李氏想像中那般疼愛她們。

兩個人走到劉樓村，大榮一邊吆喝著賣豆腐，一邊跟來買豆腐的人打聽宋姑奶奶家在哪裡住。

等打聽好了，大榮就送冬寶到了姑奶奶家的門口。

冬寶站在門口打量，院子不小，闢了大塊的菜地，正房是三間大瓦房，西廂房和東廂房也是瓦房，各有三間。她喊道：「姑奶，妳在家不？我是冬寶！」

屋裡頭應了一聲，出來的是銀生嬸子。看到冬寶後，她熱情地笑道：「冬寶丫頭咋來了？來，快進屋！」

「不了。」冬寶推辭道，把罐子遞給了銀生媳婦。「嬸子，這是我們家做的豆醬，特地拿來給你們嚐嚐的。我還得跟著我們村裡的人回去，不進屋坐了。」

銀生媳婦拉著冬寶不放手。「這大老遠的送來了，咋能就這麼走了？晚上擱嬸子家吃了飯，讓妳叔送妳回家去。」

冬寶笑著搖頭。「我跟我娘說了回家吃飯的。」

說話間，宋姑奶奶家的人都從屋裡出來了，往門口走。

冬寶只認得走在前頭的宋姑奶奶，其餘幾個年輕點的男男女女想必是宋姑奶奶的兒子、媳婦。

「娘，冬寶來了。大老遠的，特地送了一罐子醬。」銀生嬸子笑道。

宋姑奶奶笑著說：「走，進屋坐，晚上讓妳嬸子給妳烙油餅。」

冬寶笑道：「改天我跟我娘再來，我大榮哥還等著我哩！姑奶，我走了啊！」說著，冬寶從兜裡抓出來一把松子糖，塞到了站在宋姑奶奶跟前的女孩手裡，笑道：「沒帶啥好東西，這糖分給弟弟妹妹們吃吧！」冬寶不愛吃糖，但她習慣在兜裡裝上幾顆，碰到小孩就給一顆，很能「收買」人心。

站在宋姑奶奶跟前的小女孩是這幾個孩子中最大的，看到糖高興得不行，身旁的幾個孩子立刻圍過去搶了起來。

等冬寶走遠了，宋姑奶奶看著不遠處還在為了幾顆糖吵鬧的孩子們，嘆氣道：「沒一個勝冬寶的。」

冬寶到家的時候，天已經麻麻黑了。

「咋到現在才回來啊？」李氏笑道，麻利地將煎好的蔥油餅從鍋裡鏟了出來。

冬寶肚子早餓了，伸手就往蔥油餅上招呼。

李氏一巴掌拍回去了，罵道：「先去洗手！人家小旭都比妳懂事。」

小旭在一旁看著冬寶被訓，用手刮了刮臉。「冬寶姊，羞羞！」

冬寶決定不跟小屁孩一般見識。據說這幾天縣裡官吏考評，嚴大人帶了不少衙役去了縣裡，把小旭扔到了她們這裡，包吃包住。

晚上臨睡的時候，李氏一邊收拾東西一邊問她。「豆瓣醬都送出去了？」

冬寶點點頭。「都送了，去劉樓一趟，走得真累。娘，妳拾掇這些舊衣裳幹啥啊？」

李氏笑道：「妳二嬸子快生了，咱不給她送錢了，這些舊衣裳能當尿布，再添一百個雞蛋送過去，就算賀禮了。妳姑奶對咱們好，走這點路算啥？我後來想想，送這點醬少了，明兒讓大榮給他們送幾斤豆腐去。」

冬寶本來睏得厲害，可一聽李氏這話，立刻從床上坐了起來，正色問道：「娘，妳覺得姑奶對我們好？」

「對咱不好嗎？分家了還來看咱，搬家的時候又來了……」李氏說道。

冬寶忍不住翻了個白眼。「娘，我今天去姑奶家，他們家房子院子拾掇得利利索索，家裡人也都穿得挺乾淨整齊的，沒有人穿帶補丁的衣裳，灶房裡炒的菜聞著也挺香，不像我奶家，連油都捨不得放。」冬寶說道。

李氏遲疑地問道：「這……怎麼了嗎？」

「那當初她聽說咱們分家了來看咱時，咋是空著手的呢？咱剛分家的時候多困難啊，她又不是不知道。搬家的時候她還是剛從集市上過來的哩，不也是空著手？」冬寶說道。

李氏笑了起來。「妳這孩子咋惦記起別人的東西來了？」

「我不是惦記她的東西。」冬寶說道。「娘，不能來一個對妳客氣的人，只要比我奶還有那宋什麼海強的，妳就覺得是對咱們好。」

冬寶的話戳到了李氏心中的痛處。

李氏嫁過來十幾年了，除了自己的女兒外，沒一個人對她好過。

「妳姑奶還是不錯的……」李氏說道，臉色也暗淡了下來。宋家人對她不好，多半是因為沒有生兒子，再想下去，又要陷入到自卑自責的情緒中去了。

冬寶當然猜得到李氏又在難過什麼。「娘，姑奶來了咱家兩趟，嘴上說得挺好的，實際的東西可一樣都沒拿出來吧？搬家那天，她一個勁兒地說咱不該搬家，我看要不是銀生嬸子攔著，她還想教訓妳幾句哩！再說了，咱倆跟她是啥關係啊，我爺那邊有我爺、我兩個叔、兩個堂弟，她心裡頭偏的是咱們還是我爺那邊啊？」

毋庸置疑，宋姑奶奶心裡頭偏的肯定是宋老頭那邊的男丁。冬寶遲早會出嫁離開宋家，李氏和宋家沒有血緣關係，也沒給宋家生下兒子，宋姑奶奶除了嘴皮子上同情一下這個姪媳婦，還能做什麼？不暗地裡罵就不錯了。

其實冬寶不覺得宋姑奶奶是壞人，只是將來她們和宋家再起衝突的話，宋姑奶奶是不會站在她們這邊的。

經冬寶這麼一說，李氏心裡頭便想明白了。「也是，咱們這麼巴巴地又是送大醬、又是送豆腐，太……算了。」

七月中的時候，天氣已經不像之前那麼熱了，林家的花生也豐收了，趁著這天林實放假，一家人忙到了天黑，總算是把花生都收回來了。

「這兩筐給冬寶，等會兒咱們再剝幾斤花生米一起送過去，她們忙，沒空剝。」秋霞嬸子笑道。

林老頭笑著點頭。「是該送，等花生榨了油，再給她們送一桶油去。」

幾個人正說笑著，就聽到隔壁宋家傳來了宋招娣的驚叫聲和黃氏的斥罵聲。

「這又是咋了？一天到晚沒個安寧。」秋霞嬸子不悅地說道。

不一會兒，全子就瞧見門口宋招娣跑了過去，又過了一會兒，瞧見宋招娣拉著李婆子過來了。

「娘，招娣姊去請李婆子了，是不是宋二嬸要生了？」全子連忙問道。

李婆子是個接生婆，村子裡的女人要生娃，基本上都找她。

秋霞嬸子便起身進屋，拉出了床下的罐子，數了二十個雞蛋出來，又拿了一包紅糖，說道：「估計是她二嬸要生了，我去看看。」

「娘妳去吧。」林實笑道：「這點活兒，我們一會兒就弄完了。」

秋霞過去，直接就進了宋家的院子，瞧見宋招娣站在西廂房門口，屋裡頭除了宋二嬸哼哼唧唧的聲音，還有李婆子的說話聲——

「招娣她娘，妳這還得個把時辰才能生哩！」

「大娘，妳來了。」宋招娣瞧見秋霞，立刻伸手要接秋霞手裡的籃子。

黃氏聽到聲音，立即從堂屋裡出來了，瞪了宋招娣一眼，說道：「招娣，趕緊去灶房燒水，別磨蹭了！」

宋招娣在秋霞嬸子看不到的地方，偷偷對黃氏翻了個白眼，不情不願地進灶房燒水去了。

黃氏趕緊走了過來，接過了秋霞手裡的籃子，一看便知道裝的是紅糖和雞蛋，還不少。生孩子這種事，像秋霞嬸子這樣送二十個雞蛋和一包紅糖的，很少見。黃氏滿意之餘還有些生氣，總覺得秋霞這麼大方是因為在李氏的鋪子裡掙了錢，想想李氏那些錢都應該是她的，黃氏心口又難受了。

「趕緊給招娣她娘燒個雞蛋茶吧。」秋霞嬸子笑道。「生孩子可不就指著這一口氣嗎？」

黃氏嗯了一聲，卻沒有動，進屋把雞蛋拾到了罐子裡，出來把籃子還給了秋霞。

夜幕降臨的時候，林家一家坐在院子裡吃飯，就聽到隔壁傳來了嘹亮的嬰兒哭聲。

「生了！」秋霞嬸子笑道：「就是不知道生的是個小子還是姑娘？」

林福喝著湯，笑道：「今兒天太晚了，等明天去看看。」

第七十四章　狠毒

第二天，正逢沅水鎮的大集，鋪子裡從開門到中午，一直擠滿了人，幾個人忙得腳不沾地。

秋霞嬸子在灶房忙了一上午，蒸上最後一籠包子後，就出來透透氣。

「扭了一上午，腳疼腰也疼。」李紅琴笑道。

李氏點點頭。「咱們還是得再請幾個幫工。」

秋霞嬸子笑道：「昨天晚飯的時候，冬寶她二嬸生了，就是不知道生的是男是女。」

「她懷著的時候不是天天嚷著自己肚子裡是個男娃嗎？」李紅琴譏笑道，宋二嬸鬧分家的時候，認定自己肚子裡懷的是個兒子，一定要多分一份田產，這事已經成了塔溝集的笑料了。

一旁收拾桌子的荷花湊了過來，嘆口氣說道：「是女娃，已經沒了。昨晚上李婆子跟我說的。」

李婆子和荷花家是幾十年的鄰居了，關係處得不錯。

幾個人頓時駭然。

李氏急急地問道：「咋沒了？」

荷花小聲說道：「他們跟外頭人說是孩子生下來就不會哭，沒多久就嚥氣了，其實根本不是這樣的。我聽李婆子說了，冬寶她奶一看生的是個丫頭，就給了李婆子十個錢，把剛生出來的女娃摁到血盆裡了……心夠狠啊！一條人命，說不要就不要了！」

冬寶趴在窗臺上聽得聚精會神時，冷不防聽到旁邊有人顫抖地說了一句——

「這不是殺人嗎……」

冬寶嚇了一大跳，回頭看到張秀玉站在她旁邊，臉都嚇得發白了。

「小聲點！」冬寶握住了張秀玉冰涼的手。

張秀玉嘆了口氣。「我們村有個生了七個閨女的人家，也沒聽說過淹死一個孩子……妳奶家又不是沒有孫子……」

「冬寶出生的時候，她奶就說丫頭是賠錢貨，養了也是白養……」李氏紅了眼圈。「我躺床上哭，她奶還一個勁兒地說，最後冬寶她爹發話了，才算容下了寶兒。」

李紅琴嘆了一聲。「作孽喲！」

冬寶扶著牆默默地站著，原本是她安慰張秀玉的，沒想到張秀玉聽了李氏的話，反過來抱住冬寶，來安慰她了。

「我沒事。」冬寶衝張秀玉笑了笑。她如此的「不聽話」，想必黃氏早就後悔當初沒把她也溺死了，她只是替那個無辜的生命難過。

張秀玉拉著冬寶去了屋裡坐著，嘆氣道：「妳奶真嚇人，我還以為她就罵人厲害。」

「還不是為了供我三叔……」冬寶嘆了口氣。除了重男輕女的陋習，更重要的一個原因，是多一個孩子就多一張嘴吃飯。

張秀玉咬牙說道：「妳爺奶就不怕報應到妳三叔頭上！」

「我們真該去我奶奶的奶奶的墳前磕頭燒紙。」冬寶嘟囔道。

張秀玉愣了下，沒反應過來。「妳說啥？」

「謝謝她老人家的不殺之恩啊！」冬寶懶洋洋地說道：「要是當年我奶出生的時候，她的奶奶心狠手辣一點，我奶不就活不到今天了？那就沒有我爹、我叔他們，更沒有我們這些孫子、孫女了。妳說，該不該去磕頭燒紙，表示一下感激？」

張秀玉捂著嘴笑了起來，輕輕擰了下冬寶的臉頰，笑道：「妳就貧吧！」

宋家沒了個孩子的事情並沒有在塔溝集造成多大的轟動，大部分人都不知道事情內幕如何，或者是懶得去管。

這幾天陽光正好，收穫的新花生也曬乾了，秋霞嬸子挑過來兩筐花生，一筐是帶殼的，一筐是剝了殼的花生米。

冬寶挑了個頭稍微小一些的花生米磨成了花生奶，比豆漿好喝多了。

全子頭一次喝花生奶，入口之後立刻愛上了這種濃郁香醇的味道，天天跑來纏著冬寶給他磨花生奶喝，連喝了好幾天後，全子起床找了原來的褲子穿，卻發現緊繃繃的，他沒當回事，結果出門蹲地上提鞋時，悲劇地把褲子給撐裂了。

全子再也不敢喝花生奶了，生怕自己長成個大胖墩，好在正處於發育竄個頭的時候，過些天臉上多出來的肥肉慢慢就瘦回來了。

剩下的冬寶做了油炸花生米，吃起來又脆又香，很受嚴大人和林福的喜歡，用他們的話說就是：幾顆花生米就能下半罈子酒。

林福來鋪子裡的時候悄悄地跟冬寶抱怨。「還是冬寶炸的花生米好吃。妳嬸子回家也炸了，沒妳炸的好，我一說，就這也不給我做，那也不讓我喝酒了。」

冬寶嘿嘿笑了笑。「林叔，這花生可有名字哩！」

林福來了興趣。「叫啥名字啊？」

「酒鬼花生！」冬寶笑道。「我還要告訴嬸子，你在背後說她壞話。」

林福連忙笑道：「可別說！」這小丫頭可真是精怪，怪不得兒子喜歡，他也想要個這麼聰明精怪的女兒。

兩個人在院子裡正笑著，就看到李紅琴氣沖沖地拿了個盆子往灶房裡走。

「大姨，這是咋了？」冬寶趕忙問道。

李紅琴嘆了口氣，朝鋪子的方向撇了撇嘴。「來了幾個媳婦，七個人就要了一碗豆花，自己帶的高粱餅子，吃了咱們半盆子醬。要不是我把盆子拿走，一盆子都不夠她們吃的！」

秋霞嬸子聽到後，從灶房裡出來了，搖頭道：「咋恁厚臉皮啊？明擺著就是為了白吃咱們的醬來的。」

「大姨別生氣了。」冬寶接過了裝豆瓣醬的盆子，一口氣往裡面舀了三大勺鹽，拌勻之後，嘿嘿笑道：「端回去吧。」

李紅琴笑得合不攏嘴。「這法子好！做得鹹一點，人就能少吃一點。」

冬寶琢磨著自己往「奸商」的路上又邁進了一步。

時間過得飛快，轉眼就到了八月，馬上就要到秋收的季節了。

李氏知道宋二嬸的孩子沒了後，和冬寶一起帶了五十個雞蛋和一包紅糖回了趟塔溝集。

本來李氏想帶一百個雞蛋的，被冬寶勸了下來。雖然說一百個雞蛋對於她們來說不算什麼，但冬寶不想她們前腳走出宋家，宋家人就開始說她們有錢，連這點雞蛋都不放眼裡之類的尖酸話。

進門後，黃氏愛答不理地收下了李氏帶回來的雞蛋和紅糖，對於李氏只給了這點東西，心中十分不滿。

而宋二嬸就更奇葩了，冬寶原以為失去了懷胎十月的孩子，正在坐月子的宋二嬸會非常傷心、頹廢，結果一進門就聽到宋二嬸中氣十足地罵宋招娣。原來宋招娣送進屋的雞蛋茶是開水沖的碎雞蛋，而宋二嬸嫌送來的雞蛋茶少，不像是兩個雞蛋的樣子。

「我奶給的雞蛋小！我沒偷吃！」宋招娣爭辯道，看到李氏和冬寶進來了，瞪了冬寶一眼，連聲招呼也不打就走了。

「沒偷吃，那兩個雞蛋咋就跟一個一樣？」宋二嬸扯著嗓子叫道，恨不得全村人都聽到。「誰家給媳婦坐月子，一個雞蛋說成是兩個啊？要不要臉啊！」

要是以往，宋二嬸這麼指桑罵槐地說黃氏苛待她了，黃氏肯定早跳腳罵起來了，只是今天堂屋裡卻一點動靜都沒有。

冬寶和李氏對望了一眼，黃氏這是心虛了，溺死了兒媳婦的孩子，在兒媳婦面前理虧。

「妳這身子咋樣？」李氏問道。

宋二嬸不滿地說道：「還能咋樣？連個雞蛋都吃不進嘴裡，要了半天才要來一碗雞蛋茶，還缺斤短兩的。」

看她這精神氣十足的模樣，只嫌棄自己吃得不好，實在不像是痛失孩子而精神萎靡的人，連勸都沒必要勸了。

李氏叮囑了她兩句客套話，讓她好好養身子，孩子以後還會有的，便走了。

「我看二嬸一點都不難過。」冬寶說道，宋二嬸應該和黃氏是同一類人，都重男輕女，看宋二嬸懷孕的時候如此篤定期盼自己懷的是個兒子就知道了，指不定她也是默許黃氏的做法的。

李氏嗯了一聲，沒說別的。

兩人走後沒多久，秋霞嬸子回家了，林福說道：「剛才秀才娘子和冬寶去看宋老二他媳婦了，妳去不去看看她？」

「去，我忙完手上這點活兒就去。」秋霞嬸子嘆道。

秋霞嬸子過去的時候，天已經擦黑了。宋家西廂房裡只有宋招娣照應著宋二嬸。

「嫂子來啦！」宋二嬸看到秋霞的時候眼神一亮，熱情地招呼她。「招娣，快快，給妳大娘沖紅糖水。」

「別忙活了。」秋霞嬸子攔住了宋招娣，笑道：「嬸子又不是外人，坐下來跟妳娘說幾句話就回去了。」

宋二嬸笑著連連點頭。「對對，咱們又不是外人，不用那麼外道。」對站在一旁的宋招娣使了個眼色。「去灶房裡燒點水。」

宋招娣應聲而去。

秋霞嬸子就有些不好的預感，站起來笑道：「看妳沒事我就放心了，我先走了。」

不料宋二嬸眼疾手快地抓住了她，不放手。「嫂子，妳現在是大忙人了，咱們姊妹倆好好說話的時間都沒有了。咱兩家多少年的鄰居了，關係又好。」宋二嬸熱切地笑道。「招娣是妳看著長大的，這孩子性子和氣，聽話又能幹活。我早尋思過了，招娣和妳家大實年紀正好，要不趁這段時間閒，咱們把兩個孩子的親事給定下來吧？」

啊呸！要不是顧念宋二嬸失去孩子，還在坐月子，秋霞嬸子就要罵人了！性子和氣，聽話能幹？這說的是宋招娣嗎？

宋二嬸又趕緊說道：「嫂子，我問過招娣了，招娣願意。她要是敢不孝順妳，我就大耳光抽她！」

「不是這麼個事。」秋霞嬸子笑了笑。「我和孩子他爹都琢磨著，孩子心裡稀罕誰，我跟他爹豁出去這張老臉，也得上人家閨女家裡提親，將來孩子的日子過得也舒心不是？」

我家大實看不上妳家招娣，這事沒門兒！

秋霞嬸子回家後，忍不住跟林福抱怨。「真不怪別人不給她臉！村裡人誰不知道冬寶是咱家大寶的小媳婦？有冬寶在，誰看得上她閨女？就是冬寶不嫁到咱們家，我也不讓她當我兒媳婦。」

林福不好說宋二嬸一個婦道人家如何，只得勸秋霞嬸子想開點。「咱不答應就行了，他們那一家子，咱們以後離遠點。」

秋霞氣過之後便將此事拋到了腦後，壓根兒都不願意跟李氏提，而宋招娣像是知道了什麼，以前每次看到秋霞總會熱情地喊一聲大娘，現在看見秋霞，直接就虎著臉別過頭走了過去，一副目中無人的模樣。

時間過得飛快，很快就到了宋柏去縣城考試的日子。

「三兒趕考的錢，妳準備好了沒有？」宋老頭問黃氏。

黃氏眉頭一豎。「咋還用我準備？她不是說她出嗎？你去問她要去！」

宋老頭猶豫了一下。「當初老大媳婦只說出一兩銀子，三兒不是說不夠嗎？還說要去參加什麼文會，向考過秀才的人問問經驗啥的。」

「她說出一兩就只出一兩啊？」黃氏惡狠狠地說道。「你就去問她要五兩銀子，她要不給，你就蹲門口不走，看她丟不丟得起這個人！」

黃氏的話撂得狠，但宋老頭沒臉照黃氏的話這麼幹。他準備往鎮上去的時候，黃氏又叫住了他，麻利地和麵，準備攤油煎餅。

宋二嬸在屋裡聞到了油煎餅的香味，但她在坐月子，出不了門，見不得風，二房的人又都不在家，她只能坐在床上高聲問：「娘，妳做啥啊？咋這麼香啊！」

黃氏沒吭聲，跟搶時間似地煎好了幾個餅子，留下來最小的一張，其餘都裝到了布包袱裡，讓宋老頭帶給宋柏，她則拿著餅子去了西廂房，給了宋二嬸。

「拿著吃吧。」黃氏難得有個好臉色，幾乎是和顏悅色地把餅子給了宋二嬸。「補補身子。」

黃氏這麼「伏低做小」，宋二嬸也不好再說什麼了，撇著嘴接過了油煎餅，大口地吃了起來。

宋老頭到鎮上後，先去了聞風書院，求門房叫了宋柏出來。這些日子，宋柏瘦了一大圈，宋老頭心疼得要命，問道：「咋瘦恁多啊？是不是吃得不好？」

「這還用問啊！」宋柏沒好氣地說道。

「要不，以後中午你就去你大嫂那兒吃吧。」宋老頭猶豫了半天，說道。

宋柏立刻惱了，咬牙說道：「不去！她們看不起我！」

「不去就不去吧。」宋老頭無奈地搖頭嘆氣。

「爹，你來就是為了給我送煎餅的？」宋柏問道。

宋老頭搖搖頭，老實地說道：「那時候你大嫂不是答應了給你出路費嗎？我來問她要錢的。」

一說到路費，宋柏的傲骨明顯就軟了。「那你去吧，我回去復習唸書了。」

宋老頭到寶記鋪子的時候，不想讓村裡的秋霞幾個人看到，便躲到了一旁，等只有李氏一個人出來的時候，宋老頭才出來，喊了一聲。「老大媳婦！」

李氏回頭，愣了一下後笑道：「爹你來了？屋裡坐吧。」

她們搬家時，宋老頭夫婦連個面都不露，實在做得過分，就連李氏這樣好脾氣的人，心裡頭都有疙瘩了。

「不了。」宋老頭也很尷尬。「老三快要去縣裡考試了，那個啥……老大媳婦……」

李氏聽他吭吭哧哧了半天，老臉脹得通紅也說不出一句完整的話來，便明白了他想要幹什麼，叫過了冬寶。「去拿一兩銀子給妳爺，妳三叔快要下場考試了。」

冬寶點點頭，回去拿了一千個錢出來，裝到了布口袋裡，遞給了宋老頭。而李氏趁這個時間，切了幾斤豆腐和豆芽，讓宋老頭拿回家吃。

宋老頭看了眼布口袋，裡面應該就只有一千個錢。老三帶這點錢上路，肯定緊巴巴的。李氏一向厚道，現在也學尖酸了，說給一千個錢，還真就只給了一千個錢。

見宋老頭遲疑著不走，冬寶笑咪咪地高聲問道：「爺，咋啦？錢不對數嗎？要不，您再數數？」

宋老頭羞得滿臉通紅，結結巴巴地說道：「不用了，先走了。」

等宋老頭走遠了，李氏重重點了下冬寶的額頭。「那是妳爺！沒大沒小的！」

冬寶皺了皺鼻子，說道：「我要是不說，我爺肯定嫌錢少，到時候咱們給還是不給？不給吧，站在店門口不好看；給吧，心裡頭又不舒坦。」

對於宋老頭，冬寶失望透頂。原本冬寶對他還有祖孫情誼的，到現在，當初那點情誼早就毛也不剩了。而且若是沒有宋老頭同意，黃氏怎麼可能作主不要宋二嬸生的那個小女嬰。

冬寶也不怕宋柏考上秀才後會來報復，宋柏想通過科考來飛黃騰達，就得祈禱永遠不要得罪冬寶，否則當初他親筆寫下的「供詞」就會人盡皆知。

轉眼就要到中秋了，這是她們分家後過的第一個中秋節，李氏在鎮上的點心鋪子做了一百斤的月餅，材料都是自己準備的，用的是上好的花生油和麵粉，冬寶還特意煮了二十個鹹鴨蛋，剝出了蛋黃後送過去做了廣式蛋黃月餅。

冬寶挑出來五個蛋黃月餅、二十個五仁月餅並一罐豆瓣醬，託每天早上來鋪子裡拿豆腐的王家小廝捎給了王聰。

王聰第二天就託小廝捎來了回禮，二十個八角樓廚子做的蓮蓉和豆沙餡月餅、五斤紅糖、一罈酒和一塊紅底碎花的細綢布。

李氏摸著柔軟順滑的布料笑道：「夠給妳和秀玉一人做條裙子的，這顏色喜慶，正好八月十五那天穿。」

絲綢是金貴東西，光這塊布就足夠抵消她們送過去的月餅和豆瓣醬了。

送禮的人家都送了回禮，就連大舅也到鋪子裡送了兩隻雞和兩包紅糖。

李氏怕高氏鬧氣，讓李立風把雞拎回去。

李立風只得說道：「妳嫂子知道的，她不是那小心眼的人……」這話說出來，李立風都覺得心虛得很。

八月十三那天，李氏在籃子裡裝了十個月餅和十斤豆腐，又買了香燭黃紙和一罈酒，回了趟塔溝集。她和冬寶都不願意再回宋家，便託秋霞嬸子把月餅和豆腐送過去了，算是盡了孝道，而她則帶著冬寶去了宋楊的墳前。

李氏手腳麻利地拔了宋楊墳上的雜草，接著點了香燭、燒了紙，把罈子裡的酒慢慢倒在了墓碑上，語氣平靜地說道：「她爹，我帶著冬寶來看你了。我們娘兒倆能吃飽能穿暖，沒人罵也不遭人嫌了。知道你好喝兩口，今兒給你帶來了一罈好的。你這輩子沒幹啥壞事，好好求求閻王爺，下輩子投生個富貴人家吧。」

冬寶覺得，李氏是真的走出喪夫的陰影了。

只是因為宋楊是她女兒的父親，她才會帶著女兒來祭拜他，說是出於感情，不如說是出於一種人性上的尊重。

第七十五章　中秋

八月十四那天晚上，冬寶邀請了柳夫子和柳夫人來吃飯，陪坐的還有嚴大人、梁子、林實、張謙和小旭。

冬寶使出渾身解數，燒了一桌子菜，又開了王聰送來的酒。

柳夫子和柳夫人這段時間來，和李氏等人也都很熟稔了，幾個人熱熱鬧鬧地圍坐在院子裡的桌子，賞月吃菜。

柳夫子吃得很滿意，酒卻一滴未沾。李氏作為主人敬他酒，他只是笑著推了。「我不能飲酒。」

一旁的柳夫人怕冷場，連忙接過酒杯，笑道：「我來替他。」柳夫人酒量還不錯，和李氏、李紅琴聊些家常。三個女人都是爽快人，聊得開心，喝得也盡興。

吃完了飯，月亮已經昇到了半空，冬寶和張秀玉麻利地撤了席，擺放了瓜果和切成小塊的月餅，幾個人坐在院子裡賞月聊天。

柳夫子和嚴大人說了幾句話，便對一旁的林實和張謙說道：「你們倆莫要心急，明年這個時候便能下場試一試。現在你們倆的主要任務是多練字、多唸書，基本功要扎實，穩中求進。等明年開了春，我就安排你們兩個開始寫文章。」

林實和張謙對望了一眼，心裡十分激動。書院的學子們不少都去了縣城趕考，就連周平山也去了，林實和張謙難免有些失落，不過柳夫子這番鼓勵的話又讓他們激動起來了。

「多謝夫子指點。」林實起身給柳夫子行了個大禮，張謙也連忙行了個禮。

柳夫子笑著擺手。「我指點再多沒用，還得靠你們自己努力。」

夜深了，嚴大人要帶小旭回家，小旭不肯走，手腳並用地坐在李氏腿上，抱著李氏的腰不放，要李氏再給他講故事。

「明天你過來，大娘再給你講。」李氏笑著哄了半天。

小旭還想再撒嬌，最後看嚴大人的臉色已經處於發怒的邊緣了，才從李氏腿上滑了下來，跟著嚴大人回去了。

小旭窩在嚴大人懷裡，迷迷糊糊地睡著了，等到家的時候，嚴大人把他拍醒了，端了洗腳水過來讓他洗腳。

「哎喲！燙死我了！」小旭迷迷糊糊地把小腳丫伸進了腳盆裡，立刻被燙醒了，朝嚴大人大叫了起來。

嚴大人伸手試了試水溫，面無表情地說道：「這不正好嗎？」

小旭憤憤然了。人家是皮嬌肉嫩的小孩好不好？誰跟你一樣皮糙肉厚的！

「我在冬寶姊家睡的時候，大娘給我打的洗腳水就不燙。」小旭控訴道。

嚴大人瞥了他一眼，沒吭聲，舀了一瓢涼水倒進了腳盆裡。「這下不燙了，趕緊洗吧。」

小旭咬著嘴唇，重新把腳伸進了盆子裡，頓時又委屈了起來，這回變成涼水了……爹絕對是故意的！

臨睡覺的時候，小旭脫得只剩下一件紅肚兜兜，鑽進了被窩裡，問道：「爹，為啥人家都有娘，我沒有啊？」

嚴大人皺眉說道：「趕緊睡覺吧，明天起來還要練字唸書，別瞎想。」

小旭委屈地癟嘴，他很羨慕冬寶姊姊，雖然冬寶沒有爹，可她有個很溫柔、很好的娘。小旭不止一次想過，要是和冬寶姊換一換就好了，他要李氏當他娘，把爹換給冬寶姊。

「爹，我想要李大娘當我娘，我可喜歡李大娘和冬寶姊了。」小旭小聲說道。

嚴大人拍著小旭後背的手就是一滯，想起那個眉眼秀麗，說話柔和，笑容溫暖的婦人，問道：「你不是不要後娘的嗎？都鬧得要離家出走威脅我了。」

「那不一樣啊！」小旭急急地說道。「那會兒我又不認識李大娘！李大娘是好人，她肯定不跟趙保柱的後娘一樣。」

「趙保柱的後娘怎麼了？」嚴大人問道。

小旭來了精神。「趙保柱的胳膊、腿上都是他後娘掐出來的青印子，還不讓他吃飽飯呢！我跟李大娘說了，李大娘還煮了四個雞蛋，讓我帶給趙保柱吃。」言外之意，李氏那樣的後娘，他還是相當願意接受的。

嚴大人難得地笑了笑。想起第一次見面時，李氏雖然怕自己怕得要命，卻敢於在自己氣憤難耐要揍小旭時上來攔著，又勸自己對孩子要溫柔有耐心。

是個性子溫柔綿軟的女人。這是嚴大人對李氏的第一印象。

後來知道的多了，又見識了李氏的公婆如何欺負她這個老實人，嚴大人覺得她們可憐，就忍不住多照顧她們一些。

回過神來後，嚴大人發現小旭還在盯著他，等著他回答。他難得地對兒子笑了笑，拍了拍小旭光溜溜的後背，說道：「睡吧，這事不要跟外人說，否則你大娘要生氣的，你冬寶姊也不會再理你了。」

「這個我懂。」小旭點頭說道，神色十分嚴肅。「不過，爹，你還是再考慮考慮吧！李大娘只比你大三歲哩，我沒有娘，冬寶姊沒有爹，要是你娶了李大娘，我有娘了，冬寶姊也有爹了，兩全其美啊！」

「你連人家多大歲數都打聽了？」嚴大人目瞪口呆。還有，兒子，成語不是這麼用的……

「是啊！」小旭理所當然地說。「我問冬寶姊了，冬寶姊告訴我的。」

「那你還說別的了嗎？」嚴大人立刻問道，怕天真的兒子說了什麼不該說的。

小旭在親爹緊張兮兮的眼神中鄙視地搖頭。「我又不是什麼都不懂的小孩！我就問了冬寶姊，李大娘多大了？冬寶姊說三十一了，你今年二十八，女大三抱金磚哩！再說了，李大娘長得好看，看著還沒你老呢！」

嚴大人被兒子的那個「老」字給刺激到了，臉色陰得厲害。

小旭自知嘴快捅了馬蜂窩，趕緊縮了脖子裝睡，不一會兒就真響起了均勻的呼吸聲，睡著了。

自從他當上所官之後，多的是人願意把家裡的黃花大閨女嫁給他當填房，只是他從來沒動過這方面的心思，就是怕委屈了兒子。

他怕娶進來一個大姑娘不會照顧兒子，給兒子氣受；可讓他娶寡婦，別說沒人會給他一個所官介紹寡婦，就是他自己，也過不去心裡那道坎兒。他條件擺在這兒，幹麼想不開娶寡婦？

可李氏是不一樣的，她不光對小旭好，她對別的孩子也很慈愛。她還有個聰明懂事的女兒，撐起家業來，比兒子都強。而且李氏人長得不賴，這幾個月他看在眼裡，李氏越來越白淨好看了，冬寶那精緻的小臉，就是隨了李氏的好模樣。

最重要的是，李氏性子好，溫柔體貼。

這一條條數下來，哎喲，真要命，太對他的脾氣了！

嚴大人翻來覆去，跟炕燒餅似地睡不著，心裡面把自己和李氏的各個優點短處羅列起來比較，發現自己除了占個年齡小的優勢外，他娶李氏還是他占了大便宜呢！

還是再等等吧，嚴大人自己對自己說道。李氏平日裡都不肯多看他一眼，說不定對他沒啥想法呢……

八月十五上午，單強領了兩個小廝，提了兩個木盒子進了鋪子。

一進門就先給李氏恭賀中秋，回憶了兩家的深厚交情後，又恭維了一番鋪子生意興隆，看到冬寶後不住口地誇讚冬寶長得漂亮。

單強肥厚的嘴唇不停地呱嗒，李氏聽得雞皮疙瘩起了一身。

這天集市上人特別多，李氏幾個人忙得不可開交，沒空招待單強，單強也沒有多留，寒暄了之後便要告辭。

李氏攔住了他，笑道：「都是鄉里鄉親的，來說說話就行了，東西帶回去吧。」

單強連忙給兩個小廝使眼色，小廝們趕緊把木盒子放下了。

中午的時候，李氏和冬寶才有空翻看單強帶來的東西，一個盒子裡放了二十塊月餅，好吃不好吃看不出來，但做工挺精緻的，另外一個盒子則放了四塊花布。

「我說不要，他還非得放下來。」李氏看著這些東西發愁，真心不想要單強的東西。

冬寶笑道：「他送來了咱就收著，正好把這些東西當員工的中秋福利。反正咱不用他的東西。」

單強要是記得他們兩家的交情，之前的中秋節怎麼不見他提禮物上門啊？鬼才信他的話！

李氏跟冬寶待久了，知道啥叫員工福利，和冬寶商量了下後，月餅分給了寶記小隊的人，富發嫂子和荷花各得一塊花布，剩下的兩塊花布給了秋霞嬸子。

中秋過後，去縣城考試的學生陸陸續續回來了。

周平山來吃飯的時候，告訴冬寶他中了秀才，美中不足的是名次有些靠後。

「這是大喜事啊！」冬寶笑道，讓周平山等著，她親自去灶房炒了個菜，端到了周平山面前。「這個菜是送你的，給你當賀禮了。」

周平山笑了笑，看了眼站在冬寶身後的林實，道了謝，坐下來繼續吃飯。

等學生吃完飯走了，李氏坐在屋裡歇腳，突然想起來一件事，問冬寶道：「這都發榜了，也沒聽說妳三叔考得咋樣了。大實，你在書院裡聽說了沒？」

「肯定是沒考上！」冬寶搶在林實前面說道。宋柏要是考上了，宋家人早得意地讓全世界人都知道了。

秋霞嬸子這會兒上也從灶房出來了，坐在李氏旁邊歇氣，說道：「沒考上。我昨天下午回去時，看見宋老三了。冬寶她奶還要供他唸書，她二叔二嬸不願意，鬧到大半夜不消停。」

「那最後呢？」冬寶問道。

林實的嘴角彎起了一絲笑意。「書院的夫子說，讓三叔自己在家唸書復習，不用去書院了。」

冬寶哈哈大笑起來，這其實就是變相的開除嘛！

「行了！」李氏看冬寶笑得沒個正形，忍不住出言說道。「這事咱們知道就行了，以後誰也別在外頭說。」

李氏是個厚道人，就算宋柏做過那麼缺德的事，她也沒想過去揭他的短。

八月底就到了秋收的季節，往常熱鬧的集市變得冷冷清清，李氏乾脆停了鋪子裡的早點生意。

在秋收的重要時候，就是再吝嗇的莊戶人家，也不會在吃食上虧待家裡人。

林福每天下午都要出去兩趟，能賣一百斤豆腐、一百斤豆芽，回來的時候天都黑了。掙錢是比平常多，可也著實辛苦。

秋霞嬸子要幫忙做豆腐，林福要賣豆腐，林家的兩個壯勞力忙得團團轉，天不亮就下地，晚上摸黑去地裡掰包穀。林老頭怕兒子、兒媳累狠了，拍著胸脯讓他們不要操心了，他和林實、全子就能搞定地裡的活兒。

林老頭年紀大了，全子還小，大實還在讀書，林福和秋霞嬸子合計了下，索性花錢，雇了兩個短工，幫著他們秋收。比起雇短工的錢，賣豆腐賺的還是占了大頭。

李紅琴帶著張秀玉和張謙回張家村去了，冬寶便隨李氏回了塔溝集，跟著全子去地裡頭逮螞蚱。

逮了螞蚱、蛐蛐後，用一根細草莖從蟲子的脖頸處穿成一串，下午做完豆腐後拿回去扔雞舍裡，康師傅便會帶著後宮佳麗們齊上陣，沒一個蟲子能逃脫被雞吃掉的命運，雞吃得可歡實了。

逮完螞蚱，冬寶抱著一罐蟲子，跟著林實從地裡往林家走。

經過宋家門口的時候，宋招娣瞧見兩個人有說有笑的，十分親密融洽，心裡便憋著一股火氣，斜著眼看著兩個人，尖刻地問道：「林實，你不是去鎮上書院唸書了嗎？咋回來幹活了？」

冬寶皺了皺眉頭，她真是討厭宋招娣這副模樣，斜著眼看人，還不停地翻著白眼，活脫脫一個「少女版」的黃氏。

「關妳什麼事！」冬寶不客氣地說道。

宋招娣惱恨之下叫道：「你那書唸了也是白搭！一輩子土坷垃裡刨食的命！就你還想考秀才、舉人？也不照鏡子看看自己有沒有那命！」

「妳就是欠揍！」冬寶氣得開始捋袖子。

這會兒上，宋三叔從院子裡出來了，穿著青布長衫，戴著方巾，看到冬寶後神色有一瞬間的不自然，隨後瞪向了宋招娣。「招娣妳幹啥啊？還不趕快幹活！」又討好地看了冬寶一眼。

林實拉著冬寶便往前走，不願意和宋招娣多糾纏。

「她今天吃錯什麼藥了？」冬寶氣哼哼地抱怨。

林實笑著搖了搖頭。「我哪知道。」其實林實能猜到宋招娣今天找碴的原因，他娘拒絕了宋二嬸要結親的建議，宋招娣自然懷恨在心。

「就是欠揍！」冬寶嘟囔道。

林實微微一笑，勸道：「何必跟她爭這兩句嘴？我考上考不上，能是她說了算嗎？再說了……」林實聲音壓低了，湊到冬寶耳邊問道：「我要是考不上，妳就不嫁我了？」

這會兒上，林家的人都在外頭忙著，是以林實才敢這麼大膽地拉著冬寶問，小麥色的臉頰上也透著火燒雲般的紅暈。

這是哪兒跟哪兒啊？林實考得中是錦上添花，沒有功名兩個人將來還是照樣過日子啊！冬寶立刻嚴肅認真地保證道：「你考不上我也嫁你！」

剛說完這句話，林家堂屋的門簾子就猛然被掀開了，全子帶著小旭從屋裡蹦了出來，看著院子裡的冬寶和林實，哈哈大笑了起來。

「我都聽見了！」小旭笑嘻嘻地大叫了起來，用手指刮著臉皮。「冬寶姊，妳說妳要嫁給大實哥。不害臊！」

冬寶的臉騰地就燒起來了，低著頭，也不敢去看林實的表情，揪起小旭的耳朵，拉著他走出了林家，頭也不回地往鎮上走了。

「你什麼時候過來的？」冬寶問道。

小旭摸了摸被冬寶揪紅了的耳朵，默默抗議了一回虐待小孩後，老老實實地說道：「我在家裡待得無聊，讓梁子哥送我過來的。」

冬寶回想到剛才在宋家碰見了宋三叔。在一個人恨不得劈成兩個來用的繁忙秋收季節裡，宋三叔依舊是乾淨的長衫，乾淨的臉和手，乾淨的鞋襪。

張家收上來今年的新糧後，李紅琴雇了幾輛車，全拉去了鋪子，笑道：「這些夠咱們吃到明年這個時候的，就不用去買糧食了。」

新打下來的糧食吃起來香，也比買人家鋪子裡的糧食要好。

「這哪行！」李氏擺手。「多少糧食？我按市價給妳算錢。」

李紅琴惱了。「妳啥意思啊？我送點糧食給我外甥女吃不行嗎？妳還跟我算錢？」

「親姊妹也得明算帳啊！」李氏好脾氣地笑道，還是想多補貼一下李紅琴。

李紅琴哼了一聲。「行，咱們今兒就明明白白地算回帳！我們娘仨每天在鋪子裡吃的飯，妳給秀玉和小謙做的衣裳、鞋、被子，多少錢？妳好好算算，我一文不少地給妳。」

李氏只得收下了李紅琴帶來的糧食。

冬寶笑了起來，其實親戚相處就是這麼簡單，要是雙方都是明理大方的人，你對我好，我對你更好，相處起來就十分融洽。要是有一方尖酸刻薄，那就很難處得好了。

像宋家，秋收這幾天，李氏隔兩天便託秋霞嬸子送兩斤豆腐過去，宋家卻沒有一個人跟李氏道聲謝謝，冬寶和李氏也沒見著宋家的一顆糧食。

第七十六章　宋老頭受傷

人誤地一時，地誤人一年。

此時的宋老頭滿心都是煩躁，這個時候大部分人家的地都已經犁好，準備播種了，而他們家的地裡還沒有清理莊稼根。

他原本計算得很好，老二媳婦出了月子，能下地幹活了，招娣和大毛、二毛三個孩子合起來能抵一個壯勞力，再加上他、黃氏和老二，幾個人輕輕鬆鬆就能整治完十五畝地。

可他沒想到，老二一家在收了莊稼後就不幹了，任黃氏怎麼罵，都不踏出屋門一步。

「要吃飯就得幹活，誰要是不幹活，誰就別吃飯！」宋二嬸在房裡尖著嗓子叫。

宋老頭和黃氏心裡頭都明白，二房是對宋柏在屋裡看書、不幹活的行為不滿了。宋柏沒考上，還要過這種飯來張口的日子，老二一家不願意了。

宋二叔一家以此相威脅，這一招是很奏效的，種地不能耽誤，否則明年就去要飯吧。

所以，宋柏也不得不下地幹活了。

宋老頭心裡是心疼小兒子的，然而有二房五個人虎視眈眈地看著，要是宋柏偷懶不幹活，他們就敢撂挑子不幹。宋老頭只得儘量安排輕鬆的活兒給宋柏幹，他在前面拉著犁走，宋柏在後面掌著犁車，不需要下力，只需要保持犁車的平穩就行。

這個活兒一般都是力氣小的女人或半大孩子做的，宋柏不但沒有覺得輕鬆，反而叫苦連天的，一會兒嫌地裡的包穀根扎了腳，一會兒嫌螞蚱飛到他脖子裡了，不滿地嘟囔道：「大嫂家不是有毛驢嗎？咋不借過來幫忙犁地啊？咱們家這點地，不一會兒就犁完了。」

「他三叔，你是讀書人，面子大，你去大嫂家借毛驢吧，看人家借不借給你。」宋二嬸挖苦地諷刺道。

她也想借老大媳婦家的毛驢來耕地，可老大媳婦早就說了，毛驢還小，幹不了重活，而且天天要在家裡磨豆子，沒那個力氣再拉犁了。

這會兒上有鄉親經過，看到宋柏也下地了，驚奇地笑道：「讀書人也下地幹活了？」儘管那人並沒有惡意，然而宋柏還是又羞又氣，覺得他不過是一朝失利而已，結果人人都瞧不起他。他如今在李氏母女面前抬不起頭來，哪裡敢去開口借毛驢？憋著一口氣，宋柏也不抱怨了，學著別人的樣子扶著犁。

然而宋柏實在是太無用了，宋老頭拉著犁往前走沒幾步，宋柏在後面就扶不住犁車，犁車猛地摔在田地上，宋柏也站不穩地摔了一跤。

宋柏在後面一撒手，不知情的宋老頭卻還在前頭使力，結果鐵製的犁頭一下子拉出了地面，扎到了宋老頭的腿上，頓時鮮血就湧了出來。

「啊！」宋柏嚇得叫了起來，爬起來後不知所措地站在那裡，看著宋老頭倒在了地上。

宋榆幾個人連忙跑了過來，看到宋老頭這副模樣也嚇了一跳。「咋回事啊？」

宋柏這會兒才回過神來，手忙腳亂地解釋道：「我……我們摔了一跤……」他想把自己的責任撇清出去。「爹，你咋樣了啊？」

看宋老頭疼得皺緊眉頭、閉著眼，宋柏才真的害怕起來。雖然他瞧不起宋老頭，覺得宋老頭沒出息、沒本事、上不得檯面，可沒了宋老頭，他就真沒依靠了！

「咋傷得恁厲害啊！」周圍地頭上的鄉親們也三三兩兩地趕了過來，七嘴八舌地說著。

黃氏看著宋老頭的腿上不停往外冒的血，頓時嚇傻了，六神無主。

還是宋榆當機立斷地說：「我爹這傷不能耽誤了，得趕緊送鎮上找大夫去！」

幾個漢子也顧不上自家的地，救人要緊，忙回家拆個門板，抬著宋老頭往鎮上趕。

宋榆在前頭領路，黃氏也跟著去了。

然而宋榆沒有領他們去醫館，而是先去了寶記鋪子，在門口大聲嚷嚷。「大嫂！趕快出來，出大事了！」

李氏和冬寶聽到外頭宋榆的嚷嚷，趕緊跑出來了。

宋老頭的褲管已被血浸透，臉色青白，躺在門板上呻吟，血沿著門板邊緣往下滴。

「咋弄的啊？」李氏也嚇白了臉。

宋榆一拍大腿，痛心疾首地說：「被犁頭劃到了！大嫂，妳看這咋辦啊？」

黃氏從李氏和冬寶出現的那刻起，就沒抬頭看過她們，也不吭聲，只低著頭給宋老頭擦臉。

要不是時機不對，冬寶真想笑出聲來。「我娘又不是大夫，怎麼知道咋辦？二叔你不趕緊抬著我爺去醫館，到我們這兒來幹啥了？」

黃氏這會兒抬起頭，惱怒地瞪了冬寶和李氏一眼，然後又低頭不吭聲了。

「這不是事兒大，得請嫂子拿個主意嘛！」宋榆攤手。

冬寶早看出來了，拿主意是假，要她們出錢給宋老頭醫腿是真。

冬寶其實是願意出錢的，即便是宋榆不把人帶來這裡，她們也會送上銀子和補品，不管怎樣，宋老頭是她的爺爺。

但她真的沒辦法容忍宋家人的態度，把宋老頭抬到她家門口，一副「我不管，妳看著辦」的模樣，篤定了她們不能坐視不理，這種近乎訛詐的做法，沒人能高興得起來。

看黃氏剛才瞪她的樣子，意思已經很明顯了：我可沒求妳治傷，妳要出錢是妳自願出這個錢，也是我給妳臉，允許妳出錢。

幾個抬門板的鄉親們也不是傻子，這會兒上都看明白宋榆打的是什麼算盤了，有看好戲的，也有鄙夷宋家人的為人的。

抬門板的人當中就有先前和宋二叔關係好的二狗，看到李氏後大吃一驚。李氏膚色白淨，耳朵上戴著銀耳環，髮髻上還插著一支雕花銀簪子，長相溫婉秀麗，和幾個月前那個愁苦暗淡、佝僂著背、瘦弱不堪的寡婦簡直不是一個人！

二狗看著李氏，就有些移不開眼了，不懷好意地盯著李氏看。他之前沒覺得李氏長得有多出眾，就跟村子裡那些尋常粗糙的婦人沒什麼區別，現在一看，覺得李氏還是頗有幾分姿色的。

李氏沒注意到人群當中猥瑣瘦小的二狗，看宋榆和黃氏的架勢，嘆了口氣。她怎麼能不知道這兩人心裡打什麼主意？

宋老頭閉著眼睛，躺在門板上輕聲呻吟，疼得不停地往外冒冷汗。

黃氏不搭理李氏，只專心致志地給宋老頭擦汗，宋榆則在一邊乾等著要錢。她是做不到眼睜睜地看著老人受罪的，也不至於吝嗇那幾個給宋老頭治傷的錢，便進屋拿了錢，出來鎖了鋪子門，說道：「煩勞各位鄉親再幫個忙，把我公公抬到醫館去。」

李氏和冬寶領眾人去的還是上回冬寶生病時去的那家醫館，坐診的還是王大夫。問清楚了原因後，王大夫趕緊讓學徒打水來給宋老頭清洗傷口，在傷口處敷了藥，包了起來。止住血後，王大夫又寫了幾個藥方子，遞給學徒抓藥。

「藥每天吃三劑，要堅持吃，隔三天來我這裡換一次藥。」王大夫指了指宋老頭包好的腿，又特別叮囑道：「這幾天就不要下地了，好好養傷，萬一有發熱的情況，趕緊送過來，馬虎不得。」

黃氏一直低頭不吭聲，宋榆則是成了主事人，一個勁兒地點頭。

不一會兒，夥計就抓好了藥。

沈沈的幾大包藥遞了過來，宋榆剛要接藥包，馬上反應了過來，把手又縮了回去，彷彿那藥是燙手山芋一般，訕笑著看向了李氏。「大嫂，妳看這藥……」

李氏沒指望黃氏和宋榆能出這個錢，把人抬到家門口不就是要讓她出錢嗎？便看向了王大夫，笑著說道：「真是麻煩王大夫了，總共多少錢？」

王大夫想著，梁子是李氏的外甥女婿，她們一家和嚴大人關係也不錯，便笑道：「包紮傷口就算了，不值幾個錢。谷子，給李娘子算算藥錢。」

小夥計撥了算盤半晌後，說道：「十服藥的話一共是一兩銀子九百六十個錢。」

「這十服藥只夠吃三天的吧？」李氏問道。看到王大夫點頭後，便再問道：「大夫，這換藥得換幾次？藥還得再吃幾服才能好？」

「這個得看傷者的身體情況，恢復得好，換個三次就行了，恢復得不好，就難說了。」王大夫說道。

「那我先付換三次藥的錢吧。」李氏說道。「谷小哥兒，你給算算總共多少錢？」

谷子愣了下，很少有莊戶人家願意先付以後的藥錢的，畢竟手頭都不寬裕。「三十服藥和剩下兩次換藥的錢，一共是六兩銀子二百六十個錢。」

李氏笑道：「王大夫，還有診費沒算呢。」

王大夫笑道：「都是鄉里鄉親的，還要啥診費啊？改天我去妳那兒喝兩碗豆花，就別收我錢了。」

今天王大夫又是開藥、又是包紮的，說是喝兩碗豆花抵消，但李氏心裡清楚，這是王大夫給她面子。

「行，您可一定要來啊！」李氏爽利地笑道，決定等鋪子開業了，給王大夫送些豆腐和豆芽。

李氏注意到了宋榆貪婪地盯著她的荷包看，便對王大夫笑道：「我臨時出來，帶的錢不夠，等會兒我給您送過來。」

王大夫笑道：「妳先忙，我這兒不急。」

宋老頭的傷口上了藥，不怎麼疼了，躺在門板上昏昏欲睡。

抬門板的幾個漢子都是撇下了地裡的活兒過來的，這會兒見宋老頭沒什麼事了，便想回去接著幹活。

宋榆原本是想把宋老頭抬到李氏那裡，讓李氏伺候宋老頭養傷的，後來看幾個人看他的眼神十分鄙夷，便收起了這個想法，和幾個人一起抬著宋老頭回去了。

路上，有人忍不住感嘆。「秀才娘子是個良善人啊！」人家一句話不說就把銀錢全出了，還不是小數目，有幾個分家了的媳婦能做到這樣？

宋榆立刻說道：「我嫂子有錢，這點錢人家也不放在眼裡。再說了，她現在做生意混得開，你看那藥鋪裡的大夫都不要診費了，這不得是看我嫂子的面子嗎？要不然我咋先去找我嫂子啊？要是咱們就這麼直接過去，肯定得多花不少錢。」

說話的那人便不吭聲了。瞧宋榆那嘴臉，有一點男人的氣度嗎？當兒子的一文錢都不肯出，全賴給了寡居分家出去的嫂子，還好意思說嫂子有錢，真不是東西！

還有黃氏，兒媳婦出了錢幫了忙，卻連個笑臉都不給，看著就讓人糟心。

回家的路上，冬寶一句話也不吭。

李氏笑道：「咋，心疼錢了？這不沒辦法嗎？碰到這事了，咱不能看著妳爺受罪啊！」

冬寶笑了笑。「我不是生氣出錢的事，我是生氣我奶和我二叔的樣子，就跟訛詐似的，要不到錢不走，他們要是當咱們是親人，能用這態度嗎？」

「沒辦法。」李氏搖搖頭，也是無奈。

宋老頭這回再擔心犁地播種，也只能躺在床上歇菜了。有宋榆代著他幹活，宋柏的苦日子算是來了。

宋榆是個懶骨頭，下大力的重活都推給宋柏幹。宋柏吃了幾天苦之後，一家人趕著時間，終於把十五畝地犁了一遍，種上了莊稼。

宋老頭在床上歇了七、八天，就不肯繼續在床上躺著了。雖然不能下大力，但還是儘量幹了些力所能及的活兒，像剝玉米粒、揀豆子，說什麼也不歇著了。

而這些天，李氏託秋霞嬸子送來過兩次豆腐，便再沒送什麼了。

黃氏收豆腐時十分不痛快，不死心地追問秋霞。「除了這點豆腐，她就沒給別的了？」

秋霞氣得頭皮抽搐一樣地疼，陰沈著臉問道：「嬸子這是懷疑我昧了東西？」鄉里鄉親還懷疑這個，不是糟踐人嗎？

黃氏連忙說道：「我也就那麼一問，妳看妳想到哪兒去了！」

等秋霞回去後，就跟宋老頭咬牙切齒地抱怨。「黑心爛肺的！掙恁些錢，只捨得給塊豆腐！絕戶命，將來扔溝裡的料！」

宋老頭半晌後才說道：「算了，我這傷還是老大媳婦掏的錢，花了六兩多銀子……」宋老頭心疼得要命，他這輩子沒花過這麼多錢，感覺就像是把銀子扔水裡了。

「她不該掏這個錢啊？」黃氏立刻跳起來，惡狠狠地叫道。

宋老頭便低頭不說話了，沒精打采地看著自己的腿。

李氏該不該出這個錢，大家心裡清楚得很。李氏出了是情意，宋家人得感謝她，不出也沒人能把她怎麼樣，畢竟是分家出去的寡婦。就是宋家出不起這個藥錢，找她借錢，過後宋家也得把這個錢還上。

宋老頭長嘆了一聲，覺得就是打冬寶當丫鬟不成起，家裡就沒安生過，連最心愛的小兒子宋柏也走起了下道。要怨也只能怨大兒子死了，沒了能管住李氏和冬寶的人。

林家今年種了六畝地的黃豆，收了兩千斤豆子，林福和秋霞篩選了一遍後，直接曬乾了裝麻袋，借了劉勝家的板車，拉到了寶記鋪子，說是給冬寶家做豆腐用的。

李氏哪裡肯白收林家的豆子？

秋霞卻堅決不肯要錢。「這是家裡老老小小都商量好的，當初種豆子的時候就打算送給妳們的。買人家的豆子還得花錢不是？」

「那也不能白收啊！」冬寶笑著勸道：「就按老成叔家豆子的價錢吧，一斤三文錢。嬸子妳要是不肯收錢，那我們也不要豆子了。」

秋霞嬸子說了半天，李氏母女倆還是堅持給錢，不拿錢就把豆子拉回去。秋霞氣得要命，倔脾氣上來了，拉著林福坐鋪子裡一下午，把兩千斤豆子又重新篩了一遍，只選最大、最飽滿的豆子給冬寶家留下了，剩下的個頭小的豆子自己留著去油坊榨油。

冬寶借了糧店裡的大秤，秤了一下，一共是一千六百多斤豆子，按三文錢一斤的價錢算了錢，給秋霞嬸子結了帳。

隨豆子一起送來的還有一壺二十斤重的花生油，這會兒上秋霞的氣還沒消，故意問道：「這油不給算錢啦？」

冬寶笑嘻嘻地抱了秋霞嬸子的胳膊，說道：「這哪能算錢啊？這是嬸子送給我和我娘吃的！」

小姑娘撒起嬌來糯軟可愛，把人心都給甜化掉了，秋霞嬸子再大的氣也消了，笑著揉了揉冬寶的臉頰，說道：「非得給錢！不是拿我們當外人嗎？」

冬寶知道秋霞嬸子覺得她們平日裡對林家照顧太多，想補償她們，但畢竟是六畝地的出產，林家供林實唸書不容易，不能白要他們的豆子。

等到播種完了的時候，李氏帶著冬寶去看了她們的四十多畝地，地早在她們買下來的時候就由梁子出面租了出去。

冬寶選擇了按固定租子收租，她和李氏忙，不可能花費太多的精力盯著這些租戶收莊稼，不管年景如何，一畝地每年上繳一百六十斤的麥子和兩百斤包穀。

據李紅琴說，這已經是相當寬厚的了。

田地佃出去後要寫文書，佃戶還要向主家交押金，以防租戶來年繳不夠糧食或者乾脆逃了租子。

等農忙過後，張秀玉的親事也該定下來了。

第七十七章　秀玉訂親

張家村的人對張秀玉訂親十分重視，不是因為已經過世的張家姨父是多麼重要的人，而是張秀玉的訂親對象梁子是鎮上的衙役，雖然沒品沒級，可在鄉下老百姓看來，已經是不得了的人物了。

訂親那天很是熱鬧，李氏帶著冬寶，還有林家一家子都過來了，荷花和滿堂幾個同冬寶家關係好的人也都去送了賀禮。

張秀玉忍不住跟冬寶抱怨。「我爹沒了這麼長時間，也不見這些叔伯們來幫襯我們家，就是來也是打秋風，現在一個個腆著臉到我家來充長輩了。」

冬寶咳了兩聲，故作嚴肅地道：「張氏，從今天起，這兒就不是妳家了，是妳娘家，妳和梁子哥才是一家，以後妳就是梁張氏了。」

張秀玉羞惱之下，擰了冬寶一把。「再打趣我，不理妳了！」

堂屋裡，張家村的族長和嚴大人坐在首位，其次是村裡的族老和張秀玉的堂叔伯們，梁子坐在嚴大人的下首。族長帶頭，小心翼翼地恭維討好著嚴大人。

而李紅琴作為張秀玉的親生母親，她唯一的直系親屬長輩，卻連進入堂屋談論這件親事的資格都沒有，只能在院子裡招呼女客，或者是在灶房燒水沏茶。

李氏在灶房裡幫忙燒水，林福在院子門口擺了張桌子，林實記錄客人的名單和相應的禮金、禮物。

讓冬寶哭笑不得的是，不少人都來向她打聽那個在門口記禮單的俊俏男娃是誰？多大了？有沒有訂親？

快開席的時候，冬寶出來了，林實立刻走了過來，眉眼帶著笑，問道：「妳等會兒在哪兒吃飯？」張秀玉都訂親了，他和冬寶也快了。

「我跟我姊在她屋裡頭吃。」冬寶說道。

林實敏感地發現冬寶的不對勁，拉著冬寶出了張家，走到了安靜的地方，問道：「妳這是怎麼了？誰欺負妳了？」

「沒。」冬寶悶悶地說道，腳踢著路上的小石子。「好多人都跟我打聽你訂親了沒有？」

林實忍不住笑道：「那妳怎麼說的？」

「我說你早就訂親了，女方是個凶悍的母老虎，哪個女孩敢多看你一眼，剁手指都是輕的。」冬寶狡黠地笑道。

林實笑得肩膀都抖動了起來，認真地點頭表示贊同。「對，就是個凶悍的母老虎，讓她們離我遠一點。」

冬寶卻笑不出來，她想到了那堂屋裡的一堆男人，連李紅琴站的地兒都沒有。

林實又問了幾句，才把冬寶心裡想的事給問了出來。

「我只是覺得大姨和秀玉姊挺憋屈的，明明是自己的事，只因為她們是女子，連參與其中的分兒都沒有。」冬寶低聲說道。

林實一隻手搭上了冬寶的肩膀，柔聲說道：「妳放心，將來咱們倆訂親的時候，我一定請大娘和我爹娘一起坐上座，三個長輩一樣地孝敬。」

冬寶紅了臉，低頭說道：「呸，誰要跟你訂親啊！」

張秀玉的訂親儀式還是很隆重的，梁子帶來了三金三銀，三金是金戒指、金耳墜、金項鍊，三銀是銀手鐲、銀鎖和銀釵子，都是梁子專門跑去安州買的最時興的樣式。除了這些首飾，梁子還送來了六疋大紅印花綢緞，綢緞上面壓著三金三銀，十分體面。

來賀喜的人無一不羨慕張秀玉的，很少有人家訂親的時候能置辦三金三銀，家境好些的只送三銀，家境要是差一些的，連三銀都省了。

等到太陽偏西的時候，酒席才算吃完。嚴大人找了輛馬車，送了李氏幾個人回去。

到鎮上後，冬寶老遠就看到有個瘦高的人影站在自家鋪子門口，走近了才發現，是宋老頭。

「爹，您咋來了？」李氏問道。「您腿上的傷咋樣了？」

宋老頭收了手裡的煙桿，搖頭道：「不礙事了。」

這會兒上，冬寶幾個人也從馬車上下來了，嚴大人和梁子看了眼宋老頭，不約而同地皺起了眉頭。

梁子甚至跳下車，問李氏道：「小姨，要不我留下來一會兒？」

李氏笑了笑。「不用，你跟嚴大人累了一天，趕緊回去歇著，等一會兒過來吃晚飯。」

梁子沈著臉看了眼宋老頭，對李氏笑道：「小姨，有啥事讓冬寶妹子去鎮所叫我啊！」

「放心，去吧。」李氏笑道。

等嚴大人和梁子走了，宋老頭仍然不吭聲，又沈默地抽起煙。

「您要不進去坐坐？」李氏試探地問道。

宋老頭抬頭看了眼李紅琴和張秀玉，又飛快地低下了頭，說道：「不了，就在這兒說也一樣。」

李氏嘆了口氣，對李紅琴和張秀玉說道：「姊，妳先帶著秀玉進屋。」

「行。」李紅琴領著張秀玉進屋去了。有冬寶在這裡，不用擔心李氏吃虧。

宋老頭看了冬寶幾眼，眼神示意了好幾次，讓冬寶也離開，李氏只當沒看到。

「妳們咋這麼晚才回來啊？」宋老頭說起了別的。

冬寶搶先回答道：「爺，今兒是我秀玉姊訂親的好日子。」

宋老頭頓時就尷尬了。李氏的外甥女訂親，宋家作為姻親，禮節上得有所表示才對。

「好……訂親好。」宋老頭含含糊糊地說道，又看了眼冬寶，哄道：「冬寶，妳先進屋幫妳大姨做飯，爺有幾句話跟妳娘說。」

冬寶笑嘻嘻地問道：「爺，有啥事是我不能聽的啊？」

李氏也說道：「爹，有事直說吧，冬寶沒啥不能聽的。」她以為宋老頭又是來借錢的。

宋老頭猶豫了下，便直接問道：「老大媳婦，以後妳是咋打算的啊？」
李氏收了臉上的笑意，說道：「分家的時候不是說好了嗎？我帶著閨女過日子。」
宋老頭半天才說道：「閨女不頂事，嫁了人就是別人家的了，妳跟楊兒百年之後，連個磕頭上墳的人都沒有，這不是個事兒……」
宋老頭嘴裡一直喃喃著「這不是個事兒」，聽得冬寶火大，忍不住開口說道：「您咋能這麼咒我娘跟我爹啊？我就是嫁了人，也得給我爹磕頭上墳啊！」
「妳懂啥？這不是個事兒！」宋老頭一副看不上她是個丫頭的模樣。
李氏沒吭聲，宋老頭這是拿她沒給宋楊生兒子說事。秀才活著的時候，宋家用這個拿捏她，現在秀才死了，還用這個理由拿捏她。
見李氏半晌不吭聲，天色也漸漸暗了下來，宋老頭忍不住了，說道：「老大媳婦，妳別嫌我多事，我跟妳娘是為了妳著想。哪家靠閨女靠得住？就是招上門女婿，那也招不來啥好的。」宋老頭接著說道：「原本想著是等老二媳婦生完就說的，後來……就耽誤到現在。我跟妳娘合計了下，決定把二毛過繼給妳和秀才，妳準備準備，過兩天咱去秀才墳前辦個儀式，把這事弄了。」
冬寶睜大了眼，不敢相信自己的耳朵。明眼人都看得出來，二毛不是個正常的孩子，反應遲鈍，呆頭呆腦。別說李氏不會過繼兒子，就是過繼也不會過繼二毛啊！哪個家庭領養孩子不挑機靈漂亮的，反而挑智商低下、一堆臭毛病的？
「咋？妳看不上二毛嗎？」宋老頭火了，在他看來，大毛、二毛都是他的寶貝金孫，即便有些小毛病，也是可愛的，哪容得下有人挑他孫子的不是！

還真是看不上！冬寶在心中默默地說道。

李氏艱難地露出了一個笑臉，對宋老頭說道：「爹，將來我老了，冬寶不會不管我。不用過繼老二家的孩子，他們夫妻倆肯定不捨得，都養這麼大了……」

宋老頭的臉騰地紅了，過繼孩子一般都不會過繼三歲以上的，超過這個年齡，孩子都記事了，和養父母難以親近。

他這不是沒辦法嗎？要是老二媳婦這回生了個兒子，不就皆大歡喜了？

「咱們家人丁不興，二毛是最小的了。」宋老頭說道。

冬寶突然笑了起來。「爺說的不對，這不是還有三叔嗎？等三叔娶了三嬸，生個弟弟，不就能抱到我家裡來了？」

「這哪行！」宋老頭想也不想就喝道：「妳三叔將來是要考功名做官的，妳們是做小買賣的——」宋老頭住了嘴，不再吭聲了。

冬寶板起了臉。「爺的意思是，我三叔是高貴人，生了兒子也是高貴的種，我們這做小買賣的不配養三叔的兒子？照爺這麼說，我們做小買賣的可不敢高攀二叔和三叔的兒子。以後爺家裡有什麼事，也別過來我們這兒！」

宋老頭想起他的腿被犁傷了，到老大媳婦這裡要錢的事，一張老臉脹得通紅，羞憤之下對冬寶喝道：「這事沒妳插嘴的分兒！老大媳婦，妳咋教閨女的？一張嘴利成這樣！」

李氏深呼吸了兩口才平穩了自己翻騰的怒氣，公爹和婆婆還不是貪圖她的家業？真是為了給宋楊延續香火的話，為啥宋楊沒了的時候不提出來說要過繼？

「爹，咱誰都不是傻子。」李氏顫抖著聲音說道。「我恁些年來，自問對得起宋家的老老小小。我是不會答應過繼二毛的，沒兒子我認了，將來等我死了，我有閨女給我燒紙添墳，就是冬寶以後不管，我和秀才就當自己是孤魂野鬼，不怨任何人。」

宋老頭臉面下不來臺，他嘴笨，說不出太多反駁的話來，只低聲喝道：「我跟妳娘是為了妳好！」

李氏淒然一笑。「你們為誰好，自己心裡清楚。」

宋老頭氣得氣血翻湧。他是為了他自己嗎？老大媳婦這話好像是他要搶她們母女的家產一樣！他是為了宋家，為了宋家的子子孫孫！

「好、好……」宋老頭氣得指著李氏，手指頭都是顫抖的。「我原以為妳是個賢慧知禮的，沒想到最尖酸的就是妳了！」

冬寶也惱了。「爺，您說這話摸摸良心！您腿被犁劃了，是誰出錢給您治的？您的好兒子、好兒媳咋不見出錢啊？咋不見他們給您買煙葉、給您送豆腐啊？我爹沒了，外人沒來欺負我跟我娘，你們這些當親爺爺、親叔叔的倒先欺負上了。您就是看我跟我娘沒人護著，好欺負，一個不如您意，您就往我娘頭上扣大帽子！隨便您怎麼說，老天可是長眼的！」冬寶是真的生氣了，說話的聲音氣惱而尖利，在夜色中傳得老遠。

這會兒上，梁子過來了，趕緊快跑了幾步，遠遠地就問道：「冬寶，咋啦？誰欺負妳了？」

「沒事，梁子哥。」冬寶說道。

梁子看了眼宋老頭，帶笑不笑地說道：「大爺，這麼晚了，你還不回家去啊？」

宋老頭心裡是懼著梁子的，連連吶吶地點頭。「回！」走了兩步，又回頭小聲對李氏說道：「老大媳婦，這事妳好好想想。」

幾個人進屋後，聽李氏說了宋老頭的來意，李紅琴氣得拍桌子。「啥不要臉的事到了他嘴裡就成道理了！誰願意過繼個八歲孩子啊？就是從外頭抱一個小孩都比過繼他孫子強！」

「還不是看小姨弄這個鋪子錢多？錢財迷人眼啊！」梁子嘆道。他本還想說「能養出宋柏那混帳的老傢伙會是什麼好東西」，後來想想，畢竟是冬寶的爺爺，不好直接開罵。

「也不是啥大不了的事，」李氏說道，柔和的眉眼此時在燭光下別有一番堅毅的模樣。「我不答應就是。我掙的錢都是留給我姑娘的，只要我還能幹，就給我姑娘掙錢，將來給我外孫子、外孫女掙錢。」她雖然掙不來大錢，可用心經營這個鋪子，小錢還是不愁的，她能當女兒的堅實後盾。

冬寶抿著嘴笑了起來。「娘，妳都說到哪兒去了！」還外孫子、外孫女，多遙遠的事情啊！

張秀玉插嘴問道：「要是宋家人把二毛往鋪子門口一放，不管了咋辦啊？」宋家人當初不就把受傷的宋老頭抬到門口，一副「妳不管，我就扔這裡」的架勢嗎？

「他們不管我們也不管，餓死別怪我們。」冬寶沒好氣地說道。想起給宋老頭治傷這件事就覺得憋氣，花了錢也落不到好。就是在大街上救個路人，人家至少還會說聲謝謝吧？

「這不可能。」李氏笑道。「妳二叔、二嬸也不會答應，肯定捨不得。」
李紅琴搖頭。「我看未必。過繼二毛給妳，妳掙的錢不都是二毛的了？是二毛的，就等於是他們的了。」
宋老頭踏著夜色回去，黃氏翹首盼了半天，忍不住埋怨道：「咋這時候才回來？她們管你飯了吧？」
「沒。」宋老頭悶聲說道。本來不想開口的，後來又加了一句。「今兒是秀玉那丫頭訂親。」
黃氏愣了下，想起張秀玉的訂親對象是梁子，就一肚子的羨慕嫉妒恨。「咱招娣也能找個恁好的就行。」
宋老頭沒吭聲。
「你跟老大媳婦說了沒？」黃氏問道。
「說了，她不願意。」宋老頭說道。
黃氏急了。「這事還由得她不願意了？她沒本事生兒子，我白送給她一個她還不要啊？」
這會兒上，宋榆出來了。「你們倆說啥送兒子不送的啊？我咋聽不明白啊？」
黃氏沒好氣地瞪了他一眼，自從宋榆秋收的時候鬧了一場，逼宋柏下地幹活後，黃氏也惱恨上了這個二兒子。

宋老頭說道：「我跟你娘合計了一下，準備把二毛過繼給你大嫂。」

「啥?!」宋榆急了，二毛再蠢再笨也是他的寶貝兒子。「這麼大的事咋不跟我商量啊？」

「跟你商量個屁！」黃氏罵道。「我生養了你，還當不了一個孫子的家?要是不願意就滾蛋，一粒糧食都別想拿走！」

「這事我跟你嫂子說過了。」宋老頭咳嗽了一聲。「你嫂子答應考慮了。」

宋榆是真惱了。「那是我兒子！我辛苦養那麼大，可不是為了讓他喊別人爹的！」

宋老頭的臉色十分尷尬，小聲勸道：「小聲點，叫人家聽到不好。」

西屋裡的宋柏聽到了宋榆的吼叫，掀開布簾看了眼，又把頭縮回去了。

「沒門兒！」宋榆氣哼哼地說道。「那是我兒子！我大哥他就是絕戶命，怪得了誰？」

這會兒上，宋二嬸走了進來，對黃氏和宋老頭笑了笑。「我勸勸孩子他爹啊！」

說完，就強行拉著宋二叔進西廂房了。

第七十八章 到底過繼誰

過了一會兒，兩人才從西廂房出來。

「剛才是我一時糊塗。」宋榆笑嘻嘻地說道：「我給爹娘道個歉。過繼是大事，我哥也得有個後啊！」

黃氏哼了一聲。「不答應也得答應。」

「不過，我跟孩兒他娘合計了一下，覺得過繼二毛不大合適。」宋榆說道。「我看不如過繼大毛。」

這下子，連宋老頭都吃驚地張大了嘴巴。「大毛比冬寶小不了幾個月。」連過繼二毛，李氏都不願意，更別提過繼大毛了。那等於是給老二一家養兒子，將來大毛認的還是老二夫妻當父母，老二打的好算盤啊！

宋二嬸笑道：「大毛可是好孩子，一定想著法兒幫襯他三叔，孝敬您二位的。」

這話說到了宋老頭和黃氏的心坎裡。

宋二嬸除了想要大嫂家的錢，還想讓大毛唸書考功名，大毛過繼過去，大嫂肯定得出錢供他讀書，讀成了，兒子還是她的。

宋老頭搖了搖頭。「我看這事難成。」過繼二毛還能說得過去，過繼大毛就太難看了，是個人都得戳他們脊梁骨，打的什麼主意太明顯了。

黃氏有些心動。「過繼誰不是過繼？明兒再跟老大媳婦說一聲就行了。」

宋二嬸喜不自勝，以後那寶記鋪子就是他們二房的了！他們也要搬到鎮上，天天吃香喝辣，再也不當泥腿子了。

「你們放心。」十歲的大毛躊躇滿志。「只要我去了大娘家裡頭，你們想要啥我都給你們買！」

因為馬上要成為有錢人了，一家人興奮得睡不著。

臨睡前，宋二嬸叮囑大毛。「我們把你過繼給你大娘是為你好，你可不能忘了誰才是你爹娘。」

大毛點點頭。「不就嘴皮上喊大娘一聲娘，喊大伯一聲爹嗎？我心裡頭分得清。」

「那就好。」宋二嬸滿意了。

第二天，宋老頭領著大毛去了鎮上的鋪子。

看到宋老頭，李氏想起了昨天晚上的事，臉色沈了下來，不搭理他。

鋪子裡的其他人也對他視而不見。

宋老頭拉著大毛站了好一會兒，也不見李氏招呼他，一張黑瘦的臉氣得通紅。

大毛等不住了，甩了宋老頭的手，走到了李氏跟前，大聲說道：「娘，我要吃豆花！吃包子！」

李氏盛飯的手抖了一下，皺眉看了大毛一眼。

一旁的李紅琴差點沒笑出聲來，大聲喝斥道：「誰是你娘？瞎喊啥！」姊妹兩個都有些奇怪，昨天宋老頭不是說要過繼二毛嗎？咋今天就成了大毛了？還喊她娘，真叫人噁心得隔夜飯都能吐出來！

「趕緊回自個兒家去！」李紅琴瞪了他一眼。「這兒沒你娘！」

大毛嚷道：「我大娘就是我娘！我爺奶說了，以後我就是大娘的兒子，給大娘養老送終！」

冬寶正在屋裡收錢，被荷花喊了出去，說大毛正在外頭喊李氏「娘」，她當即就衝了出來，聽到了大毛的話，立刻抄起來吃飯的客人放在門口的釘耙，朝大毛跑了過去。

「呸！給你自個兒爹娘送終去吧，別晚了趕不上！」

大毛立刻躲到了宋老頭身後，冬寶那氣勢洶洶的架勢，彷彿要在他腦門上釘出來幾個窟窿。

「冬寶妳咋說話的！」宋老頭不滿，冬寶分明是咒他的二兒子和二兒媳婦快死了。

「爺，我這兒可有三叔給我的好東西，您該不會以為我讓三叔寫那些東西，是讓他練字的吧？」冬寶冷笑道。

「……走！」宋老頭堅持不住了，低著頭將大毛帶回去了。

「這叫什麼事啊！」李氏氣得嘆氣。

以前宋家人只是想從她們身上刮點錢，可現在他們是想全盤謀奪她們的家產，已經觸及到了她們的底線。
冬寶覺得宋老頭的膽子越來越大，就是從給他治傷開始的。發生宋柏那件事後，宋家人一直都老實得不得了，可從宋老頭受傷，李氏毫不猶豫地出錢給宋老頭治傷後，宋家人就開始活躍起來了。

下午，李氏領著冬寶，趕著大灰，回了塔溝集做下午的豆腐。
寶記小隊來挑豆腐的時候，家裡來了不速之客。
「宋楊媳婦？」門口，宋姑奶奶喊了一聲。
李氏剛想出去迎接，突然想到了冬寶跟她說過的話，便拉著冬寶一起出去了。
「大姑，啥事啊？」李氏笑道。
「我問妳，妳公婆要給秀才過繼大毛，妳咋說？」宋姑奶奶直截了當地問道。
李氏覺得冬寶說的真是沒錯，宋姑奶奶可能會同情她們，但永遠不可能和她們站到同一邊，畢竟宋老頭是她的親哥哥，宋家有她的親姪子和親姪孫，孰近孰遠一目了然。
「這事我不能應。」李氏也不含糊。
宋姑奶奶冷笑了一聲，上下掃了李氏一眼後，指著李氏說道：「我看妳是心思大了，管不住了！」
李氏皺眉。「我清清白白一個人，少往我身上潑髒水！就是潑，我也不會應下過繼這個事。」

「妳害得秀才絕了後，現在給妳個補救的法子，由得妳不應？」宋姑奶奶的手指頭差點指到了李氏臉上。

銀生媳婦趕緊攔下了宋姑奶奶的手，對李氏笑道：「嫂子，聽說前幾天我舅的腿傷了，是嫂子妳給出的錢治的？嫂子妳是個好人，別為了一時賭氣，傷了家裡人和氣。」

「宋楊媳婦，大家都知道妳心裡頭敬著妳公婆，這事就別鬧彆扭了。」宋姑奶奶說道。

冬寶笑了笑，搖頭道：「姑奶，我娘出錢給我爺治傷，不是敬著他們，而是可憐我爺。這麼大年紀了，受了傷兩個兒子都不管，要把我爺扔我家鋪子門口，我們比不過我二叔他們心狠啊！」

宋姑奶奶勃然大怒，罵道：「大人說話，小孩少插嘴！滾！」

「這是我家，姑奶您還真不把自己當外人。」冬寶笑道。

宋姑奶奶氣得眼前一陣發昏，指著冬寶，哆嗦著嘴唇，說不出話來。

李氏推了推冬寶，示意她先回去。

冬寶剛走兩步，又折了回來，問道：「姑奶，咋是您跟銀生嬸子來勸我娘啊？我奶和我二嬸哩？她們不來，讓妳們來？」

「妳奶嘴裡會說人話嗎？」宋姑奶奶本來是不想搭理冬寶的，但又不想放過貶低黃氏的機會。

「我奶說啥我娘不得聽著？」冬寶笑道。「還有我爺，今兒早上他沒說啥就走了，咋就叫您跟嬸子來說了？」

宋姑奶奶沒那麼多心眼，覺得是因為黃氏搞不定她們，才叫她來顯一番身手的，然而銀生媳婦卻覺察出了冬寶的意思，她分明是說，黃氏和宋老頭把她們當槍使了！這事成了，李氏和冬寶怨恨的是她們，受益的是宋家；這事不成，她們也得罪了李氏和冬寶。總歸，她們在這件事裡頭是撈不到好處的。

銀生媳婦原本還打算借助這層親戚關係，讓銀生也來賣豆腐掙錢的，要是得罪了李氏母女，還挑個毛線啊！思及此，便趕緊將婆婆拉走了。

宋姑奶奶走後，李氏嘆氣道：「妳姑奶奶她的心不站在咱們這邊。」

冬寶安慰她道：「娘，他們以後肯定不會再來說這個事了。」

從頭到尾都是口舌不伶俐的宋老頭來跟她們交涉，黃氏連面都沒露過，由此可見，他們還是害怕冬寶手裡的那個把柄的。

自從冬寶提了宋柏的供詞後，宋老頭和黃氏就偃旗息鼓了。

宋姑奶奶經兒媳婦一番分析，覺得被哥嫂利用了，也賭氣不管這事了。

唯一覺得不滿並忍耐不住的，是宋家二房。

這事咋就能這樣完了呢？他們夢想中的城裡大老爺、大奶奶的日子怎麼辦？大毛唸書怎麼辦？

希望越大，失望也就越大，簡直是宋二叔一家子生命中不能承受之重。

宋老二夫婦正對頭嘆氣的時候，西廂房的門被人撞開了。

大毛哭得眼淚、鼻涕糊了一臉，嗷嗷大叫道：「爹、娘，全子和栓子帶了幾個人打我！」

宋二嬸拉過大毛一看，鼻青臉腫的。她氣得發抖，當即就拉著大毛去隔壁找秋霞理論。她對林家可謂是新仇舊恨，先是拒絕了她大閨女，現在又來欺負她大兒子。

秋霞嬸子不是好惹的，在全村人的圍觀下，插著腰一件件地數落起宋二嬸，從逼著寡嫂給她洗褲子、偷嘴貪吃，到算計寡嫂的錢，死皮賴臉地要過繼大毛……

最後還是黃氏虎著臉，出來扯走了宋二嬸。

宋二嬸自以為給了對方一個教訓，沒想到第二天大毛又哭著回來了，新傷舊傷疊加一起，宋二嬸差點認不出來這豬頭臉是誰。

另一邊，全子回頭就跟冬寶表功來了。「以後見他一次就揍一次，誰叫他這麼沒臉沒皮！」

到了十月，樹上的葉子落得差不多了，早上起來院子裡一層白花花的霜，呼一口氣出來就是一片白霧。

冬寶家今年大手筆地買了一千多斤的煤炭，早早地就燒上了火盆，灶膛裡更是時刻燒著火，溫著大鐵鍋裡的水，保證隨時都有熱水用。

一進十月，冬寶就穿上了小夾襖，縮在屋裡烤火，而張秀玉的身子要好多了，幹活的時候把袖子捋得老高，露出兩截嫩藕似的胳膊，一點兒都不嫌冷，讓冬寶羨慕不已。

李氏笑著點冬寶的腦門。「我咋就生出來妳這麼一個嬌貴姑娘啊？幸好咱們家現在燒得起炭了，要是還跟以前一樣，看妳咋過冬！」

李氏這邊盛了飯，放到食盒裡裝著，便去了鎮所。

原本給嚴大人送飯是梁子或者冬寶幹的事，只不過今天梁子巡街，冬寶嫌天冷，只能輪到了李氏頭上。

李氏到的時候，有相熟的衙役忙進屋叫了嚴大人。

「有勞了！」嚴大人連忙出門，接過李氏手裡的提盒。

「您別客氣。」李氏趕緊低頭回了一句話。「那我先走了。」

嚴大人打開食盒，先拿起餅子咬了一口，果不其然，餅子裡頭夾著一個煎得金黃噴香的雞蛋。

自從有了寶記鋪子，早飯嚴大人會領著小旭去吃，午飯由寶記鋪子裡的人送過來。嚴大人也不白吃冬寶家的飯，堅持每個月交六百個錢的伙食費，而李氏和冬寶堅持不收。因為嚴大人體恤她們孤兒寡母，開店收的稅都要比別的店鋪少上兩成，更別說平時在別的方面對她們的照顧了，這點飯實在不能收錢。

但嚴大人堅持要給，李氏和冬寶商量了一下，便每個月象徵性地收三百個錢。

看著煎蛋，嚴大人笑了笑。想起了李氏那張秀麗和氣的面容，覺得這個婦人也太客氣了點，他非得給錢，她就想辦法讓他和小旭吃得更好一點，卻不過分，不至於讓人覺得她在討好他。

到了臘月的時候，嚴大人去縣裡述職，買了不少布料回來。臘月十五冬寶生辰那天，嚴大人把這些布料都送到了李氏那裡，說是給冬寶和秀玉兩個女孩做新衣服。

李氏接過布料時，看到幾塊顏色鮮豔的布料中夾了塊藍緞子布，詫異地抬頭看了眼嚴大人，而嚴大人似是沒看到李氏的視線，李氏便低下了頭，收下了嚴大人送來的布料。

臘月二十三過小年的時候，李氏讓小旭帶回了兩件嶄新的棉袍，一件小的是小旭的，還有一件大棉袍，明顯是成年男子的尺寸。

嚴大人拿過棉袍時，眼角眉梢都帶著笑，穿在身上試了試，還算合身。然而等他領著小旭，心情很好地走到寶記鋪子時，卻發現李氏和冬寶都不在。

嚴大人狀似不經意地問道：「怎麼不見冬寶和她娘啊？」

李紅琴笑了笑，說道：「今兒是冬寶她爹的周年忌日，冬寶她娘帶著冬寶燒紙添墳去了。」

嚴大人恍然覺得一盆冰水從頭澆了下來，把自己所有的熱情和希望都給澆滅了，吃完飯就帶著小旭匆匆走了。

因為今天是宋秀才的周年忌日，李氏準備的祭品比往常豐盛許多，除了必備的香燭、黃紙，還有一條魚、兩塊五花肉，放在碗碟裡，各自插上一雙筷子，擺到了宋秀才的墳前。

「今兒是過小年，」李氏燒著紙。「我帶著閨女來看你了。前段時間冬寶她爺奶非要把大毛、二毛過繼給我，我沒應。這事你怨我也好，恨我也罷，我都不會應的。你要是怕以後沒人給你燒紙添墳，你放心，只要我李紅珍活著一天，就不會少了你的紙錢的。」

李氏燒完紙後，把帶過來的魚和肉揪下來幾小塊，撒到了宋秀才的墳頭。莊戶人家難得能吃一次葷，不可能把肉就這麼放在墳頭，任野狗什麼的拖走糟蹋了，揪下來一點肉撒在墳頭上，就算是給死去的親人享用過了。

李氏遠遠地看到黃氏挎了個籃子往這邊走了過來，便對冬寶說道：「咱們走吧。」

「那這魚……」冬寶遲疑地看向了李氏。

李氏朝黃氏的方向示意了下。「留給妳奶吧，就當咱的年禮了。」

冬寶笑了笑，點頭道：「就聽娘的。」黃氏可不是什麼有骨氣的人，不用擔心她會不收。

黃氏也瞧見了李氏和冬寶，頓時停下了腳步，斜著眼撇著嘴看著，直到李氏帶著冬寶從另外一條路走了，她才走上前去。

看四下沒人，黃氏把魚和肉都放到了自己帶過來的籃子裡後，才惡狠狠地咒罵道：「看看，你媳婦現在有錢了，大魚大肉都不放在眼裡，眼睜睜地看著我們吃不飽飯！絕戶寡婦，將來也是扔亂葬崗子的命！」

李氏剛回去，就被李紅琴拉著到一邊說話。

李紅琴說道：「嚴大人中午老早就來了，還問妳去哪兒了。我說妳去給秀才燒紙了，他雖然沒說啥，可我覺得，那是立刻就不高興了。」

李氏低著頭，她和冬寶住一個屋，給嚴氏父子做棉袍是不可能避得過冬寶的，然而那丫頭卻裝作什麼都沒看到，這讓她更加心虛了。加上今天才去給宋秀才上墳，好似在提醒她的身分一般，自卑感就更重了。「妳別亂說，人家就是來吃飯的，要是叫人傳出點啥難聽的，我跟冬寶可沒臉見人了。」

「話不能這麼說。」李紅琴嘆道：「嚴大人真是個不錯的，妳也不差……」

李氏羞得滿臉通紅，她越想越後悔，覺得不該自作主張地給嚴大人做衣裳，說不定人家現在心裡正在鄙夷她，一個帶著孩子的寡婦也敢妄想他？

「大姊，妳別說了！我帶著冬寶過，我不愁吃喝，我……」李氏說著，眼圈就紅了。

李紅琴見她這樣，也不敢再提這事了。

第七十九章　過大年

轉眼就到了臘月二十五，天上飄著細小的雪花，林實家這會兒熱熱鬧鬧的，今天是林實家殺年豬的日子。

聞風書院放了年假，林實一早去鎮上接了冬寶過來看殺年豬，冬寶到林家的時候，幾個漢子正捋了袖子跳進豬圈裡抓豬。

三頭大肥豬估計是有了預感，知道今天凶多吉少，拚了命地在豬圈裡到處跑，企圖躲過抓牠的人，豬叫聲和人們的叫好聲混作一團。

「這不是秀才閨女嗎？」看熱鬧的人群中有人認出了冬寶，笑著打招呼。

冬寶不大認得那人，見一群人由看豬轉為看她，連忙笑著點頭，揀認識的人叫了。

人群中，這會兒便有了不少竊竊私語──

「宋家那丫頭去年這時候還瘦不拉嘰的，穿的襖子補丁摞補丁……」

「人家一分家，日子就過起來了！」

冬寶實在沒膽量去看白刀子進、紅刀子出的殺豬場景，便躲進了灶房，和林實一起燒開水，準備一會兒給豬褪毛的時候用。

宋二嬸也過來瞧熱鬧，大聲誇讚著林家的豬餵得好。

水燒開後，林實看了眼冬寶，笑道：「妳別出去了，就待灶房裡吧，暖和。」

「大實回家了！大實是個有出息的孩子，將來少說也是個舉人——」宋二孀呵呵笑道，話還沒說完，就被一陣驚呼聲和豬的慘叫聲給淹沒了。

冬寶在屋裡聽得小心肝都顫抖了。不一會兒，秋霞孀子和林實就端著三大盆剛接下來、還冒著熱氣的新鮮豬血進了灶房，豬血上還撒了切得細細的翠綠蔥花和蒜苗。等豬血凝固成了塊，和豬肉排骨一起燉著吃，是不錯的美味。

「老林！」一張屠戶粗獷的聲音大聲叫道。「這豬肉你們是咋打算的？自家留多少？」

林福回頭笑著看了眼從灶房出來的妻子，秋霞便朝他點了點頭。

「這頭……」林福指了中間最肥的那頭豬。「我們自家留著，其他兩頭給你留著。」

人群中頓時發出了一聲驚嘆。自家留整整一頭豬過年，這是相當大手筆的行為，家境不好的人家，過年連頓肉都吃不上哩！

冬寶笑嘻嘻地拉著林實的手站在院子裡，她挺喜歡林福的一個原因就是，林福是個十分尊重妻子的男人，兩個人十幾年的夫妻了，冬寶從來沒見過兩人吵過架紅過臉。

她滿意林實不光是看中林實這個人，也看中了林實的家庭，在這樣一個溫馨和睦的家庭中長大的孩子，會繼承父母雙方的優點，將來一定是個尊重妻子、關愛妻子的好男人，她嫁進來後，也能和婆家人相處得很好。

殺完豬之後，基本上就沒啥看頭了，看熱鬧的人便陸陸續續地走了，只有宋二孀一直留在那裡沒走。

秋霞哪裡不知道她心裡打什麼算盤？定是想著他們林家抹不開面子，咋也得分給她點殺豬肉吃吧？

「招娣她娘，我聽見宋嬸子叫妳回家做飯哩！趕快回去吧，晚了宋嬸子該不高興了。」秋霞臉上掛著笑，硬是把她給趕走了。

張屠戶結算完了錢，拉著兩頭豬走了之後，林福和秋霞蹲在放豬肉的大木盆前合計著。

「給冬寶家留三十斤精瘦肉、三十斤五花肉。」

「是不是少了點？」林福笑道。李氏母女幫他們太多了，他怎麼還都覺得不夠。

秋霞笑道：「不還有肋排嗎？都給冬寶留著！」

過了年二十六，年的味道越來越濃了。這幾天也不遵循大集小集的時間規律了，每天街上都是人山人海的。

李氏現在禁止冬寶和秀玉去街上了，每年這個時候都有因為人多而和家人走散的姑娘，要麼是永遠找不到了，要麼是找到了，但被人「欺負」了。

鋪子越來越忙，每天早上六百斤豆腐都不夠賣，豆芽更是開門沒多久就賣斷貨了。很多人一開口就要五十斤、一百斤，現在是三九天，放在外頭凍上一夜成了凍豆腐，味道更鮮美，也能放得更久。

到二十七那天，李氏買了藍紙白漆，請林實寫了對聯。

因為秀才爹不在了，冬寶家要貼三年藍聯。

「娘，我爺奶他們也得貼這種對聯嗎？」冬寶好奇地問道。

李氏搖搖頭。「按說是得貼，不管他們，咱們貼咱們的。」

當天下午，回塔溝集做完豆腐，李氏就將對聯貼上了。

「秀才娘子貼恁早啊？」有人從冬寶家門口路過，笑道。

塔溝集有句俗語，叫「二十八，貼花花」，意思是年二十八的時候，貼對聯。

「這不是忙嗎？正好今天有空。」李氏笑道。

來人伸出了大拇指，誇讚道：「您是有福氣的人啊！」

宋老太太總說秀才娘子娘兒倆是掃把星，擋了她兒子的運氣，可李氏母女兩個被宋家趕出來後，日子一天比一天過得好，明眼人背後都在笑，到底誰是掃把星？誰擋了誰的運氣啊？

黃氏這天也去趕集了，回來後坐在床上生悶氣。「啥東西都貴！豬餵得瘦，只賣了四兩銀子，得攢起來給三兒唸書，過年就不買肉了。前兒……」說到這裡，黃氏的臉色就不大自然。「我拾了那條魚和肉，不少了，咋都能把這個年過了。」

宋老頭嘆了一口氣。「這幾年過得苦點，等三兒考上了，就算熬出頭了。」

黃氏點點頭，這話她愛聽，一聽她就有勁兒。

「沒良心啊！」黃氏在堂屋裡剁著魚和肉，嘴裡咬牙切齒地罵著。「她們吃香的、喝辣的，連口渣都不給我們！吃我的喝我的恁些年，還不勝養條狗！」

宋老頭坐在堂屋裡籠著袖口，跺著腳。宋家是沒有錢生火盆的，他上了年紀，身體大不如前，腳經常凍得麻木不堪。

「別說了。」宋老頭低聲說道。「說了有啥用？她們也聽不見。」

黃氏梗著脖子說道：「說出來我心裡頭舒坦。」

宋老頭是沒辦法勸得動黃氏的，長嘆了一聲。家裡出了這樣不賢不孝的兒媳婦和孫女，簡直是家門不幸。倘若宋柏有出息了，她們就不沾光了？光看著眼前供養宋柏出的錢多，咋不想想宋柏當了官後，她們能得多少好處？以前冬寶還給他買煙葉，現在過年了都不來看爺爺、奶奶，都是被李氏這個壞娘兒們給教壞了。

中午的時候，黃氏在灶房炸肉、炸魚，香氣飄得滿院子都是。二房五口人都喜氣洋洋的，等著中午吃頓好的。

然而，黃氏炸好魚和肉後就直接端去鎖進了櫃子裡，中飯還是稀麵條。

「娘，咱中午不吃肉啊？」宋二叔忍不住了。

黃氏張嘴就嗆了宋二叔一句。「嫌飯賴就別吃！有本事自己掙錢買肉去！」

宋楡悻悻地嘀咕道：「大嫂也真是尖酸摳門，都過年了，也不說送點東西過來。」

「你想要？你問她要去，要來了都給你吃。」黃氏斜了宋二叔一眼，語氣不如之前那麼狠戾了，她甚至是期盼著老二一家去李氏的鋪子裡鬧，既能要來東西，又能讓李氏母女沒臉。

宋二叔悻悻地說道：「我哪有那面子！」他倒是想去要錢、要東西，只不過林福、大榮他們警告過他多次了，不許他去找李氏母女的麻煩，否則就揍他。

儘管宋家人多，可屋子裡冷冰冰的，蕭索得很。鎮上的寶記鋪子就熱鬧多了，屋子裡有旺旺的火盆，幾個人上下都是一身新，李氏她們都戴上了漂亮的首飾。

在冬寶的堅持下，李氏買了五掛三千響的鞭炮。沅水這一帶過年至少要放三次鞭炮，一次是吃年夜飯前，一次是除夕午夜，還有一次是正月十五晚上，代表著這個年過完了。

多買的那兩掛鞭炮，李氏託林家人在塔溝集的家裡放了。在冬寶眼裡，那是她和李氏應得的房子。

年三十那天，鋪子關了門。李氏邀請梁子過來吃年夜飯。

飯前的鞭炮是梁子放的，這會兒上，鎮上的鞭炮聲此起彼伏，硝煙瀰漫，即便是面對面站著說話，也要說得極大聲才能聽得到。

而且鞭炮紙是不能掃的，要等到過了初三才能掃，不然會掃走一家子的財氣。

李氏帶著冬寶虔誠地給財神上了香，祈求財神保佑她們來年依舊生意興隆。

年夜飯是冬寶和張秀玉準備的，主食有兩樣，一樣是豬肉白菜餃子，另一樣就比較新鮮了，冬寶試著做了豆腐皮，炒了京醬肉絲，切了細細的大蔥絲，把京醬肉絲和大蔥絲捲進豆腐皮裡吃。

飯桌上，最受歡迎的當然是豆腐皮京醬肉絲。

吃完飯後，梁子陪著李氏和李紅琴說了會兒話，就回自己家去了。雖然他是張秀玉的未婚夫，但還是不方便留下來過夜。

按規矩，大年夜是要守歲的，然而這個時候沒有除夕節目可以看。在冬寶的記憶裡，以前在宋家的時候，吃完年夜飯就是一家老小乾坐著等放炮，除了秀才爹能說上幾句話外，她和李氏只能安安靜靜地縮在秀才爹身後，去年這個時候更是愁雲慘霧。

冬寶聽著李氏和李紅琴絮叨著過去的事，聽著聽著就躺床上睡著了。迷迷糊糊中，冬寶聽到外頭的鞭炮聲又此起彼伏地響了起來，李氏喊道——

「小謙，把咱們的鞭炮也放上！」

鞭炮聲前後左右響成一片，震耳欲聾。冬寶從被窩裡爬了起來，把窗戶推開條縫，這時院子裡自家的鞭炮聲也響起來了，在漆黑的夜裡，鞭炮的火光在空中炸成了一條清脆喜慶的銀龍。

初三那天，李氏幾個人一起去了李立風家裡，年禮是一百個雞蛋、兩隻雞、一罈酒，還有兩塊花布。過年前李氏已經給他們送過一百斤豆腐和十斤豆芽了，如今又送了一次年禮，禮節十分周到。

從初五開始，小旭和梁子就是冬寶家的常客了，嚴大人經常會過來接小旭，「順便」在李紅琴的挽留下，留在冬寶家吃飯。

每當這個時候，李氏總會在前面的鋪子裡開一桌，讓嚴大人帶著梁子和小旭在鋪子裡吃，張謙作陪，她則是和李紅琴帶著兩個女孩在堂屋吃飯，基本上不和嚴大人見面。嚴大人來過幾次都不見李氏，也明白了李氏是特意避開了他，便不再來了，只吩咐梁子吃完飯帶小旭回家。這事倒是把李紅琴氣得不行，簡直是恨鐵不成鋼。

等到元宵節，林實吃完中飯就來接冬寶回塔溝集了，冬寶肩負著晚飯前在塔溝集的宅院裡放一掛鞭炮的光榮任務。

兩個半大孩子手拉手，甜甜蜜蜜地往塔溝集走，林實給她講了一個讀書人家裡半夜進小偷，讀書人裝鬼嚇跑小偷的故事。

冬寶笑過之後，問道：「你從哪裡看來的？」

林實有些赧然，說道：「是在柳夫子借給我的書上看到的，他屋裡好多這樣雜七雜八的書。柳夫子說不能一個勁兒地背典籍，會把人唸傻的。」

「柳夫子說的一定有道理。」冬寶笑著握了握林實的手。「人家可是探花呢！那麼厲害的人，你聽他的準沒——」

冬寶的話還沒說完，就聽到背後好像有馬車聲和呼呼的風聲，還來不及回頭看，就被林實猛地推到了路邊。

饒是兩個人閃得快，林實的肩膀還是擦到了馬車，而趕馬車的人也不得不把狂奔中的馬車勒停了下來，停在了林實和冬寶前方幾米遠的地方。

看林實皺著眉頭，捂著肩膀，冬寶嚇得腦子空白了一瞬間。

「大實哥，你怎麼樣？」冬寶顫著聲音問道。「疼不疼？咱找大夫瞧瞧吧！」

林實揉了揉肩膀，對冬寶扯出了個笑臉，說道：「穿得厚，沒事，就擦了一下。」

冬寶難掩怒氣，衝趕車的喊道：「你這人是怎麼回事？撞到了人連聲都不吭？」

兩個人剛走到馬車車頭的位置，就瞧見一個十歲上下的男孩子坐在車頭，指著兩人破口大罵了起來——

「賤人！找死啊？小爺弄死妳！」

看著那個一臉凶橫的肥胖男孩，冬寶氣得手都要抖了。「你再罵一句試試！」

小男孩壓根兒不搭理她，開啟了單曲重複播放模式，指著冬寶繼續罵，翻來覆去就那幾句話，連氣都不帶喘的，叫人連插話的工夫都沒有。

林實把冬寶擋在了後頭。原本他看到趕車的是個小孩，想就此算了的，可沒想到這男孩看起來和冬寶差不多大，嘴巴卻是又髒又臭。

「你還講不講理！哪有在大街上把馬車駕這麼快的？」林實氣憤地說道。

冬寶站在林實身後，被林實護得嚴嚴實實的，氣得跳腳。林實是個好孩子，跟這個滿嘴噴糞的熊孩子講道理，簡直就是秀才遇到兵，有理說不清！

看這熊孩子一臉的橫肉，一雙眼睛被臉上的肥肉擠成了兩道縫，身上穿著綢緞衣裳，脖子上還掛了老大一塊黃澄澄的長命鎖，看樣子家裡挺富貴的。可他再貴有王五貴嗎？人家王五頂多就是架子大了一點，可沒跟這熊孩子一樣，見了人就滿嘴噴糞的。

「你哪家的小孩？」冬寶也怒了，碰到熊孩子，就得找熊孩子的家長。

熊孩子壓根兒沒把冬寶放在眼裡，揮了揮拳頭，嘴裡仍罵罵咧咧的。

「擋小爺的道，找死啊！」說著，作勢要下車，一副要打人的模樣。

這時，熊孩子身後的簾子掀開了，一隻細細白白的小嫩手伸了出來，按住了要下車的熊孩子的手。

「別去。」

小胖子聞言，又坐回到了馬車上，指著林實繼續罵罵咧咧。眼看熊孩子的手指就要指到林實臉上了，冬寶上前，狠狠一巴掌打到了熊孩子的手上，那小孩的手被拍得撞到了馬車的車廂上。

冬寶以為那氣焰比誰都囂張的熊孩子怎麼也要惱羞成怒，跳下車來打一架的，她非常期盼著熊孩子趕緊動手，這樣她和林實就能好好教育（揍）這個熊孩子了。可讓她沒想到的是，熊孩子只是驚詫了一下，似是不敢相信自己被一個小女孩打了，縮在馬車上不動了。

這會兒上，圍觀的人漸漸多了起來，冬寶也不怕被人瞧見，捋著袖子，盯著那熊孩子說道：「你給我下來！」她現在滿心都是火氣，只想狠揍他一頓出氣。

熊孩子的身子往後縮了縮，卻依然嘴硬，只是底氣不足。「擋小爺的道，找死啊妳？小爺找人打死你們！」

一邊罵著，熊男孩一邊揚鞭狠抽了一下馬，馬車快速地跑掉了，又驚得前面好幾個人慌忙躲避。

馬車走後，冬寶氣得咬牙，一張粉嫩的臉脹得通紅。

奇恥大辱，這真是奇恥大辱！

兩輩子加起來都三十好幾了，居然被一個熊孩子當街罵成這樣，實在是不能再𡮢了！

「別怕。」林實拉著冬寶的手，慢慢往前走。「有我在，他不敢下來打人的。」

冬寶搖頭道：「我不害怕。你肩膀還疼嗎？咱們找王大夫看看吧？」那熊孩子就是個色厲內荏的主兒，嘴上臭烘烘地罵得凶，真要動拳頭了，卻跑得比兔子還快。

林實笑著搖了搖頭，還特意活動了下肩膀。「看，一點事都沒有了。」

冬寶仍舊不放心，叮囑道：「那你回家要是感覺不舒服，得趕緊來鎮上看看大夫啊！」

「知道。」林實笑道。

冬寶受了氣，悶悶不樂的，他心裡頭也不好受，除了氣憤外，更多的是不甘。那個小男孩沒他高、沒他壯，為什麼敢那麼大聲地罵他？還不是因為看他是個鄉下小子。那小胖孩輕蔑的眼神，他記得清清楚楚，就因為他是鄉下人，那孩子就敢這麼肆無忌憚地欺負他、欺負他的冬寶。

經過今天這件事的刺激，更加堅定了林實要發憤讀書的念頭。至少，將來冬寶嫁給他，不能被這種人欺負。

到了冬寶家後，林實找了根木棍，把鞭炮挑到木棍上，用香引燃後，趕緊跑過來捂住了冬寶的耳朵。

冬寶笑咪咪地看著院子裡鞭炮炸開，火光四射，白雪上落滿了紅豔豔的鞭炮紙。

「走吧。」林實笑道。

第八十章 巧遇

正月十六這天早晨，寶記鋪子門口放了一串鞭炮後，鋪子就正式開業了。天還麻麻亮的時候，桂枝就過來上工了，臉上的笑容怎麼看怎麼勉強，似是心裡有氣的模樣。

見她這個樣子，李氏便笑道：「大榮哪裡惹妳不高興了？」

桂枝說道：「還是孩子的大姑惹的事。昨兒我和大榮經過我婆家門口時，瞧見孩子的大姑和大姑父從門裡出來，那兩人手裡提的是我和大榮買給老人的節禮。」

家家有本難唸的經，李氏也不好說誰對誰錯。「沒那點東西她又餓不著，真是……哎，妳小姑子的親事定了沒？」

一說起小姑子，桂枝臉上就犯愁。「沒，這事兒難。我公婆老覺得他們閨女好，旁人可不這麼想，現在小紅都快十五了。」

秋霞嬸子說道：「那是妳小姑子自己作的孽，怨不得別人。」

正月二十五那天，來鋪子裡拿豆腐的小廝跟冬寶捎了信，問冬寶還有沒有新菜式，他們少爺想請宋姑娘去趟安州。

冬寶當然願意去了，去一趟就是一百多兩銀子，她打算都攢下來，全部買地，到時候即便不做生意，她和李氏也能舒舒坦坦地當地主婆。

林實和張謙這幾天都要在書院唸書，冬寶天沒亮就帶著張秀玉、全子和栓子去了安州。

自從過完年書院開學後，冬寶就敏銳地發現林實唸書更加認真了。

柳夫子也常常在秋霞嬸子面前稱讚林實進步快，才唸了這幾個月，就比那些讀了兩、三年的人強。

一行人到了八角樓的時候，守在後院門口的夥計認得冬寶，當即就放行了。

冬寶進院子的時候，就聽到了王聰的聲音——

「既然喜歡吃宋姑娘燒的菜，那等會兒就別為難人家了。人家小姑娘挺不容易的——」

王聰的語氣頗有些無奈。

「我知道她是你的財神，不會找她麻煩的！囉嗦這麼多！」

王五扯著變聲期的公鴨嗓，不耐煩地打斷了王聰的話。

這會兒跟在冬寶身後的小夥計跑了過去，大聲說道：「少爺，宋姑娘來了！」

屋裡的聲音戛然而止，王聰和王五出現在了門口，往冬寶這個方向走了過來。

王聰朝冬寶笑道：「宋姑娘來得很早啊！」

王五則是背著手站在一旁，臉色雖然是臭臭的，可一句話也沒說。

冬寶幾個人則是裝作剛進來、沒聽到那些話的樣子，笑道：「王公子也早啊！」

這次冬寶教廚子做的是紅燒肉和香乾回鍋肉，香乾（注一）已經和千張（注二）一起在寶記鋪子裡出售了，在王聰這邊也有供應。香乾的價錢比豆腐貴，在寶記鋪子裡的銷量不如豆腐好，但在安州賣得很不錯。

紅燒肉燜在鍋裡收汁的時候，濃郁的肉香飄得滿院子都是，不少人口水都在嘴邊打轉。

「真香啊！」站在院子裡的全子和栓子對著灶房流口水，不約而同地說道：「回家讓冬寶姊再給咱們做著吃！」他們雖然去不起八角樓這麼高級的地方，可他們有比八角樓的大廚更厲害的冬寶姊！

中午照例是王聰請冬寶幾個孩子在八角樓吃飯，等王聰領他們進到一樓大堂時，冬寶聽到背後有人驚訝地喊了聲——

「宋冬寶?!」

冬寶回頭一看，正好看到單強。

單強手裡拿著一只酒壺，彎著肥胖的肚子，正殷勤地給酒桌旁的人倒酒，喊冬寶時，大約是驚詫看到的人真是宋冬寶，還保持著倒酒的那個可笑姿勢。

冬寶也沒想到會在這裡碰上單強，她禮貌地點點頭，算是打過了招呼，便要跟著王聰上樓。

這會兒上，和單強一桌的人裡頭有人認出了王聰，連忙起身，恭敬地向王聰拱手笑道：「原來是聽少爺，您今天來酒樓了啊！」寒暄完了，又跟桌上的幾個人介紹道：「這位公子

注一：香乾，即豆腐乾。
注二：千張，即豆腐皮。

就是八角樓的少東家，聽少爺！」

單強的眼珠子就瞪圓了。

王聰同那些人寒暄完後，便領著冬寶幾個繼續往樓上走，到了六樓時進了包廂，吩咐夥計上一桌席面過來。

冬寶知道八角樓的一樓大堂是最便宜的，樓層越高，收的席面費就越貴。單強平日在沅水踐得二五八萬似的，只差在腦門上標明「我是土豪」了，可他到了這裡，也只能在一樓大堂，弓著大肚子諂媚地給人倒酒奉承。

吃完飯後，冬寶和張秀玉領著全子和栓子分頭去藥鋪買了四百斤的石膏回來。幾個人合力把麻袋抬到馬車上的時候，全子小聲地跟冬寶說道：「有幾個人一路跟著咱們瞧哩！」

冬寶回頭看了一眼，說道：「瞧就瞧吧。」

這個點豆腐的法子遲早保不住，冬寶想來想去，覺得開豆腐作坊的事應該要提上日程了。

今天冬寶起床得早，回到家後就有些累，爬到床上小睡了一會兒，誰知道一覺醒來，窗外的天上已經布滿了晚霞。

張秀玉進屋見冬寶醒了，說道：「下午妳睡覺的時候，那個胖子……就是那個單老爺來了。」

「他來幹啥？」冬寶問道。

張秀玉笑了起來。「他問咱們是咋認得王聰公子的，還說下回他請客，讓咱們給他引薦一下，他也想認識王聰公子。」

冬寶吃了一驚，連忙問道：「妳們怎麼跟他說的？」

「肯定不能跟他說實話。」張秀玉笑道：「小姨就跟他說，王聰公子是來咱們這兒買豆腐才認識的，談不上啥交情，哪夠分量去引薦人啊！單老爺拿來的東西，小姨也讓他拿走了。」

冬寶點點頭。「娘這麼說挺好的。」

讓冬寶驚訝的是，第二天單強又來了，這回倒是沒提禮物上門，見了李氏和冬寶，笑得十分客氣，說要吃豆花，要買豆腐、豆芽。

等豆花端上了桌，冬寶跑去收錢時，單強從懷裡掏出了一個灰綢布的錢袋，遞給了冬寶，笑咪咪地問道：「寶丫頭，聽說你們認得安州八角樓的王公子？」

冬寶點點頭，從錢袋裡數了錢出來後，又把錢袋放到了單強面前。反正單強都看到王聰領他們去吃飯了，要說不認得他肯定不信的，而且讓別人知道她們和王聰有點交情，那些心懷不軌的人想要算計她們，總得先掂量掂量自己的分量吧？

「你們很熟？」單強試探地問道。

冬寶搖頭，說道：「不是很熟。」說罷，轉身就要走。

「寶丫頭！」單強急了，大聲地叫冬寶。

冬寶趕緊快步走了出去，再讓她多聽單強喊一聲「寶丫頭」，她非得吐出來不可！

單強陰沈著臉坐在那裡，臉上的肥肉氣得抖動著。宋丫頭和王聰公子肯定很熟，要不然人家堂堂王家少爺、八角樓少東家，會親自帶冬寶幾個半大孩子去樓上吃飯？

這對母女走了什麼狗屎運，和嚴大人交好不夠，竟還搭上了安州的王公子！

以他「沅水第一富豪」的身分，也只能在八角樓的大堂裡請人吃飯，可王聰領他們去的卻是六樓。

單強翻來覆去地回想著在八角樓看到的情形，覺得王聰對那丫頭的態度……很客氣，對，就是客氣！這就更讓人想不通了呀……

從安州回來後，全子和栓子雙雙被送到了鎮上的私塾啟蒙。

全子不大想去唸書，他好動，坐不住。可秋霞嬸子說了，不能光顧著供應大兒子而忽略了小兒子，不管全子是不是讀書那塊料，得先唸兩年試試，能唸書的話就繼續供，砸鍋賣鐵也要供兩個兒子唸書。

而送栓子讀書則是洪老頭決定的，洪老頭抱的想法和林家差不多，能唸出個名堂來最好，唸不出什麼也沒關係，老洪家不能世世代代都當睜眼瞎。再說，唸書也有好處，看林實那孩子，唸了書就是比村裡頭那些野孩子高出一大截，村裡多少小姑娘都想嫁給他。

冬寶一下子就少了兩個小夥伴，但她也沒閒著，生意越來越紅火，就連一向儉省勤力的李氏都覺得，該再招幾個人了。

寶記鋪子要招人的消息一傳出去，塔溝集立刻就沸騰了起來。

村裡人知道冬寶家和林家關係好，桂枝、荷花她們都是秋霞嬸子薦過去的，都想走秋霞和林福的門路。

二狗也動了心思，可惜他和冬寶那丫頭翻了臉，因此就把心思打到了林福和秋霞身上。

二狗到的時候，林家院子裡已經站了不少人，還有領著外村的人過來的，離得老遠都能聽到林家院子裡人聲鼎沸的。

二狗擠了進去，嘿嘿笑道：「老林哥，現在你可發了啊！村長他都沒你有能耐，如今你在塔溝集，可是這個！」二狗比了個大拇指。

林福只是笑笑，依舊不說話。

二狗心裡暗罵了幾句，又對林福說道：「我下午沒事幹，聽說秀才娘子她們想要再招幾個人賣豆腐，算我一個！」

「二狗想挑豆腐掙錢啊？」秋霞嬸子笑道：「回頭我跟冬寶她娘說一聲，看她那兒招人招夠了沒有？」言外之意：要是人招夠了，就沒你二狗什麼事了。

二狗當然不滿意這樣的回答了，眯著眼睛笑道：「林嫂子，你們兩家啥關係誰不知道啊？冬寶丫頭不就是你們家大實的小媳婦嗎？咋，妳這個婆婆連這點家都當不了？」

人群裡頭立刻就有人響應了。「就是啊，冬寶丫頭都要是妳家媳婦了，這就是嫂子一句話的事啊！」

秋霞嬸子笑得就有些勉強了。「你這話說的就不對了，就是將來冬寶進了我們林家的門，喊我一聲娘，我也不能越過她和李娘子來當這個家。」

等院子裡的人散得差不多了，秋霞嬸子砰地關了大門，氣得不輕。她要是有丁點兒和黃氏相似的地方，是個對媳婦掌控慾強的婆婆，被他這麼一激，還不得跑去找李氏開口啊？

「別搭理他！他那種人，提起來都髒自己的嘴。」林福皺著眉說道。

跟隔壁林家的熱熱鬧鬧相比，宋家依舊是冷冷清清的。

宋家人當然知道隔壁林家這麼熱鬧所為何事，雖然一個個嘴上不說，但心裡多多少少都會有些冒酸水。和李氏冬寶她們親近的應該是他們才對，他們作為冬寶的親爺奶、親叔叔，不應該比林家人面子更大嗎？林家越熱鬧，宋家人心裡就越悶，覺得林家人偷走了原本屬於他們的體面。

宋柏也聽到了隔壁的動靜，皺著眉頭問黃氏道：「娘，他們家幹啥呢？這吵吵嚷嚷的老半天了，別是犯了啥事吧？」

黃氏倒是盼著林家犯個什麼事出來才好，說道：「你別管這些閒事了，只管好好唸書，考個秀才、舉人回來，叫那些看不起咱們家的人瞧瞧。」

「那肯定的。等我考上了，我就叫那些敢瞧不起咱們的人好看！」宋柏立刻昂首挺胸起來，隨即又說道：「娘，家裡頭太吵了……我想，我還是去鎮上溫書好了。」

黃氏十分驚訝，聞風書院已經謝絕她三兒子入內了。「去鎮上，你住哪兒啊？」

宋柏趕緊說道：「去鎮上租間屋子就行了，做飯啥的都方便得很。」

宋老頭站在門口抽著旱煙，低頭不吭聲。去鎮上賃房子啥的，太花錢了。

「家裡這一、兩年只出不進……」黃氏也挺為難的。「過年賣豬賣雞的錢，得留給你當盤纏。」

宋柏立刻說道：「娘，盤纏找大嫂要不就成了？我大嫂錢多。去年的盤纏還不是一要就給了？讓我爹去要，我爹面子大。」

黃氏相信，要是宋老頭跟李氏開了口，讓李氏再出盤纏，李氏也會出這個錢的。宋家最根本的問題，是宋柏白吃飯不幹活，二兒子一家很不滿。

自從老二媳婦生的那個賠錢貨沒了，她落了把柄在老二媳婦手裡，老二一家就不怕她了。

宋柏眼巴巴地看著黃氏，哀聲懇求道：「娘，我真不想待家裡了。二哥二嫂成天擠兌我，村裡誰見了我都要問我考上秀才沒……娘，要是我去鎮上，今年肯定能考個秀才，明年就能給妳和爹掙個舉人。」宋柏說著，眼圈就紅了，差點掉下淚來。他是真的沒辦法忍受這鄉下地方了，到處都是爛泥，還混合著牲口的臭味。

「等等再說吧。」黃氏低聲說道，唯恐被二房哪個聽到了。

宋柏失望至極，暗地裡把所有人，甚至是隔壁的林實都給咒罵了一通。

等我考上了功名，一定要這些人好看！宋柏第一萬零一次在心裡頭發誓。

李氏和秋霞嬸子商量了兩天，選了兩個年輕媳婦來幫工，一個是春雷媳婦，一個是長庚媳婦。寶記小隊也多了兩個老實健壯的漢子，一個是栓子爹，一個是叫劉大牛的漢子，四十出頭，村裡頭有名的厚道老實人。

春雷媳婦手腳勤快，嘴也能說，一邊麻利地幹著活，一邊和李氏等人絮絮叨叨地八卦村裡的人和事。

「宋家二嬸子昨天找我婆婆了，說想給招娣妹子說門親事。」春雷媳婦小聲說道。她婆婆姓周，除了在家當農婦，還搞了一個副業——說媒。

李氏笑了笑，點頭道：「招娣是該說親了，都十三歲了。」

春雷媳婦撇了撇嘴，小聲地對李氏說道：「嬸子，我婆婆才不想接宋二嬸子的活兒哩！宋二嬸子先前找了不少人幫忙說媒，說的沒有十個也有八個，她一個都看不上，挑得厲害。我們私底下都說，宋二嬸子是想比著大實挑女婿哩！」

李氏尷尬地笑了笑。即便冬寶和林實兩個孩子沒湊到一起，她也覺得招娣性子不好，配不上大實。

「那是嬸子您厚道。」春雷嬸子笑道，以李氏如今的財力，完全可以挑個家裡有錢的女婿，但李氏從頭到尾都認定了林實，讓村裡人佩服不已，覺得李娘子就算現在有錢了，還是從前那個樸實厚道的李娘子。

旁人背地裡把宋招娣的親事當笑話談，當事人心裡頭也不痛快。宋招娣一回家就嚷著嘴，坐在牆角裡生悶氣。

「妳這又鬧啥！」宋二嬸瞪了她一眼。

宋招娣氣得不行，嚷嚷道：「妳知道人家背地裡咋說我的？今兒我都聽到了，她們說我眼光高，都成老姑娘了還挑。」

「妳個死丫頭！」宋二嬸也惱了。「我還不是為了妳好？娘挑來挑去可不是為了跟那姓林的賭氣，娘這輩子嫁給妳爹就夠委屈了，妳可不能走跟娘一樣的路了。」

宋招娣連忙點頭，她也不願意嫁到窮人家，有一個埋藏在心底的原因——她不想被冬寶比下去！為什麼林實看得上冬寶，看不上她？那是因為冬寶有錢！她輸就輸在沒一個會掙錢的娘。

每當她看到冬寶穿著漂亮的裙子，打扮得整齊漂亮地回塔溝集的時候，她就忍不住想，這些好看的衣裳、首飾到了她身上，她會是多麼光彩照人的樣子。

她要是嫁到窮人家，這輩子就別指望能壓倒冬寶了！

第八十一章 後爹

塔溝集熱鬧過一陣後，隨著李氏把幫工的人選定了，便漸漸回歸了以前的安寧。被選上的人自然高興萬分，沒被選上的人也只能嘆口氣。

可二狗是個例外。

原本二狗是打算直接找林福算帳的，他手裡拿著一塊磚頭，氣勢洶洶地往林家走，然而等他離林家越來越近時，他的腳步也越來越慢，原本十成的氣勢最後只剩下了一成。

二狗不是傻子，林福是個又高又壯的漢子，要真是打起來，他不占便宜。

而且，林福還不是靠李氏才發家的？所以要鬧，就去找李氏鬧，鬧她個難看！李氏一個娘兒們，總不會比林福厲害吧？

想到這裡，二狗轉身便往鎮上走。李氏有鋪子有錢，又是個死了男人的寡婦，肯定怕他鬧！

二狗走到鎮上寶記鋪子門口時，正趕上一天當中集市人最多的時候，寶記鋪子裡人坐得滿滿的。

李氏穿著藍底碎花的小襖，深藍色的百褶裙子，烏油油的頭髮整齊地盤在腦後，別了一支金釵子，一點兒都看不出來是三十多歲的女人，笑容乾淨溫婉，清秀好看。

二狗躲在人群中偷偷看著，宋老頭被犁頭劃傷腿的時候他見過李氏一次，恍然覺得李氏比那個時候更好看了。還有，李氏頭上那支金釵，得值多少錢啊！

「李娘子！」二狗笑著走了過去。

李氏抬頭一看是二狗，臉上的笑容就淡去了。「二狗兄弟啊，今兒來趕集了？」

二狗一直走到離她很近的地方才停下來，一雙眼睛滴溜溜地在李氏身上打轉。

李氏皺著眉頭，不自在地往一旁躲了一步。

「二狗兄弟，你躲開點兒，省得弄髒了你的衣裳。」李氏勉強笑道。

李紅琴看了過來，不悅地大聲說道：「這是誰啊？我們這是盛飯的地方，你站遠點！」

二狗嘿嘿笑了起來。「大姊，我又不是外人。」

李紅琴惱了，拎起盛豆漿的大鐵勺子，大聲喝斥道：「誰是你大姊？少胡說八道！趕快給我滾！」

二狗卻乘機一把抓住了李氏的手腕，湊到李氏臉前笑道：「我說相好的，咱倆都好了恁長時間了，妳咋還沒跟妳姊說啊？」

李氏冷不防被二狗抓住了手，又驚又怒，奮力地甩著自己的手，大聲罵道：「你胡說什麼！放開我！」

「不放！當初妳背著秀才求我跟妳好的時候，咋不裝不認得我啊？現在咱倆也該把喜事辦了！去叫冬寶過來，認認後爹吧！」二狗得意地叫道。

李紅琴火冒三丈，立刻舉起大鐵勺子朝二狗頭上敲去。

李氏也抄起手邊的大瓷碗，往二狗頭上砸。

二狗連挨了好幾下，不得已放開了抓住李氏的手，踉蹌退了兩步才穩住了身體，往頭上一摸，居然摸出了一手的血。

「妳們兩個臭不要臉的婊子！」二狗惱羞成怒。「老子看上妳是妳祖宗積德，當老子稀罕妳個剋夫的掃把星！」

這會兒上，趕集的人群都圍了過來，裡三層、外三層地看著寶記門口的這齣鬧劇。

李氏臉脹得通紅，憤怒之情無以言表，手哆嗦地指著二狗，罵道：「你是個什麼東西，村裡誰不知道？你說瞎話誣人清白，你不得好死！」

「我咋誣妳清白了？」二狗見圍觀的人越來越多，膽氣也越來越足。「咱倆都好了恁長時間了，妳身上有幾顆痣我都一清二楚！妳不能現在一有了錢，就翻臉不認人啊！」

周圍的人開始議論紛紛，傳到李氏耳朵裡，成了一片刺耳的嗡嗡響聲。寡婦的名聲是多麼重要，經過了今天，別人該怎麼看待她？該怎麼看待她的女兒？

冬寶剛出灶房就聽到了外頭鬧騰騰的，荷花急匆匆地跑了過來，攔住了冬寶。「冬寶，妳可別出去，二狗在門口胡說八道……」

「他說啥了？」冬寶立刻問道。

荷花的臉色有些尷尬，含含糊糊地說道：「總之外頭亂得很，妳別出去。」

冬寶要是出去了，二狗逮著冬寶喊閨女，不是讓小姑娘臉上難看嗎？

然而，荷花話音剛落，冬寶就箭一般地衝出去了。

冬寶剛跑到門口，就看到無賴二狗還捂著頭，指著李氏大放厥詞，什麼「咱倆從啥時候就開始好了」、「早該成親了」……李氏則是臉脹得通紅，氣得嗚嗚地哭。

冬寶伸手端起放在案板上的一碗豆漿，潑到了二狗頭上，熱熱的豆漿淋到二狗的傷口上，痛得他哇哇大叫。

秋霞嬸子得了消息，連手上的菜刀都來不及放下就衝出來了。

冬寶奪過秋霞嬸子手裡的菜刀，一雙眼睛噴著火，揮著菜刀就朝二狗跑去，她現在只想往這混帳無賴身上砍上幾刀！

「冬寶！」李氏嚇得大叫了一聲，猛地抱住了冬寶，不讓她去砍二狗。砍傷了二狗，二狗要是告官，吃虧的是冬寶。

「娘妳別攔著我！」冬寶氣得發抖。

二狗嚇得往回退了幾步，看到李氏抱住了冬寶，才得意洋洋地笑道：「好閨女，妳要是砍了我，以後誰照顧妳跟妳娘啊？」

李紅琴接過了冬寶手裡的菜刀，鋥亮的菜刀在陽光下閃著寒光，她指著二狗怒罵道：「今兒我替我妹子出了這口氣，不用髒了我外甥女的手！」說著就要衝上去。

二狗捂著頭轉身就跑，拿了鍋蓋擋在身前，大聲嚷嚷道：「妳別過來啊！要是砍到了我，我非得告妳殺人不可！」

李紅琴冷笑。「砍死你，我一命抵一命，省得你活著禍害我妹子和冬寶！」

這時，人群後面傳來一陣騷動，一個威嚴的聲音傳了過來——

「這是怎麼回事？」

嚴大人來了，身後還跟著梁子和山根。

梁子一看到未來的丈母娘手裡拿著菜刀，怒氣沖沖地站在那裡，一副要砍人的模樣，當即就狗腿地跑過去，接過了李紅琴手裡的菜刀，笑著勸道：「嬸子，他咋惹您了？跟我說，我整死他，可千萬別累著您了。」

「對，你們好好收拾收拾他！」李紅琴拉著梁子，指著二狗說道：「大白天的，跑來敗壞你小姨的名聲！他——」李紅琴氣得眼淚都掉下來了。經過這麼一鬧，自家妹子以後可咋活啊！

嚴大人背著手站在那裡，沈默地看了眼摟著冬寶跪坐在地上掉眼淚的李氏，眼底是一簇簇的怒火。

山根把縮在攤子底下的二狗揪了出來，狠狠地推到了地上。

「怎麼回事？」嚴大人居高臨下地問道，嚴肅的面孔此刻看起來有些猙獰。

二狗惴惴不安，含含糊糊地說道：「大人，沒啥事，那豆腐鋪子的李娘子以前是小人的老相好，現在她有錢了，不願意承認了……」

嚴大人冷哼了一聲，一隻手拎起二狗的衣襟，另一隻手掄圓了拳頭就揍到了二狗的臉上。

隨著砰的一聲，二狗往後跌到了地上，咳嗽了一聲，吐出來一口血水，隨著血水吐出來的還有一顆牙齒。

梁子和山根彼此對視了一眼，從對方眼裡看到了不可置信。他們還是頭一次見嚴大人發這麼大的火氣，當街就打人了，看來真是氣得不輕啊！

「我問你，你剛說的是真的嗎？」嚴大人問道。

二狗連忙搖頭。「不是真的，是小人瞎編的！這李寡婦開鋪子有錢，小人想要她的錢！」

「胡說。」嚴大人輕聲地開口了。

二狗瞪大了眼睛。「大人，小人沒胡說啊！」

「說，是誰讓你過來鬧事的？」嚴大人問道。

二狗下意識地就搖頭道：「沒有……」

嚴大人冷笑。「嘴硬是吧？梁子，拉回去上刑！」

二狗嚇得嚎叫了起來。「真沒人指使小人啊！是小人看李娘子有錢，就起了歹心！」

「你當我是傻子？」嚴大人說道。「你早不貪人家的錢，晚不貪人家的錢，偏偏等我要跟李娘子提親的時候來鬧，還敢說沒人指使！」

嚴大人這句石破天驚的話一出來，不光是二狗驚呆了，李氏摟著女兒，也震驚得不敢相信自己的耳朵，周圍的人更是掉了一地的眼珠子。

這什麼情況？不少人回過神來後，狠命地揉了揉自己的眼睛。沒聽錯吧？所官大人居然要跟這個賣豆腐的寡婦提親？等等，那一定不是鎮所大人，一定是某個和鎮所大人長得很像的漢子而已。

「您……您要跟她提、提親?!」二狗嚇得舌頭都開始打結了。

嚴大人冷笑了一聲，對梁子和山根大手一揮。「帶走！回去好好審審，看是誰要跟本官過不去！」

梁子和山根回過神來後，趕忙大聲地應了，估計以後塔溝集的人再也見不到二狗了。

冬寶目瞪口呆地站在那裡，驚訝地盯著嚴大人瞧了半晌。她是有想過讓李氏再嫁，可沒想過李氏再嫁的對象會這麼高端大氣上檔次啊！

其實冬寶是有一絲竊喜的，嚴大人這麼一說，誰也不會相信李氏會和那個無賴二狗有一腿了，分明是有人想害嚴大人才想出了這樣的損招。

梁子吆喝起了看熱鬧的人。「該幹啥幹啥去，一個臭無賴有啥值得看的！」

冬寶和李紅琴扶起了李氏，李氏看都不敢看嚴大人一眼，轉身就踉踉蹌蹌地快跑進屋裡了。

「多謝嚴大人！」李紅琴喜氣洋洋地連忙道謝。她早就看出來嚴大人對小妹有意思了，只是兩人都是悶性子，小妹又自卑得厲害，誰都不肯說出來。這下可好了，挑破了那層窗戶紙，兩人肯定能修成正果。

嚴大人的面皮有些發燙，他頭一次在大庭廣眾之下說這些話。要不是為了維護李氏的名聲，他一個快三十的大男人，不至於這麼「奔放」。

「快去看看妳娘怎麼樣了。」嚴大人微笑著咳嗽了一聲，推了下愣愣地看著他的冬寶。

「喔……喔！」冬寶回過神來，她完全想像不出嚴大人當她後爹該是個什麼模樣……

李氏背對著門口，坐在椅子上，低著頭不吭聲，冬寶走到了門口都沒發覺。

冬寶喊了一聲。「娘。」

李氏彷彿被驚嚇到了一般，猛地回了一下頭，看到冬寶後，吶吶地說道：「寶兒……」

冬寶看了眼臉頰通紅的李氏，不像是氣的，倒像是羞紅的，心下就有些明白了。

「嚴大人讓我過來看看妳。」冬寶輕聲說道。

李氏臉臊得更紅了，低頭說道：「妳別瞎說，今兒是嚴大人想幫咱們，沒……沒別的意思，可不能當真。」

「我覺得嚴大人挺好的。」冬寶笑道。她也看出來了，李氏只是羞怯，沒對嚴大人有什麼不滿意。

「別說了！」李氏的臉都要滴出血來了。女兒這麼說，更讓她無地自容了，覺得實在是丟臉。

冬寶便識相地閉上了嘴，她心裡頭也有些彆扭。冬寶原本打算的是，至少等自己和林實訂親後，李氏再嫁的，那時她的身分不至於那麼尷尬。

不過，如果李氏再嫁的對象是嚴大人，嚴大人和小旭都不是難相處的人，重組成一個家庭，好像也不是那麼不能接受。

然而讓冬寶失望的是，嚴大人自從那次在眾人面前說了一番石破天驚的話後，就一連兩天再沒見過他的人影了，倒是有不少七大姑八大姨隔三差五地來鋪子裡找人嘮嗑，話裡話外地打聽這事。

單強又提著禮物來了，一來就是拱手道喜，李紅琴客氣地把他連人帶禮物地送走了。冬寶覺得單強最強的地方在於他的臉皮。

李氏幾天都沒出去過了，李紅琴和秋霞嬸子在外頭鋪子裡支應，碰到來打聽八卦的，一律說自己只是幫工的，不知道到底咋回事。

李紅琴心裡也犯著嘀咕，那天嚴大人說完話後，她替妹子狠狠地高興了一把，甚至想著要是嚴大人不願意和冬寶住一塊兒，她就替妹子照顧冬寶。可兩天過去了，嚴大人也沒過來，就好像人家從來沒說過那番話一般。

等到第三天，也就是二月初六的時候，嚴大人拉著小旭，領著柳夫子，挎著一個包袱過來了。

「冬寶，妳先領小旭出去玩。」嚴大人把小旭推向了冬寶，溫和地說道。

冬寶從他那幾乎一成不變的嚴肅表情中看到了一絲羞窘，像是意識到了什麼一般，冬寶連忙點點頭，拉著小旭跑出去了。

走得離鋪子老遠了，冬寶才問小旭。「你爹來幹啥了？」

小旭笑咪咪地說道：「我爹說了，以後妳就真是我姊姊了。」

冬寶笑了笑，拉著小旭慢慢在路上走著，說道：「我本來就真的是你姊姊啊！」

好吧，她得承認，李氏能和嚴大人在一起，算是極不錯的結局了。

嚴大人一看就是外表很冷，但實際上很疼老婆孩子的顧家男人，比她那個鳳凰男的秀才爹好了不知道多少倍。而且他已經有兒子了，李氏嫁過去後沒有生兒子的壓力……嗯，這點也是好處。

最重要的是，嚴大人都當眾「表白」了，肯定是真心求娶李氏的。有了感情做基礎，雙方都沒有經濟壓力，這樣的重組家庭不會有太大的矛盾。實在不行，她就跟著大姨、表姊一起過，不能耽誤了李氏的人生大事。畢竟李氏為了她，吃了太多的苦了。

冬寶回家的時候，已經快中午了。進到鋪子裡後，看到每個人臉上都是喜氣洋洋的，便知道嚴大人提親的事算是完成了。

李紅琴過來摟著她，一副哄孩子的語氣，說道：「寶兒，妳想不想要個爹來疼妳啊？」

「大姨……」冬寶哭笑不得，認真地對李紅琴說道：「我娘願意就行。」

李紅琴登時就紅了眼眶，摟著冬寶笑道：「好孩子，妳娘沒白疼妳。」

冬寶進到她和李氏的房間時，李氏正坐在桌前對著銅鏡照，頭上戴著一朵拳頭大的金花。

聽到響動，李氏慌忙回過頭來，臉上的紅暈還未褪去，看見冬寶，李氏更侷促了，起身拉著冬寶坐下，問道：「妳啥時候回來的？」

冬寶看了看李氏頭上的金花，問道：「這是嚴大人送妳的？」

李氏有些緊張，連忙拔下了頭上的簪子，要塞進盒子裡，說道：「妳要是不喜歡，咱就不要了。」她現在的心情十分矛盾，既期待自己能嫁給嚴大人那樣的好男子，又覺得十分對不住女兒。女兒陪著她過了這麼多年的苦日子，如今好不容易生活好了，她卻要改嫁，在世人看來，就跟要拋棄了女兒一樣。

冬寶趕緊攔住了李氏的手，拿過了那支金簪，掂量了下，得有二兩重。這精緻首飾肯定是從安州買的，沅水可沒這麼好的東西。

肯下血本，說明嚴大人是很有誠心的。而且他也知道，冬寶家的鋪子和田地寫的都是冬寶的名字，錢也都在冬寶手裡。

她和李氏一路走來，看著李氏從昔日的懦弱受氣包逐漸蛻變成了今日秀麗能幹的老闆娘，如今李氏要出嫁了，冬寶的心情就像「嫁閨女」一樣，實在詭異。

「娘妳願不願意啊？」冬寶笑著問道。

李氏臉紅得能滴血，結結巴巴地說道：「胡說些啥？我、我……別胡說！」

「我沒胡說。」冬寶笑道：「妳總擔心我沒個娘家兄弟，沒人給我撐腰，要是我們和嚴大人、小旭成一家了，嚴大人就是我爹，小旭就是我兄弟，怎麼也比我二叔他們靠得住啊！」

李氏一聽，頓時心頭一酸，想起了和女兒在宋家的苦難日子。

「我覺得嚴大人不錯。」冬寶笑道。「錯過這個村，就沒這個店了。」

李氏臉臊得更紅了。「這孩子……」說著，她把案頭的木匣子拿了過來，拿出了一對赤金鐲子和一個金長命鎖。「這是嚴大人給妳的。」李氏說道。

鐲子和金鎖的分量都很重，長命鎖上還刻了她的名字，一邊刻著「宋冬凝」，另一邊刻著「長命百歲」。

喲，後爹很懂做嘛！冬寶不得不承認，她心裡頭被嚴大人這一貼心的舉動給感動了。

第八十二章　提親

宋二嬸在村口嘮嗑的時候，被一個驚人的消息給結結實實地砸暈了。

嚴大人託了書院裡的夫子去跟李氏提親了！且當天給的一匣子首飾還不算真正的聘禮！

「人家的媒人柳夫子可是中過進士，當過大官的。」村裡人議論得口沫橫飛，不乏對李氏的各種羨慕嫉妒恨。

宋二嬸聽著眾人熱鬧的議論聲，傻眼愣在了那裡，回過神來後，立刻飛快地跑回了家，衝屋裡頭的黃氏和宋老頭叫道：「不好了、不好了！」

黃氏當即就惱了，她上了年紀，忌諱這些，指著宋二嬸就罵道：「妳親爹不好了還是妳親娘不好了？」

事情緊急，宋二嬸顧不上這些雞毛蒜皮了，急忙說道：「大嫂要改嫁了！」

「啥?!」黃氏當場就驚呆了。

「老二媳婦，這事妳打哪兒聽來的？」宋老頭十分清楚李氏改嫁的後果。

只要李氏還是宋家的媳婦，他們就有這麼一個靠山，出了什麼事都有李氏來頂著，沒錢了也能去找李氏要。就像秋收的時候，宋老頭的腿被犁劃傷了，整個宋家都能理所當然地把宋老頭往李氏那裡送，要李氏出錢給宋老頭養傷治病。

宋二嬸跺腳道：「恁大的事我咋能胡說？外頭都傳遍了！」

黃氏震驚過後就是鋪天蓋地的憤恨，尖聲大罵道：「這個喪良心的掃把星啊！剋死了我兒子還想走二家，不怕下地獄閻王爺把她給鋸了！」

「這咋辦？」宋老頭結結巴巴地自言自語。「三兒今年去縣裡的盤纏，可還指望著老大媳婦……」

黃氏拉著宋二嬸，氣勢洶洶地問道：「她那野男人是誰？」

肯定不是啥好人家！一瞬間，黃氏腦海裡閃過無數個她認為上不得檯面的男人的面孔，有窮得全家只有一條褲子的佃戶、有扛麻包的苦力，還有村裡的老流氓二狗……

「是嚴大人！」宋二嬸連忙說道。早知道寡婦有這好運，她情願死的人是宋榆！

黃氏和宋老頭的眼睛瞪得像銅鈴。

得了消息匆匆回家的宋榆掀開簾子進來了，喊道：「咱不能讓大嫂改嫁了！這事不能就這麼算了！」

宋榆說得理直氣壯，心裡卻虛得很。李氏居然勾搭上了嚴大人，那可不是他們這些平頭百姓能招惹得起的啊！

「那你說咋辦？」黃氏悶聲道。她剛才想著，誰要娶李氏，她就豁出去到那人家裡好好鬧騰，李氏就得給她消了再嫁的心思，要是還敢走二家，她就繼續鬧。

可惜她虎肝熊膽，也不敢去找嚴大人鬧啊！她想起嚴大人，就想起那次套在她脖子上的木枷還有沈重冰冷的鐵鎖鏈。

「這不得聽爹和娘的嘛！」宋榆嘿嘿笑道。他哪能有什麼法子啊！

「你們倆先回去。」宋老頭發話了。「這事我跟你娘合計合計再說。」

宋老二夫婦走後，一旁偷聽的宋柏趕忙進了堂屋，對黃氏和宋老頭說道：「爹、娘，這事我給你們出個主意。」

宋老頭看了宋柏一眼，說道：「趕緊回屋唸書去，你學業是正經，別因為這個分心。」

宋柏不悅了，撇了撇嘴說道：「你們翻來覆去說了那麼久，連一個靠得住的主意都沒有，還不讓我吭聲？」

黃氏連忙說道：「你想說啥就說，你二哥腦子笨，咱家就指望你了。」

宋柏揚眉說道：「冬寶那丫頭手上還有我寫的東西，爹娘你們和我都不能出面。這事，得交給二哥他們去辦。」

「咋辦？」黃氏急忙追問。

宋柏冷笑了起來。「讓二哥去跟大嫂鬧，她要二嫁隨便她，不過冬寶得給咱們留下來，她甭想帶走！」

「要冬寶那臭丫頭片子幹啥？白養著她啊？」黃氏沒好氣地說道。

宋柏翻了個白眼。「大嫂就那一個閨女，她能不管冬寶嗎？咱要是非得把冬寶留咱們家，她能一分錢不給咱？」

「你大嫂要是不答應呢？」宋老頭問道。

宋柏冷笑了一聲。「由不得她不答應！冬寶是咱宋家子孫，就是姓嚴的出面，也擋不了咱們要冬寶。大嫂一個月得給咱們五兩……不，五十兩銀子。要不然，她閨女在咱們手裡過啥樣的日子，可就不是她管得了的了。」

黃氏立刻豁然開朗了，大聲笑道：「這主意好！李紅珍她要是敢少給一個子兒，我就叫她閨女睡豬圈裡頭，豬吃啥她閨女就吃啥！」

宋老頭覺得有些不妥，然而又覺得沒有比宋柏的提議更好的法子了，說道：「不至於真讓冬寶睡豬圈……咱就是嚇唬一下……」

黃氏懶得搭理他，等冬寶那丫頭來了，日子咋過還不是捏在她手裡。

「我這就去鎮上找李紅珍。」黃氏簡直是迫不及待了。

宋柏連忙攔住了黃氏。「娘，冬寶手裡有我的把柄，咱們不能出面。讓二哥二嫂去鬧，鬧得越大越好。」

黃氏猛地一拍巴掌。「差點忘了那死妮子幹的好事！」打定主意等冬寶回來後，她就好好「教」她懂懂規矩。

黃氏讓宋二叔和宋二嬸過來，細細地說了宋柏的計劃，卻沒跟他們說這是宋柏想出來的，只說是她和宋老頭合計出來的法子。

「這法子好啊！」宋楡喜得合不攏嘴。五十兩銀子啊，他們也能搬到鎮上過城裡人的舒坦日子了。

宋二嬸也很高興，不過她比宋楡多了點心眼，問道：「這法子是好，可我們倆出面鬧不合適吧？你們是冬寶的親爺爺、親奶奶，我們倆不過是叔叔、嬸嬸，這不合適……」

經過宋二嬸這麼一說，宋二叔也琢磨出味兒來了，附和道：「爹、娘，這事你們倆出面說最合適了。」

宋柏那件事是醜聞，被冬寶逼著寫了供詞更是奇恥大辱，黃氏和宋老頭自然不會跟宋榆一家子說，是以宋榆並不知道宋柏有天大的把柄握在冬寶手裡。

宋老頭直接說道：「你們要是把這事辦成了，一個月分你們二十兩銀子。」

二十兩的誘惑力是巨大的，宋榆眼睛都直了。「爹說話算數？」

黃氏急了，剛要開口，就被宋老頭揮手擋住了。

「算！」宋老頭斬釘截鐵地說道。

宋二嬸激動得臉上的肉都在抖，連忙保證道：「爹、娘，你們等著，我跟招娣她爹絕不會讓你們失望的！」

第二天一早，宋二叔和宋二嬸確定了「一不要臉，二不要皮」的行動方針後，就去了寶記鋪子。

因為訂了親，李氏不好意思再出來招呼客人了，便和秋霞嬸子換了工，她去灶房蒸包子、炸油條，而秋霞嬸子站在門口盛豆花。

當秋霞嬸子和李紅琴看見宋家二房夫妻倆氣勢洶洶地過來時，就意識到有些不好了。

「我大嫂呢？叫她趕緊出來！」宋二叔大聲喊道。

李紅琴擋住了要衝進去的宋二叔和宋二嬸。「你們想幹什麼？」

宋二叔立刻捂著臉乾嚎。「我可憐的大哥啊，你屍骨未寒，大嫂她就要改嫁了啊！她不能幹這麼對不起你的事啊！」

冬寶在門口聽得簡直無語。宋秀才都去世一年多了，還屍骨未寒？二叔你真能說得出口！

李紅琴氣得要命，揪著宋二叔的衣裳領子叫道：「宋榆你個混帳東西！我這就喊我們家梁子鎖了你見縣老爺去！」

自從有了梁子當她女婿，李紅琴的底氣就足了不少，如今又有了所官當她未來的妹夫，李紅琴更不把宋榆這種無賴放在眼裡了。

宋二嬸的胳膊被秋霞嬸子扭著，嘴被春雷媳婦捂著，一點用場都派不上，乾著急也沒辦法。

這會兒上，大偉帶著二偉到鎮上來修補農具，路過鋪子時正好看到李紅琴扯著宋榆在罵，兩個人立刻過去，把宋榆給挾制住了。

「李大娘，這廝交給我們吧，現在就把他扔出去！」大偉對李紅琴說道。

李紅琴嫌惡地拍了拍揪過宋榆衣領的手，說道：「扔遠點！」

宋榆被二偉夾著脖子，被迫仰著頭，話都說不出來，宋二嬸一看大偉、二偉是來真的，要把宋榆提溜到遠處收拾了，著急之下，下狠心張嘴咬了春雷媳婦捂住她嘴的手！

春雷媳婦疼得驚叫了一聲，鬆開了手。

宋二嬸乘機掙脫，跑了幾步後，大叫道：「李紅珍妳喪盡天良啊！妳勾搭上了當官的就往死裡欺負我們窮老百姓啊！」

秋霞嬸子看春雷媳婦手上明顯的一圈牙印子，雖然沒有咬破皮，可裡面已經滲出血了。「姓呂的，妳是狗啊！人家寡婦改嫁關你們什麼事！」

「我們當然不管她李紅珍改嫁不改嫁！」宋二嬸眼珠子一轉，理直氣壯地說道：「她想嫁誰嫁誰，我們老宋家可懶得管她！不過冬寶是我們老宋家的孫女，得回我們老宋家來，不能落到別人家裡頭！」

聽到這話，大偉、二偉兩個面面相覷。

宋榆乘機掙脫了兩個人，跟個兔子似地竄到了宋二嬸身後，心有餘悸地看著大偉、二偉兩個壯漢，跳腳叫道：「對！李紅珍我們不管，冬寶得跟著我們回我們家去！」

秋霞嬸子呸了一聲。「你們還有臉說這話？當初你攆人家李娘子和冬寶走的時候，咋沒想到冬寶是你們老宋家的閨女？」

「我們家的事輪不到妳來管！」宋二叔決定把不要臉執行到底。「冬寶是我們宋家的閨女，她姓宋，就得回我們宋家！」

李氏剛才一直在鋪子裡聽著，富發媳婦幾個人攔著不讓她出來，說對付宋榆那種人不用她出面，只是這會兒上她再也忍不住了，跑出去激動地說道：「不行！冬寶是我閨女，當然跟著我！你們哪是真心要養冬寶的？」

宋二嬸瞧見了李氏，誇張地拍著大腿叫道：「唷，這是誰啊？這不是所官太太嗎？我還以為妳攀上高枝，不認我們這些窮親戚了咧！」

冬寶趕緊跑過去拉住了李氏，示意她別吭聲，然後語氣平靜地問道：「二嬸，你們非得要我回去？」

「當然了！」宋二嬸連忙說道。

冬寶點頭道：「既然這樣，那我就回去好了。」

李氏急了，一把抱住了冬寶，低頭說道：「寶兒，妳犯傻啊！」以前有她在宋家當牛做馬地幹活，冬寶過的還是那種日子，現在沒她在宋家了，冬寶徹徹底底成為吃白飯的了，那得吃多大苦、遭多大罪啊！如果非得和女兒分開，她寧可不改嫁了！

「娘，妳放心，我爺奶總得管我吃喝。」冬寶說道。

「還是我姪女兒聽話懂事。」宋二叔笑得見牙不見眼，覺得自家姪女也太好說話了點，實在不像是冬寶的風格。只是他轉念一想就明白了，小丫頭這也是害怕啊，誰願意在後爹手下討日子？肯定是怕去了新家，日子過得更差，還不如回自己爺奶家裡。

宋二嬸連忙說道：「李娘子，妳要改嫁我們不說二話，這冬寶丫頭以後雖然是養在我們宋家了，可她到底也是妳的閨女，妳不能只顧自己吃香喝辣，不管親閨女啊！」

「妳這話啥意思？」李紅琴冷笑著問道。

宋二叔嘿嘿笑了兩聲。「沒啥意思，李娘子妳是冬寶的親娘，養冬寶妳也有份啊，每個月不得出點兒養冬寶的錢啊？妳不用多出，一個月六十兩銀子就行！」宋二叔自作聰明地又加了十兩銀子，反正李氏能掙錢。

「我活恁大年紀，還是頭一回聽到這種事。」一個看熱鬧的老太太拍手笑了起來。「這小夥子說話咋恁不要臉啊？」

圍觀的人一下子全都哄笑了起來。

冬寶抽了抽嘴角，實在笑不出來。這算不算以另外一種方式把她給賣了？不過是分期付款，到她出嫁之前，一個月賣六十兩。她要是回了宋家，就不一定能嫁給林實了，到時候宋家人肯定會把她賣給出彩禮錢多的那家。

「二叔，我娘沒錢啊！」冬寶拖了長音叫了起來。不動產都是以她的名義置辦的，錢也都是她在管的，李氏是真沒錢。

宋二叔實在是怕了鬼主意多的冬寶，慌忙罵道：「臭丫頭閉嘴！」

宋二嬸指著李紅珍，跟鬥雞一樣地叫道：「我告訴妳李紅珍，妳一個月不拿六十兩銀子出來，我讓妳閨女睡豬圈裡頭吃豬食！」

人群中又是一陣騷動，不少人都皺著眉對宋榆夫婦指指點點。只不過到這分兒上，兩人都不在乎了。臉面算什麼？一個月六十兩的銀子比什麼都重要！

秋霞嬸子簡直懶得同這對黑心的夫妻講話了，只問道：「這事要你們爹娘過來說，要孫女也是他們要，沒你們夫妻倆說話的分兒。」

「這就是我爹娘的意——」宋二叔張嘴就說道。

宋二嬸連忙打斷了宋二叔的話。「我爹娘不管這事，冬寶她爹沒了，以後我們夫妻倆就算是我們家的大房了，這事我們管。」又對冬寶說道：「冬寶，回來跟著親爺奶過，不比跟著外人強？」

冬寶嘆了口氣，讓她選擇，她寧願在外頭流浪也不想跟著黃氏、宋老頭過，不定哪天就被大卸八塊地賣掉了。

「你們是不是非得一個月要六十兩銀子？」冬寶問道。

宋二叔點頭，嘿嘿笑道：「這些錢可是叔嬸替妳要的，將來都留給妳當嫁妝。」

冬寶真的無語了，招招手讓大偉過來，貼著他的耳朵說了幾句話，接著又對宋二叔說道：「二叔，那咱先回家去吧，等我娘湊夠了錢，讓她把錢送過來好了。」

宋二叔一時半會兒也沒什麼辦法，不如先把冬寶帶回家，只要冬寶在他們手裡，不愁李氏不乖乖送錢過來，送晚了還不行。

李氏死拉著冬寶的手不放，流著眼淚說道：「寶兒別去！他們不安好心，娘就是給了錢，他們也不會對妳好的。」

「真是太不要臉了！」圍觀的人看不下去了，指責聲越來越多。

要是冬寶是個男孩，宋家來要也說得過去，可冬寶是個女孩，宋家來要就沒什麼意思了，況且又是以訛錢為目的的，但凡是有點母愛的親娘，哪能捨得看孩子受罪？

「沒事。」冬寶小聲說道。「我不到中午就能回來，這回他們肯定主動不要我。」

在李氏的依依不捨中，冬寶和宋二叔他們走了，李氏在後面遙遙看著，覺得一顆心硬生生地被人挖走了一大塊。

秋霞嬸子連忙脫了圍裙。「我得趕緊回去看著，別讓冬寶吃虧了。」那可是她未來的兒媳婦，不能叫宋家的那群混蛋們欺負了。

第八十三章 破壞小隊

「妳剛才跟大偉說啥了？」回去的路上，宋二叔問冬寶。

冬寶呵呵笑了。「沒說啥啊，就讓他給我買點糖豆吃。」

「真說的這話？」宋二叔相當懷疑。「妳啥時候和他這麼熟了？」

冬寶朝宋二叔翻了個白眼。「我稀罕你信啊！」

宋二叔被氣了個倒仰，指著冬寶，顫巍巍地罵道：「這兔孫妮子！我非得——」

「好了。」宋二嬸勸道：「先回家，回家想咋收拾她就咋收拾她！」

宋二叔哼了一聲，盤算著六十兩銀子只交給黃氏三十兩，到時候他帶著一家老小搬到鎮上，他還要娶兩個年輕貌美能生兒子的小老婆，至於家裡這個黃臉婆……要不是看在她生了大毛、二毛的分上，休了算了。

一行人到家的時候，宋二叔老遠就瞧見門口圍了好幾個人，都是寶記小隊賣豆腐的壯漢，還有他們家裡的男丁，林林總總加起來有二十個人，一個個手拿木棍、鐵鍬，神色不善地圍在宋家門口。

「這是要幹什麼？」宋二叔戰戰兢兢地問道。

領頭的大榮居高臨下地看著他問道：「聽說以後冬寶就跟著你們過了，以後就是你們家的人了，是不是？」

「是啊！」宋二叔說道，立刻又有了底氣。「咋，你們有啥不願意的？你們管得著嗎！」

宋老頭和黃氏躲在堂屋裡不敢出來，此刻正偷偷地把簾子掀開一條縫往外頭看。

大榮笑了。「既然冬寶丫頭是你們家的人了，那她欠我們的銀子，該你們還吧？」

宋二叔當場舌頭就打結了。「什麼銀子？她欠你們的銀子？你們找我大嫂要去啊！」

一旁的林福冷笑了一聲。「宋老二，我們挑她們家的豆腐賣，冬寶一人收了我們十兩銀子的押金，我們把錢給冬寶了，可沒交給李娘子，我們找李娘子要什麼啊？就找你！」

「你們少在那兒不講理！冬寶一個丫頭片子收錢幹啥？那錢還不是給李紅珍了？你們找她要去！」宋二嬸急了，眼瞅著「招財童女」到他們家了，以後啥也不用幹，坐那兒收錢就行了，沒想到「招財童女」居然成了討債鬼！

黃氏和宋老頭奔了出來，聽到錢的事終於是坐不住了。

冬寶笑了，看著慌張的黃氏和宋老頭，說道：「爺、奶，我真收了他們的錢，一家十兩銀子。收上來的錢麼，我請朋友們去安州城玩，花沒了。爺、奶，你們可別不承認，我還從安州給你們捎包兒了，給爺買了二十兩銀子一包的煙草，給奶買了十兩銀子一塊的帕子，這錢你們可占了大頭的。」

「放屁！」黃氏又驚又急。「那帕子頂多三、五個錢，還十兩銀子？再瞎說打死妳！」

「快點還錢！」大榮凶著一張臉叫道。「這錢是我們給冬寶的，就得你們還！」

「就是！快還錢！」一、二十個漢子在大榮旁邊舉著木棍、鐵鍬吼叫著。

黃氏覺得這一定是冬寶那臭丫頭想出來的主意，這錢絕不能給，否則豈不是成了冤大頭？況且宋家也沒錢給他們！

幾個人也不多說什麼，看冬寶朝他們使眼色，立刻氣勢洶洶地跑進了宋家的院子裡，嚷嚷道：「想賴我們哥兒幾個的錢？想得美！我們自己找！」

「你們這些殺千刀的兔崽子啊！大白天的搶劫啊！等我們家三兒考中了狀元，砍你們的頭！」黃氏又驚又怕，哭著跳腳叫罵。

大榮和大偉對視了一眼，哈哈大笑起來，不約而同地叫道：「錢肯定在狀元公那裡！」兩人立刻拎著鐵鍬、鋤頭跑向了西屋，一腳踹開了宋柏的房門。

宋柏正貼在門上聽外頭的動靜，門冷不防地被大榮和大偉一腳踹開，他也摔倒在地上，跌了個四腳朝天。

「好漢饒命啊！」宋柏立刻就慫了，生怕晚求饒一步，那鋤頭和鐵鍬就要拍到他的腦袋上。

大榮一把揪起地上討饒作揖的宋柏，板著臉問道：「狀元公，錢呢？」

這會兒上，宋柏是真的哭了。「我沒錢！要錢你們找我娘要去啊！」宋柏指著飛奔過來的黃氏叫道。

守在門口的大偉看黃氏張牙舞爪地跑了過來，立刻進了宋柏的屋，飛快地關上了門，插上了胳膊粗的門閂。

黃氏只來得及撲在關得嚴嚴實實的門板上，哭著喊著宋柏的名字，咒罵著裡頭的大榮和大偉。

冬寶悠哉地坐在小凳子上，看得樂不可支。她居然沒發現，親爺爺奶奶一家都是極具表演天賦的喜劇演員呢！

不管黃氏怎麼哭鬧，宋柏屋裡已經響起了拳打腳踢聲，還有宋柏變了調的鬼哭狼嚎的聲音。

宋榆怕得臉都白了，悄悄地往院門口的方向挪，企圖在眾人看黃氏笑話的時候跑出去，省得挨頓打。

一直注意著宋榆的林福笑道：「宋老二，你這是想幹啥啊？你娘沒錢，你三弟也沒錢，這銀子我看你就出了吧！」

宋榆心虛地陪著笑。「福哥，我哪有錢啊？你們還是找我大嫂要去，她肯定會給你們的。」

林福神情鬆快地搖頭。「那可不行，咱們是講道理的人，我們把銀子給冬寶了，就得來找你們要。」

宋榆和宋二嬸也想哭了，這群人明擺著是在冬寶那死妮子的指使下過來訛詐的！

「爹，你倒是說句話啊！」宋二嬸抹著眼淚說道。

宋老頭一臉的灰敗，看著林福，鼓足了勇氣，說道：「大福啊，咱兩家多年的鄰居了，你回去吧，行不？」最後一句，已經帶上了乞求的語氣。

林福笑了笑，他有時候挺同情宋老頭的，一個大男人吃苦受累一輩子，卻沒人瞧得起他，但更多的時候卻覺得宋老頭完全是自作自受。

然而宋老頭畢竟是老人，這也是一群樸實漢子願意揍宋柏、宋榆，卻不願意向黃氏和宋老頭動手的原因。

林福嘆了一聲，對宋老頭問道：「宋大叔，今兒你家老二去找李娘子鬧，要冬寶、要銀子這事，是不是你和嬸子讓他去幹的？」

在他看來，宋榆有賊心沒賊膽，要不是得了宋老頭夫婦的授意，他們二房幹不出這事。

「這……」宋老頭一下子結巴了起來。

宋榆怕宋老頭把這事全推到他們夫妻頭上，便高聲叫道：「爹，要不是你和我娘開口了，我和孩子他娘咋會去找大嫂要冬寶、要銀子？」

「你！」宋老頭沒想到宋榆一開口就把他和黃氏給賣了，見冬寶那雙黑亮的眸子裡滿是了然，宋老頭又羞又愧，捂著臉蹲了下來。

這會兒上，秋霞嬸子急吼吼地回來了，她還喊了村裡幾個關係好的健壯婦人過來，一進宋家的院子，秋霞嬸子的目光就瞄準了宋二嬸，新仇舊恨一起來，當即就領了幾個婦人，把宋二嬸連拉帶扯地從宋二叔身後拽了出來。

林福領著幾個人圍著宋榆，形成了一個圈，宋榆臉都白了，哭喪著臉，嘴裡連聲說道：「這都是我爹娘讓我幹的，我們就是跑腿的，可不關我們的事啊！」

被幾個婦人挾制得動彈不得的宋二嬸又急又怕，她這會兒可沒身孕當擋箭牌了，討好地對秋霞嬸子笑道：「林嫂子，有啥事咱好好說——」

秋霞嬸子沒好氣地打斷了宋二嬸的話，罵道：「晚了！不過妳放心，我可不跟妳一樣是屬狗的，不會咬妳的！」

正當林福和秋霞嬸子帶來的幾個人摩拳擦掌要開揍早就看不順眼的宋二叔和宋二嬸的時候，宋家院子裡又跑進來兩個人，兩個人跑得很急，到院子裡後才停下來，只是看清楚院子裡的情形後，兩人都呆住了。

雖然大半年沒見，冬寶還是一眼就認出來這兩個人是誰了，不就是在她病的時候來她家裡大鬧的宋書海夫妻倆嘛！

宋書海媳婦看了眼拍著門板哭鬧的黃氏、被幾個婦人壓在地上的宋二嬸、被幾個漢子圍住的宋榆，還有蹲在地上一聲不吭的宋老頭。

「這事不對頭啊，咱還是先回去吧……」

宋書海有些猶豫，看向了冬寶，露出了一個自認為和藹可親的笑容，問道：「丫頭，以後妳是不是就跟著妳爺奶過了？」

冬寶看著宋書海虛假的笑臉，輕蔑地笑了笑，指著宋書海，對二偉說道：「二偉哥，好好招待招待他！」

宋書海還在不解冬寶到底啥意思的時候，冬寶又適時地補充了一句——

「打死了算我的！」

二偉哈哈大笑了起來，他就喜歡冬寶這小丫頭，真是太對他的脾氣了。當即就領了幾個人，把宋書海夫妻給圍了起來。

宋書海沒想到來一趟遠親家裡，沒撈到好處不說，還得挨一頓打，當即就叫了起來。

「我跟他們沒關係！大姪子，你倒是說句話啊！」宋書海跳著腳喊宋老頭。

宋老頭低著頭，蹲著不吭聲。他心裡門兒清得很，林福沒打他和黃氏，已經是看在他和黃氏是長輩的面子上了，倘若他再出聲，那就是不識趣了，林福幾個倒是不會向他動手，但宋柏和宋榆肯定會被揍得更狠。

宋書海看宋老頭不吭聲，急了，跳腳大叫道：「你們是不是問你們大兒媳婦一個月要了六十兩銀子養冬寶？這錢你們別想獨吞！去年你們喊我去罵你們大兒媳婦，我可是出了力，半點好都沒落著！」

「啥六十兩銀子？」拍門痛哭的黃氏愣住了，立刻看向了宋榆。「老二，你可真長進了啊！」

宋榆訕訕地笑了起來。「娘，多要點，咱就多得點嘛！我還沒來得及跟妳和爹說啊！」

黃氏氣得嗷嗷地哭了起來，屋裡頭的心肝寶貝三兒子正在挨打，她推不開門，傷心得肝腸寸斷，先把李氏的祖宗八代給問候了一遍，又把冬寶和她未來婆家的祖宗也親切地問候了一遍。

冬寶懶得搭理她，她早麻木了。

但林福和秋霞被人問候祖宗八代，心裡頭就沒那麼高興了。打不了黃氏，就可著勁兒地打宋榆等人，連宋書海臉上、身上也挨了好幾下拳頭。

宋榆被打得哭爹喊娘，不一會兒臉就腫成了豬頭。

既然宋老頭和黃氏不能動，那宋榆跟宋柏就得替父母多挨幾下了。

宋老頭期待著這些人出了氣就別再打了，可等了一會兒也不見停手，宋老頭便明白了，這群人都聽冬寶那丫頭的話，冬寶要是發話了，這些人也就停手了。

「冬寶，爺奶也是為妳好。」宋老頭走到了冬寶身邊，囁嚅著開口了。「妳要是跟著妳娘，將來就得在妳後爹手下討生活，哪勝跟著親爺奶啊？跟妳娘要的錢，也是打算都留給妳的。」

看著宋老頭一臉為難和乞求，冬寶別過臉去。不是她不忍心，而是她突然覺得，比起黃氏直來直往的耍橫，宋老頭的這種偽善更讓人噁心討厭。

「爺，我不是兩、三歲的孩子了。」冬寶笑著說道。「你們不是還商量著讓我睡豬圈、吃豬食嗎？」

宋老頭連忙說道：「那是嚇唬妳娘的，哪會真讓妳睡豬圈！」

「那要是我娘一直都不肯出銀子呢？你們是讓我睡床上還是睡豬圈？」冬寶抬起頭，目光犀利地盯著宋老頭。真有那個時候，即便是這個家中最偽善的宋老頭，在失望和憤怒之下，讓她睡豬圈恐怕都是輕的了。

宋老頭張了張嘴，最後說道：「咋會讓妳睡豬圈，妳是我親孫女。」

冬寶嘆了一聲。「你也知道我是你親孫女啊！」看著尷尬的宋老頭，冬寶說道：「爺，今天他們拿不到銀子，明天還會來的。」

宋老頭看著趴在泥裡頭哀嚎的宋榆，漸漸地焦躁了起來，咬牙說道：「妳以後還是跟著妳娘過吧，我當沒妳這個孫女！」

「爺，這事你一個人說了可不算。」冬寶說道，笑得眉眼彎彎的。「我二叔、三叔若隔三差五地跑去我們家鋪子門口哭一場、鬧一場，我們也沒那個心力招待。」

兩個人正說著話，村長和兒子劉勝跑了進來，看著宋家鬧成一鍋粥，村長連忙叫道：「別打了，大家有話好好說！」

幾個人聽到村長發話了，便不再踢打地上的宋榆和宋書海。

宋老頭和黃氏一看村長來了，頓時就像看到了救星，黃氏扯著村長的衣袖就往宋柏那裡走，哭道：「村長，他們關了我家三兒在屋裡頭，打得都不成人樣了啊！」

村長掙脫了黃氏的手，跟著黃氏到了門口，還能聽見屋裡乒乒乓乓砸東西的聲音，還有宋柏的哀嚎討饒聲。

「這是幹啥呢！」村長吆喝了一聲，實在不想管宋家的破事。

過了一會兒，屋裡的門開了，宋柏被人一腳踢了出來，鼻青臉腫地躲在黃氏身後嚎啕大哭了起來。

屋裡面被砸得一片狼藉，大偉和大榮笑嘻嘻地拎著鋤頭和鐵鍬出來了，大榮手裡還拿著一只青布小袋子，說道：「我就說狀元公屋裡頭肯定有錢，這不搜出來了？得有個一、二兩哩！」

被秋霞和幾個婦人扯著打的宋二嬸聞言，頓時尖叫了一聲，哭著罵道：「宋柏！你個沒良心的東西！你身上有錢，還天天回家要錢！要不是為了供你，我那小閨女……」宋二嬸越說越傷心，嗷嗷哭了起來。

宋柏嫌惡地看了眼宋二嬸，那是他以前辛苦攢下來的，從牙縫裡頭摳出來的生活費，關別人什麼事。

黃氏也驚訝於小兒子居然有私房錢，可在她眼裡，宋柏做什麼都是對的，連忙把宋柏護到身後，朝宋二嬸罵道：「妳是個什麼東西！敢罵小叔子，回頭就休了妳！三兒是讀書人，手裡能不有個幾兩錢的？」

宋柏躲在黃氏身後，對黃氏說道：「娘……」又偷偷指了指大榮手裡的錢袋。那是他全部的私房錢了，不能都被這群土匪給拿走啊！

「你們走！把錢給我留下來！」黃氏吼道。不用宋柏說，她也不會讓大榮把宋家的錢拿走的。

大榮笑道：「這錢可以給妳，不過，妳得先把欠我們的錢還上才行。」

「你們少在那兒不講理！」黃氏實在太憤怒了，因為從來都只有她不講理的分兒。「是不是李紅珍讓你們來鬧的？讓她等著，我會讓她好看！」

「奶，妳要是讓我娘好看，我到時候也送三叔一份大禮。」冬寶冷冷地說道。

宋柏萬分悔恨把天大的一個把柄落到了冬寶手裡，只要他想考功名，這輩子就得受冬寶制約！他不敢開口，躲在黃氏身後，恨透了這個聰明的姪女。

「娘，讓冬寶那臭丫頭片子滾！看見她我就噁心，我就難受！」宋柏尖著嗓子叫道。他算是明白了，不管他有沒有參與這事，冬寶都不會放過他的。

第八十四章 作坊

村長見場面控制住了，這才嘆了口氣，說道：「冬寶丫頭，他們到底是妳的長輩……」他以前沒少吃人家送的豆腐，再說這事是老宋家人缺德，也說不得人家冬寶母女什麼。

此時宋家門口已經圍了不少人，看著鼻青臉腫的宋楡和宋柏、紅著眼擦淚的黃氏、悶頭蹲在地上不吭聲的宋老頭，目光中多少都有些同情。

「聽說是冬寶丫頭帶人打了她二叔、三叔……」

「這人一有錢，啥情分都不顧了！」

人群中，不乏聽到這種議論聲。

林福的眉頭皺了起來，當機立斷地說道：「宋嬸子，要是繼續留下冬寶，我們明天還來要債！」

沒等黃氏開口，一旁的宋柏就嚇破了膽，立刻叫道：「讓那死丫頭片子滾蛋！我們不要！」

「讓那妮子走吧，我們不管了！將來她後爹就是打死她，也不干我們的事！」黃氏恨恨地說道。

寶記小隊的人不約而同地瞪了黃氏一眼。

林福板著臉說道：「口說無憑，咱們還是立個字據，以後不管咋樣，你們都不得再干涉人家母女的事。」

「立就立！」黃氏氣哼哼的，一副賭氣的架勢。

宋柏在被砸得一片亂七八糟的房間裡翻出了筆墨紙硯，寫下了文書，冬寶接過看了幾眼，大意是李氏帶著宋家女兒宋冬凝改嫁，宋家闔家上下對此毫無異議，以後就當沒有宋冬凝這個孫女。

黃氏和宋老頭都在文書上按下了手印。

「等一下！」宋二嬸指著冬寶，大聲說道：「還有房子！那房子不能給她們，那是咱們老宋家的！」

冬寶點頭。「二嬸既然想要，那就留給你們吧。」說罷，招呼大榮他們過來，在他們耳邊說了幾句話，幾個人便出去了。

不一會兒，大榮幾個人就興高采烈地抬著兩扇大門板回來了。

「房子是你們的，可這大門是我大舅給買的，我要帶走，二嬸沒啥要說的吧？」冬寶笑道，看著宋二嬸又急又氣的模樣，心裡便一陣暢快。

林福幾個則是抬著做豆腐的傢伙事，準備先把這些東西抬到自己家去，以後下午就在他們家裡做豆腐。

冬寶又對秋霞嬸子說道：「嬸子，我想借一百斤高粱麵、兩百個錢。」

「想要啥開口就行，不說借的事。」秋霞爽快地笑道，很快就從家裡扛來了一百斤高粱麵和兩百個錢。

冬寶指著地面上的大口袋和放在口袋上的兩串錢，說道：「爺、奶，當初分家的時候，這是你們分給我和我娘的，如今我原樣還回來給你們。」可千萬別說她們占了宋家東西，這罪名她們可承擔不起。

黃氏抹著眼淚，當然不是因為捨不得冬寶，是氣的！這小丫頭簡直就是在打她的臉，還當著這麼多人的面！

「妳以前吃的喝的呢？咋不算了？妳吃風喝雨長恁大的啊？」黃氏惡狠狠地叫道。

冬寶笑了笑。「奶，妳非得這麼算啊？那要不我也算算，這些年我娘在家裡裡外外地幹，下地的時候當男勞力使喚，在家的時候啥活兒全包，不用妳和二嬸動一根手指頭，她掙的就不夠我們倆吃塊高粱餅子就鹹菜嗎？」

冬寶本來想一次給黃氏和宋老頭十兩銀子的，畢竟他們是宋冬凝小朋友的爺奶，可聽了黃氏最後一句話，她便打消了念頭。黃氏的好日子，還是去指望她的狀元公兒子吧！

「冬寶丫頭，事不能做得這麼絕，那是妳親爺爺、親奶奶，還能害了妳嗎？」村裡上了年紀的人開口勸了。

冬寶剛要開口，就看到山根站在圍觀的人群中衝她使眼色。

山根指了指村口的方向，做了個「嚴」的口形，意思是嚴大人在村口守著，派他過來看看，要是有什麼不對，守在村口的人立刻就能衝過來。

冬寶笑了，她這個後爹人挺好的，就是外表看起來冷硬了點。不過這樣也好，要是嚴大人見人就笑，一臉桃花，她還不同意李氏嫁他呢！

「各位！」冬寶清了清嗓子，大聲說道。「我跟我娘商量過了，我們要在村子裡開豆腐作坊，教大家做豆腐，讓村裡人都能上工掙錢。大家願意的，也能跟林叔他們一樣，成為寶記小隊的人，賣豆腐掙錢！」

這話一出，圍觀的人先是沈默了下，接著像山洪一樣爆發了起來，把冬寶團團圍住了，激動地問道：「冬寶丫頭，妳說的可是真的？」

「妳們真願意教我們咋做豆腐的？」

就連村長也被人擠到一邊去了，再沒人關心「被欺負」的宋家人了。和實在能掙到手的錢相比，宋家人算個啥啊？被李娘子他們教訓了，那是活該！

冬寶笑道：「我和我娘在塔溝集住了這麼多年，很感謝各位鄉親們對我和我娘的照顧，想幫大家點忙，大家一起掙錢，過好日子。」

「李娘子是好人啊！」人群中爆發出一聲歡呼，接著便有更多的人回應了起來。

冬寶微笑地看著歡呼興奮的人群。現在他們有嚴大人做靠山了，壓根兒不怕有人不長眼來作坊搗亂。況且寶記打出了品牌，十里八鄉沒人不知道寶記豆腐的，不如放開手，把寶記做成真正的大牌子。

村長也很激動，擠開人群，上前問道：「冬寶丫頭，妳們打算啥時候蓋作坊啊？在哪兒蓋啊？」

「這個還得跟您商量，我和我娘出錢買地皮。」冬寶笑道。

村長激動地摸了摸鬍子，擺手道：「妳們要是願意開作坊，讓村裡人上工掙錢，我給妳們找好地兒，不要妳們出錢。」

果然吧，現在誰還管宋家人如何啊！

冬寶在寶記小隊的陪同下出了村，同嚴大人會合，帶著宋家人按了手印的文書，興高采烈地回到了鎮上。

李氏急得團團轉，看到冬寶回來後才鬆了口氣，喜得上前一把抱起了冬寶，最後依依不捨地放了下來，笑道：「沈了，再過兩年娘就抱不動妳了。」

「我都十一了。」冬寶笑道。

嚴大人在一旁微笑地看著，對李氏說道：「我先走了，鎮所還有事。以後他們再來鬧，妳就趕快叫人去找我。」

李氏紅著臉，低著頭，輕聲說了聲。「欸。」

等嚴大人走了，聽說了整件事後，李氏嘆了口氣，搖頭道：「不知道多少人得背地裡說道咱了。妳帶人揍了妳二叔、三叔，傳出去不好聽。」要不是女兒早被林實訂下了，她這會兒得擔心女兒太慓悍，將來沒婆家敢要了。

「說就說唄！也沒幾個人會說。」冬寶笑道，拍了拍李氏的手。「我剛說了在村裡辦作坊的事，就沒人管我爺奶他們了。」

誰也不是吃飽了撐著沒事幹，正義心氾濫到處發作的閒人，如今塔溝集的村民巴結她們還來不及，誰會跑去說她們倆的壞話？

冬寶覺得像宋榆、宋柏那樣的人，就是欠收拾，如今被下狠手收拾了一頓，就得老實個很長時間了。

嚴大人和李氏把婚期定在了五月初六，正好是過完端午節的第二天。離成親還有兩個多月，趁這段時間，嚴大人重新翻蓋了家裡的房子，將原來的三間瓦房拆了，新蓋了六間瓦房，前面三間是他和李氏帶著小旭住，後面三間留給冬寶住。新瓦房青磚紅瓦，高大氣派，院子裡也修整了一遍。

冬寶能明顯地感受出鎮上的人對她們態度的變化，經常有不認得的人過來吃豆花，態度客氣地稱呼她為「姑娘」，走在路上也有不少人主動上前來打招呼，冬寶一路走回家，都能收穫幾個小販免費贈送的烤地瓜。

「當所官的閨女就是好啊！」

冬寶樂滋滋地和林實分享著白得的烤地瓜，頗有些得意洋洋，讓林實哭笑不得。

高氏去鋪子去得比以前勤多了，開始的時候她還不信李氏和嚴大人訂親了，直到最後聘禮都送進家門了，高氏才不得不相信。

李立風原來想給李氏再說門親事，高氏對此也沒什麼異議，自從李氏掙錢後，著實賣力打聽了好一陣子，其中有她娘家的二大爺、娘家嫂子的大伯……統統都是頗有些年紀的鰥夫。照高氏的想法，只要對方身體沒毛病，性格脾氣大致上過得去就行，誰能想李氏不吭不哈地就和嚴大人碰一起了。

「那嚴大人以後就是你妹夫了！」高氏笑道。「讓他給常新、常亮也安排個差事，就跟梁子那樣，當個衙役就行。」

李立風沒好氣地說道：「妳行了啊！剛結親妳就張嘴要人家辦事，這不是讓紅珍為難？常新、常亮在安州當學徒不是挺好的嗎？」

高氏急了。「學手藝哪能跟當衙役比？以前是咱沒這門路，現在咱有了。你嫌不好意思，我來張這個嘴。」

李立風氣得摔了碗。「妳憑啥張這個嘴？妳給過人家多大的恩德啊，能張這個嘴？別跟我提冬寶、秀玉在門口賣飯的時候妳讓人家使過爐子，我聽一回就磕磣一回！」

高氏心裡仍是盤算著等李氏嫁過去後，找個機會提一提，跟娘家嫂子絮叨的時候便抱怨道：「這事不用我張嘴，她就該主動辦了。常新、常亮是她親姪子，她天天嘴上親得厲害，實際上壓根兒就沒當回事。」

三月中旬的時候，冬寶和嚴大人一起去了趟安州，除了教了八角樓的廚子一道大盤雞，冬寶還和王聰商量了不少事情，包括和王聰合夥，再開一家以豆腐菜為特色的酒樓，就開在運河旁邊的碼頭旁，還有在王家的鋪子裡寄賣寶記出產的豆製品的事。

開酒樓的錢王聰估計了下，大約需要一千兩左右，冬寶便拿出了五百兩入股，由王家出面來開這個酒樓，她提供豆腐菜的方子，兩家五五分成。而不管是寄賣還是開酒樓，所用的豆腐都要標明是寶記出產。

冬寶走後，王聰的父親笑道：「這麼聰明的小姑娘，要是能娶回家給我當兒媳婦，多好！」要是冬寶進了王家，豆腐生意就是王家的了，多大一筆財富啊！

王聰正在喝水，差點沒被水嗆到，搖頭笑得無可奈何。

三月底的時候，塔溝集的作坊已經開始動工了，地方是村長親自劃給冬寶的，象徵性地收了冬寶家五百個錢，還立了字據，到鎮所備了案。

單強回了塔溝集一趟，他預想中的衣錦還鄉、被村裡人圍觀的場面並沒出現，一打聽才知道大部分人都去李氏母女的作坊那兒看熱鬧去了。一開始單強沒當回事，還當李氏、冬寶是小打小鬧，等他看到了占地廣闊、熱火朝天的地兒，當即震驚得半天合不攏嘴。就是他在安州看到的大作坊，也沒這麼大的地方！

單強拎了兩包點心，直接就去了寶記鋪子。

「嫂子，妳那作坊可真是了不得啊！我頭一次見到這麼排場的作坊，嫂子這是要發大財啊！」單強嘖嘖誇讚著，不住地翹著大拇指。

李氏應景地笑了笑，沒有吭聲。

單強也不笨，看李氏沒啥和他說話的興致，便轉移了話題，笑道：「嫂子，妳還記得單良不？那小子可是承妳的恩才活下來的啊！」

聽到自己奶大的單良，李氏的神情才有所鬆動。那個時候自己是真心把單良當親生兒子養育的，有奶水也是緊著單良吃，單良吃飽了，才輪到冬寶吃。眼看著女兒餓得哇哇哭，也得狠心先餵飽了單良。

那個時候啥都聽宋秀才的，他說單良是人家單強託付給他們的，即便是冬寶養不活，也得養活單良，她就真的這麼想，覺得不能有負秀才朋友的託付，這才是講義氣，這才是做正確的事。

她的奶水不多，被單良分去了大半，女兒一直半飢不飽地養著，能活下來也算是命大。其實秀才瞧見冬寶是女孩覺得失望，抱著養得活就養，養不活命該如此的想法，反正以後肯定不止冬寶一個孩子。

李氏後悔死那個時候的行為了，假如時間能重來，她一定先餵飽自己的女兒，好好地保護女兒，沒有什麼比自己的孩子更重要的了！

單強笑道：「明兒讓他來給他李大娘磕頭，他承妳的恩才活下來的，妳該受他的磕頭。」

李氏連忙擺手。「使不得！啥恩不恩的，都是一個村的鄉親。」

單強大笑了起來。「咱兩家能是普通鄉親的關係嗎？咱本來就是一家人，以前都說好的。嫂子，我可都記著呢，不敢忘，也不能忘啊！等兩個孩子再大一歲，咱就給孩子們辦事。」

「辦什麼事？」冬寶臉色不善地踏進了鋪子，瞪著單強問道。

單強對冬寶「和藹」地笑道：「冬寶，大叔跟妳娘說的事，小姑娘可不興聽啊！」

冬寶瞟了眼單強，沒搭理他，跟李氏說道：「娘，大姨找妳。」

「欸。」李氏早就不想應付單強了，連忙應了一聲，跟單強笑道：「單老爺，我這邊有事，就不招待你了。」

單強連忙拱手。「嫂子別客氣，妳忙！」臨走前，把手裡提著的糕點放到了鋪子裡的桌子上。

等單強走了，李氏問道：「妳大姨喊我啥事啊？」

「我大姨沒喊妳。」冬寶撇撇嘴。「妳搭理他那種人幹啥？再來就讓他走！」

李氏笑著搖頭。「妳這孩子，脾氣咋恁拐孤？做人得留一線。那個時候咱去找他，他也沒叫人把咱轟出去啊！算了，別鬧那麼難看。」

「那個時候跟把咱轟出去有啥區別？整天裝得人模狗樣，不就是個土財主嘛！」冬寶不滿地嘀咕。

李氏可不敢跟閨女說，單強打起了她的主意，照閨女那慓悍的小脾氣，非把單強罵得狗血淋頭不可。

「他咋又送東西過來了？」單強臨走時把東西一扔，就直接跑了，她一個婦道人家，也不好在大街上追過去還給他。

李氏無奈地搖頭。

第八十五章 單強家的小胖子

李氏沒想到，第二天單強又來了，還拉著一個小男孩。男孩臉上滿是橫肉，兩隻眼睛被擠得只剩下兩條縫，脖子上掛著一個沈甸甸的長命金鎖。

「嫂子！」單強把小男孩扯到李氏跟前，笑道：「這孩子就是單良。」又低頭對單良說道：「快，給你李大娘磕個頭！」

單良抬起眼皮看了眼李氏，李氏剛在灶房幫忙，腰上繫著一條藍粗布圍裙，圍裙上沾著麵粉和油漬，要不是耳朵上戴著金耳環，就跟普通的幫工婦人一樣。

見單良不吭聲也不下跪，單強臉上掛不住，喝斥道：「擱家裡的時候不是說得好好的，你不也是挺想見你李大娘的嗎？」又對李氏賠笑道：「這孩子害羞，在家的時候一聽說來見妳，高興得跟啥似的，到跟前了又害羞了。」

「你吼孩子幹啥？」李氏笑道。

單強尷尬地左顧右盼了眼，看到了靠在門口的冬寶，連忙笑著跟冬寶招手。「冬寶丫頭，這是大叔的兒子單良，小時候你們倆可是都吃妳娘的奶、睡一張床呢！」

冬寶瞟了眼一臉吊兒郎當的單良，總覺得這張胖臉在哪裡見過，想了一會兒猛然就想起來了，今年元宵節，那個滿嘴噴糞的小胖子不就是眼前這個單良嘛！

「這是你冬寶妹子。」單強指著冬寶笑道。「領妹妹出去玩會兒，我跟你李大娘說幾句話。」

單良不情不願地看了眼冬寶，那神色很明顯不記得冬寶是誰了。

除了沒教養，還太蠢了。冬寶暗自評價。

雖然不願意，單良還是開口了。「冬寶是吧？我們出去玩會兒吧！」

冬寶笑了笑，搖頭。「我等會兒還得幹活，沒空出去玩。」

「妳家還要妳幹活？」小胖子似乎是十分吃驚。「妳家不是都開作坊了嗎？咋還雇不起個人給妳們家幹活啊？」

單強在一旁想制止已經來不及了，氣得拍了單良後腦勺一下，吼道：「瞎胡說啥！人家冬寶是勤快，你能跟人家比？」

單良氣憤地摸著自己的後腦勺，心裡對冬寶更討厭了。要是擱平時，單強哪捨得動他一根手指頭啊！

李氏不忍心，到底是自己奶大的孩子，便開口道：「寶兒，領人家出去轉轉吧。」

冬寶吃驚地看著李氏，悻悻地跟單良說道：「那你跟我來吧。」

等兩個人走遠後，單強笑著跟李氏說道：「看看，小兒女倆多般配啊！」

李氏看著單良肥碩的小身板足有冬寶的兩個寬，實在看不出來哪裡般配了，尷尬地笑道：「我們家冬寶已經跟人說好親事了，不知道單老爺給兒子訂好親事沒？」

「嫂子，妳這是揣著明白裝糊塗啊！」單強嘿嘿笑了起來。「也是我當時糊塗，愣就是把當年宋大哥定下來的事給忘了。要打要罰，嫂子一句話，我絕不含糊！」

李氏的臉色有些難看。「單老爺，我剛都給你說了，我家冬寶已經訂了人家了。」

「訂下來了？」單強嘿嘿笑了。「辦過酒沒？口頭上定的可不算。再說了，那孩子再好，能有我家單良好？」很明顯，單強是調查過了才過來的，胸有成竹。

走在大街上的單良和冬寶之間的氣氛也不好，半天不說一句話。

「聽說妳認識安州城裡的王家少爺。」單良問道：「咋認識的？」

冬寶愛答不理的。「不認得。」

「妳騙人！」單良冷哼了一聲。「我爹都看到了，王家少爺領著妳去八角樓吃飯。」

冬寶停下了腳步。「你想知道就去問王家少爺啊！又沒人攔著你。」

單良越看冬寶越覺得討厭。「妳不是秀才閨女嗎？瞧妳說話這樣子，一點學問都沒有！喔，妳爹死得早，肯定沒來得及教妳啥。」

冬寶也沒生氣，宋秀才確實沒教過冬寶什麼，原來的冬寶就是個睜眼瞎。

「女子無才便是德，我不認字也沒啥。你認字嗎？」冬寶問道。

單良頗為自得。「當然認字，我爹給我請了先生在家教我。」

「那我考考你好了。」冬寶笑了起來，白亮的牙齒在陽光下閃著光。

「隨便妳怎麼考！」單良對自己相當有自信。

冬寶似笑非笑地看著單良。熊孩子，這可是你自找的！

「三點水加一個來回的來字呢？」冬寶問道。

單良回答得很快。「是淶！」
冬寶點頭，立刻又問：「那三點水加一個來去的去字呢？」
單良連想都沒想，脫口而出。「是去！」
冬寶的眼睛笑得彎成了兩道月牙。「真的唸去？」
「不唸去唸什麼？」單良不高興地反問道。這睜眼瞎居然還敢質疑他的話！
冬寶看著一臉橫肉的小胖子。太蠢了，讓人連逗他的興趣都沒有了。「我回去了。」
單良伸出手，短粗的手指頭在肥厚的手掌上把剛才的那個三點水加一個去字寫了一遍，頓時就更不高興了，粗聲粗氣地說道：「剛才那個不算，是妳耍我的！」
冬寶斜著眼看了他一眼。「我耍你？我怎麼耍你了？連這麼簡單的字都不認得……你還是趕緊換個夫子吧！」
「妳少說風涼話！妳還沒夫子哩！」單良氣得白胖的臉蛋脹成了兩個紅球，想起了在家的時候父親千叮嚀萬囑咐的話，才不情不願地對冬寶說道：「不如咱們去我家裡玩吧？我爹從安州買回來了幾棵花樹，現在開了好多花，可貴了，咱們這兒沒有。」
「什麼花樹？」冬寶興趣缺缺。
單良昂著下巴說道：「說了妳也沒見過！開跟碗口一樣大的白花，開花後才會長葉子，聽說還有開紫花的，貴得很，一般人要是沒關係，根本買不到。」
「不就是玉蘭嘛！」冬寶笑出了聲，擺擺手轉身走了。「我還當什麼稀罕東西呢，這也拿來炫耀。」

單良張著小眼睛，一愣一愣的。這鄉巴佬咋知道啊……

冬寶回到鋪子裡的時候，發現單強還在。

看到冬寶一個人回來了，單強問道：「冬寶丫頭，單良呢？」

「他不放心你們家的花樹，說貴得很，怕被人偷了，回家看著去了。」冬寶笑嘻嘻地說道。「單老爺您也趕緊回去吧。」

單強笑得尷尬，對李氏說道：「妳看這丫頭，伶俐得很，多招人喜歡啊！」

李氏說道：「單良那孩子一個人回去的，你趕緊回家看看單良到家了沒有。」

看著單強肥碩的身板邁出了鋪子，冬寶才吁了口氣。

「咋這麼快就回來了？單良跟妳說啥了？」李氏笑著問道。她很討厭單強沒錯，可對於奶大的單良，她怎麼也厭惡不起來。

冬寶看了眼李氏。「妳問他幹什麼？妳還記得元宵那天，我和大實哥走路上差點被馬車撞了，趕車的人還不講理罵人的事嗎？那人就是單良！」

李氏吃了一驚。「都是讓他爹給慣壞了，就那麼一個兒子……單強今天還提妳跟單良的親事，我看他是後悔了，還想跟咱們結親呢！」

「什麼?!」冬寶氣得幾乎要跳腳。「就他兒子那蠢樣，我跟他走一起都嫌磕磣，呸！」

「他也就是這麼一說，我肯定不會應的。」李氏連忙勸道：「人家單良也就是胖了點，好好的孩子，咋到妳嘴裡就成蠢貨樣子了……」

冬寶驚訝地看著李氏，難掩臉上的失望，說道：「妳居然替他說話？」

李氏也覺得自己剛才那句話過分了，要是讓林實聽到了，不定咋想呢，連忙說道：「他們跟咱們不是一路人，咱們以後就不搭理他們！」

晚上等冬寶睡著了，李氏還要做些針線，給嚴大人和小旭各縫一套迎親時穿的新衣裳，怕打擾到冬寶休息，就端了油燈出來，坐在堂屋裡縫。

李紅琴瞧見了燈光，便披衣出來了。「妳也別太累著了，小旭的衣裳我來做吧！」

李氏也不跟李紅琴客氣，便把料子遞給了李紅琴。縫著衣裳，李氏跟李紅琴說了今天的事。

李紅琴聽完後就伸手點了下李氏的腦門，罵道：「妳糊塗！他還想讓咱冬寶給他當兒媳婦？妳當時就該把他轟出去。」

「單良那孩子吃了我一年的奶，我這心裡頭就忍不住地覺得親近。那時候，我就是把他當親兒子一樣待的。」李氏嘆道。

「行了。」李紅琴搖頭。「我今兒瞧見單強兒子了，看著就不咋樣，咋看都比不上大實。」

李氏笑道：「我能不清楚？這不也沒應單強的話嗎？我要是應了，閨女心裡不定咋恨我哩！女大不中留啊！」

李紅琴笑著點頭，拉著李氏手裡的衣裳看，問道：「咋不挑個鮮亮點的顏色？到底是成親，辦喜事哪！」

李氏給嚴大人縫的新衣裳是藍色的，面料是好，可就是不夠喜慶。

「我跟他商量過了，又不是頭回成親，太張揚了不好，咱又不是炫耀啥。」李氏笑得有些不好意思。

她沒有像旁人猜測的那樣要大操大辦，恨不得全世界的人都知道她嫁給了嚴大人，要不是嚴大人堅持，她覺得連酒席都不用擺了。對於再嫁這事，她是懷著羞怯和虔誠的心的，到處炫耀的話，就好像玷污了她和嚴大人結合的本意。就連她自己成親那天穿的衣裳也不是大紅，而是偏淡的桃紅色。

時間過得飛快，作坊的房子已經到了上房梁的日子。上梁是件大事，預告著房子快要完工了，要大大地慶賀一番，不但要放鞭炮，還要撒糖。

李氏和冬寶買了十幾斤糖塊帶回了塔溝集，是專門為了看上梁的。

水桶粗的房梁被幾十個壯漢抬上房子，架上去後，人群裡爆發了一陣陣的歡呼聲，而這個時候，喜慶的鞭炮聲也響了起來。

冬寶帶回來的糖塊被貴子幾個拿到了房頂，一把一把地往下撒，搶糖的孩子和大人們擠作一團，嘻嘻哈哈的笑聲沒有間斷過。

在鎮上唸書的全子和林實都回來了，林實護著冬寶站在遠處，看著一群人擠來擠去地爭搶糖塊，怕冬寶被人擠傷了，兩人就不去湊這個熱鬧了。

而全子和栓子就算是讀了書，也不改鄉下皮孩子的本色，在人群中擠搶得很是開心。兩人倒不是欠糖吃，就是喜歡這種喜慶的氣氛。

「給！」全子很大方地把搶來的糖分給了冬寶幾顆。

栓子指著人群裡頭的兩個小孩，說道：「大毛、二毛也來了，要不要我去把他們轟走了？」

冬寶搖搖頭。「不用，別管他們了。」她雖然不喜歡大毛、二毛，可也不至於小心眼到這分兒上。冬寶先剝開了一張印著紅雙喜的糖紙，把糖塊塞到了林實嘴裡，笑咪咪地問道：「嚐嚐，這是什麼糖？」

甜膩膩的滋味到了林實舌尖，林實的心也被甜膩膩的滋味給填滿了，一雙眼睛笑得溫柔。「是高粱糖！」

冬寶和李氏還在作坊看上梁，林實先拉著全子回家了。今天冬寶母女倆要在林家吃飯，父親忙著蓋作坊的事，忙得腳不沾地，母親要準備一大家子的飯，他得先回去幫母親忙。

出作坊大門的時候，林實聽到不遠處有兩個男子小聲地交談著——

「那不是林福家的兩小子嗎？聽說都送到鎮上唸書去了。他們兩口子從李娘子那兒得了多少錢啊？」

「人家運氣好。」另一人笑道。「我娘原來還想把我妹子說給林實的，現在早歇了這心思了。人家冬寶姑娘拔根寒毛都比我們腰粗，那小子巴著冬寶還來不及，傻了才去要別人。」

「當了李娘子的女婿，啥也不用幹，就有花不完的錢了。」那個人嘆道，只恨自己沒林實這麼好的運氣。

全子氣得就要過去，林實拉住了他，裝作什麼都沒有聽到的樣子，拉著全子往家走。

等走了一段路，全子氣呼呼地說道：「哥，那兩人太過分了，說得好像咱們白拿人家的錢似的。就該給他們一人一腳，看他們還亂說話不！」

林實笑道：「咱跟冬寶是他們說的那種關係嗎？」

全子立刻叫道：「當然不是了！」

「那不就結了。」林實彎了彎唇角，笑得頗不懷好意。「那兩個說閒話的人，你記住是誰了嗎？」

全子點頭。「記得，一個是朱老五的三兒子，一個是劉聾子家的上門女婿。」

「等會兒咱爹回來，跟咱爹說說，以後作坊開張，別人都能來上工，他倆不行。」林實小聲說道。

「欸！」全子興奮地點點頭。還是大哥聰明，這可比踹他們一腳解氣多了。

兩人邊說邊走，這就到家了。

秋霞嬸子看著兩個兒子，喜得合不攏嘴。「回來啦？」

全子連忙剝了一個糖，塞進了秋霞嬸子嘴裡，笑道：「娘，我搶到的糖，甜不甜？」

「甜！」秋霞嬸子開懷大笑，自家兒子給的糖，怎麼都能甜到心裡頭去。

林實推了推全子。「你進屋歇著吧，我去幫娘幹點活。」

全子一個人在屋裡坐著也沒意思，便進了灶房。

「今兒冬寶姊不是來嗎？不讓冬寶姊做菜？」全子饞冬寶做的菜了，忍不住說道。

林實從灶膛前抬起頭，在全子腦門上彈了一個響指，笑罵道：「就知道吃！」

「咋？都不稀罕娘做的飯啦？」秋霞嬸子佯裝不滿地說道。

全子嘻嘻笑道：「稀罕！就是有點想吃冬寶姊做的紅燒魚了。咱跟冬寶姊說一聲，她肯定回來做。」

林實笑了笑，說道：「冬寶平時天天在鋪子裡幫忙做菜，今兒好不容易得空歇一天，咋還能叫她做菜哩？」

「可冬寶姊那麼會做菜……」全子小聲地辯解道。

「會做菜不一定喜歡做菜啊！」林實笑道。灶房裡煙燻火燎的，哪個小姑娘願意天天窩灶房裡炒菜啊？別人不體諒冬寶，他難道還能不體諒、不心疼嗎？

清明節那天，李氏早早地安排好了鋪子裡的事，帶著冬寶回了塔溝集。

到了塔溝集，李氏先去離墳地近一點兒的人家借了把鐵鍬。

地裡的麥苗綠油油的，長了有半尺來高，農家土路邊上和田地裡也開滿了各色的小野花。

一個春天下來，宋楊的墳頭上長滿了野草，開了不少小野花，搖搖曳曳地綻放在春風裡。李氏先把野草拔了，清理完了墳後，挖了一鐵鍬的土放到了宋楊的墳頭，算是給宋楊添了墳。

添墳後，李氏讓冬寶先去別的地方玩，她用樹枝在地上畫了一個沒封口的圓圈，把摺好的紙錢一張張放進圈裡燒，平靜地說道：「秀才，我要改嫁了，以後不能來給你上墳了。不過你放心，冬寶還是你閨女，以後有她來給你上墳燒紙，不會短了你在底下的花用的。」

燒完了紙，李氏把酒灑在了宋楊的碑上。

她都替宋楊這個秀才覺得屈，哪家秀才過得像他這般窮困潦倒？丟了館後還要到處想辦法往家裡拿錢，最後辦後事的錢都是借的……不過，也許在宋楊看來，他做的一切都是值得的。

冬寶回來的時候，李氏已經平復了情緒，收拾好了籃子，帶著冬寶往回走。

不料兩人還沒走出墳地，遠遠地就看到黃氏也挎了個籃子往這邊走了過來，很明顯也是來給宋楊燒紙的。

冬寶感嘆宋楊的待遇一年不如一年，去年宋二叔還帶著大毛、二毛過來，今年就只有黃氏一個人了。

「呸！」黃氏瞪著李氏，一口唾沫就吐到了李氏臉上，大聲罵道：「不要臉的下賤胚子！掃把星！跟誰就剋死誰！」

「妳真是……」冬寶氣得不知道該說什麼好，暗恨自己收拾宋榆和宋柏的時候，就不該對黃氏手下留情。

李氏把冬寶拉回了身後，掏出帕子擦掉了臉上的唾沫，拉著冬寶繼續往前走，不理會跳腳大罵的黃氏。

走了老遠，冬寶對李氏說道：「以後不能再這麼忍著她了，越來越過分了。」

「以後也不用忍了。」李氏長吁了一口氣。

要是宋家人不那麼毒辣，她和冬寶現在肯定還老老實實地待在宋家，當牛做馬的。

她能有今天的好日子，是不是得感激宋家人的毒辣？

第八十六章　李氏成親

四月末，作坊正式建好了，六間青磚紅瓦房，明亮寬敞，燒火的灶房和做豆腐的工坊分得很清楚，皆乾淨敞亮。

冬寶把林福提為了作坊的大管事；剩下的大榮、大偉是小管事，一人分管一個部門；貴子會打算盤，當了作坊的帳房，上午管帳，下午挑豆腐賣。

大榮、大偉他們幾個管事，冬寶都和他們簽了十年的工作契約，如果十年後他們想另立門戶，冬寶也不攔著。十年後，如果他們能自立品牌打敗寶記，她也認了。

至於招人的事，冬寶交給了林福和秋霞，只是冬寶特別叮囑了一點，誰都能來上工，就栓子娘不行。

五月初二的時候，春雷媳婦給大家帶來了一個大消息——宋招娣訂親了！

冬寶得知這個消息的時候，忍不住嘀咕了一句。「終於定下來了。」

「定的哪家啊？」李氏笑著問道。她厭惡二房夫妻不假，可對二房的幾個孩子，李氏還是很有愛心、很寬厚的。

春雷媳婦說道：「聽說是宋書海媳婦給說的親，是他們小王莊的後生，家裡有三十多畝地，兩口子就這麼一個兒子。」

「這門親真是不錯啊！」李氏笑著點頭。宋招娣嫁過去後就能過小地主婆的日子了，比在宋家強多了。

春雷媳婦笑了笑，說道：「嬸子妳老把事兒往好處想。」

冬寶插嘴道：「那後生沒啥毛病吧？」人家是小地主，又是獨子，看上宋招娣的可能性不大，畢竟宋招娣家裡條件一般，人長得又不是多漂亮。

在眾人八卦的目光下，春雷媳婦小聲說道：「那後生嘴有點斜，說話結巴，還經常往外流口水。」

李氏心裡一緊，問道：「那後生這裡正常嗎？」李氏指了指自己的腦袋。

春雷媳婦點點頭。「正常，跟普通小子一樣。就是嘴歪流口水，別的姑娘家嫌他髒，看不上他，才耽誤到現在，和招娣湊一對了。」

李氏聽說那後生腦袋正常才安心了點，暗道宋老二夫妻還算有點良心。雖然說那男孩有點毛病，但家境好，宋招娣過去只要夾著尾巴做人，就能過上衣食無憂的好日子。

「小王莊的人家送來了一對銀手鐲當訂親禮，宋老二媳婦見人就說那對銀鐲子沈，能打好幾樣三銀出來，小叔子是指望不上了，以後他們兩口子就準備享女婿的福了……」春雷媳婦笑道。

冬寶忍不住笑出了聲，這話還真是宋二嬸的風格，既能誇自家人，也不忘刻薄一下不幹活白吃飯的宋柏。

李氏嘆了口氣，說道：「咱心裡知道就行了，不管招娣她娘咋樣，小倆口以後日子過得好就行。」

「嬸子放心，這我們知道。」荷花和春雷媳婦笑著應了。

李氏讓秋霞嬸子送了兩塊印有紅雙喜的棉布過去當賀禮，夠做三、四條被面的。

冬寶也沒說什麼，李氏願意就送吧，她就是這麼一個良善厚道的人，要是換別人，這會兒上才不管宋招娣什麼事呢！

李氏婚禮的喜宴就安排在嚴大人家裡，兩個人都不打算大操大辦，只請了至親好友。嚴大人新打了不少家具進去，尤其是冬寶房間裡頭，雕花大床、梳妝檯、箱籠櫃子等，一應俱全。

來送家具的時候，梁子開玩笑地說道：「小姨和姨父還有小旭，他們三人房間用的家具，也比不過妳一個人的費銀錢。」

冬寶立刻嘿嘿笑道：「等你和秀玉姊生了閨女，我也給她送這麼一套家具。要生閨女喔，兒子可沒有這待遇。」

張秀玉也在場，正幫著冬寶擦拭家具，快二十歲的小夥子一聽到這話，瞟了眼背對著他不吭聲的未婚妻，臉紅到了脖子根，強裝鎮定地說道：「我先走了，衙門還有事。」說罷，落荒而逃。

冬寶看著梁子的背影，樂得哈哈大笑。

張秀玉氣紅了臉，擰了下冬寶的耳朵。比起厚臉皮來，誰都不是這丫頭的對手。

很快就到了端午節，李氏領著荷花幾個在灶房裡包肉粽，冬寶在鋪子照看著生意。就在早上人最多的時候，身後一個婦人的聲音響了起來——

「你們老闆娘呢？」

冬寶回頭看了那婦人一眼，問道：「您是哪位啊？」

眼前的婦人還不到三十歲，穿得很是鮮亮，翠綠色的綢褂緊緊地包裹著玲瓏有致的上半身，手腕上一只金手鐲，耳朵上戴著金耳環，髮髻上插了一支金釧，顴骨有些高，眉毛修得細細的，身上一股濃烈的脂粉味。

「我找你們老闆娘。」那婦人又說了一遍。

冬寶敏銳地看到了那婦人綢褂的袖子上已經脫絲了，絲綢的衣服只有在穿的次數多的時候才會磨得起毛脫絲。

這婦人看起來就不像什麼「良家婦女」，又不肯自報家門，冬寶怎麼可能讓李氏出來見她，便笑道：「老闆娘今天不在。」

那婦人明顯不信冬寶的話，徑直往鋪子裡走，說道：「她在後頭吧？我去找她。」

「站住！」冬寶皺眉攔住了那婦人，說道：「我就是老闆娘，妳有什麼話跟我說吧！」

那婦人一副突然想起來的模樣，眼神尖利地把冬寶從上到下掃了一遍，說道：「我知道了，妳就是老闆娘的閨女。妳娘呢？」

「妳先說妳是誰。」冬寶說道。她塗脂抹粉，穿得緊身，怎麼看都不像是良家婦女。

婦人不搭理冬寶，發現一屋子的漢子都斜著眼偷偷看她，惹得她大為不滿，又見不到李氏，便氣得跺腳轉身，扭著腰走了。

等人走了，春雷媳婦便過來問道：「姑娘，那女的是誰啊？看上去像是有錢太太啊！」

「有錢嗎？」冬寶笑了起來。確實，乍一看挺能唬人的，衣裳的料子不錯，卻像是穿了很多年的，也沒有漿洗過。李氏認識的人冬寶心裡都有數，這個婦人肯定不在李氏認識的人之列。

快中午的時候，冬寶去了灶房跟李氏說了這事，李氏也覺得奇怪。

「不認得……我哪認得啥人能戴那麼多金首飾的啊！」

「別管她了。」冬寶說道。「要是真找妳有事，肯定還會再來的。」

下午的時候，李氏帶著冬寶去了嚴大人家裡，嚴大人正在家裡幫著請來的廚子一起和泥壘灶臺。鄉下成親都是在自家待客，有專門給人做喜宴的廚子，連碗筷都能提供，不用主人家操心。

嚴大人的袍子撩起了一角塞到了腰帶裡，袖子捋得老高，雙手也沾滿了濕乎乎的黃泥。李氏和冬寶進來的時候，嚴大人正蹲在地上往已經壘好的磚塊上糊泥。

「來啦？」嚴大人瞧見了李氏，不好意思地站了起來，伸手擦臉上的汗，卻忘了手上還沾著泥，結果弄了不少在臉上。

冬寶和小旭齊聲大笑了起來。

嚴大人看了看自己的兩手泥，也尷尬地呵呵笑了笑。

李氏瞪了冬寶和小旭一眼，從懷裡掏了塊帕子塞給了嚴大人，自己低著頭到一邊看廚子準備喜宴去了。

嚴大人看了看手裡乾淨的帕子，彎唇笑了笑，擦起了臉。

灶臺壘好後，廚子和幾個幫工就支起了大鐵鍋，開始炸丸子，香氣飄得老遠。

第一鍋丸子炸好後，李氏揀了一大碗遞給了冬寶，笑道：「你們倆先嚐嚐。」

冬寶先挾了一個丸子塞進了小旭嘴裡，笑道：「好不好吃？」

丸子還有些燙，小旭牙齒咬著丸子，不停地往嘴裡搧著風，笑嘻嘻地說道：「好吃！」

冬寶也吃了一個，肉丸彈性不錯，炸得也很夠火候，就是有點鹹，估計是用來做肉丸湯的。

小旭仰起頭，一張小嘴油乎乎的，看著遠處商量明天婚事的李氏和嚴大人，悄聲對冬寶說道：「我一個同窗說，要是有了後娘，就要過苦日子了，要是有了後爹，也得過苦日子。」

冬寶也悄聲說道：「那你有後娘了，我也有後爹了，咱們倆都得過苦日子了，可怎麼辦？」

「是啊，怎麼辦啊？」小旭笑嘻嘻地說道。李大娘是好人，才不會讓他過苦日子哩！

冬寶掏出帕子擦乾淨小旭嘴上的油，笑道：「那咱們苦命的姊弟倆只能相依為命了。」

遠處，李氏站得離嚴大人兩尺遠，低著頭紅著臉問道：「小旭的衣裳試了沒有？不合身我再改改。」

「合身。小孩子的衣裳不講究那麼多，做得大一點，過兩年也能穿。」嚴大人說道。

李氏點點頭，又問道：「明兒……都準備好了？」

「準備好了。」嚴大人搓著手上的泥。「妳啥都不用管，等我過來接妳就行。」

「好。」李氏笑著點了點頭，臉上還帶著些羞赧的紅暈。

嚴大人看著她微微一笑，左右看看沒有人注意這裡，便伸手碰了碰李氏布滿紅暈的臉，又閃電般收了回來，自己的臉也紅了。

冬寶無意間抬頭看見了這一幕，看兩個加起來有六十歲的人還純情得跟中學生似的時候，差點把嘴裡的丸子給笑噴出來。

不一會兒，李氏和嚴大人就說完了話，過來領著冬寶回了寶記鋪子。

昨晚上臨睡前，李紅琴拉著李氏到院子裡說了半天的話，冬寶則迷迷糊糊地睡著了。

今天就是李氏帶著她出嫁的日子，冬寶原以為自己會很激動、很興奮，沒想到自己卻一覺睡到了天大亮……

醒來的時候，李氏已經換好了那身桃紅色衣裙，除了戴著金耳環和金釵，李氏盤得光滑的髮髻上別了一朵紅花，在清晨的陽光下，襯得李氏的臉格外的嬌羞明豔。

「醒啦？趕緊起來吧。」李氏笑道，把放在床頭的衣裳遞給了冬寶。

冬寶和小旭的新衣裳都是大紅色的，而正牌新郎的衣裳是藍色的，新娘的衣裳是桃紅色的，乍一看，兩個孩子穿的比新郎、新娘都喜慶。

冬寶穿好衣裳出去時，鋪子和院子裡都已經貼上了大紅囍字，張秀玉正拿著籃子往果盤裡裝炒花生和瓜子。

張秀玉看見冬寶後忍不住捏了捏冬寶的臉，笑道：「剛我娘還說妳呢，真是個心寬的，今兒這麼大的事，妳還能一覺睡到這時候。」

不一會兒，外面來了賀喜的人，聚在鋪子裡說說笑笑，吃著喜糖、花生，恭喜著李氏的好日子。

眾人聊了會兒後，就聽到街上開始響起了由遠及近的鞭炮聲，便拍手笑道：「來了，肯定是來了！」紛紛站起來往門口張望。

嚴大人身形挺拔，精神勁兒十足，一身藍綢布的袍子，胸前掛著一朵大紅花，領著一頂轎子和幾個人朝這邊走了過來，轎子後面跟著鼓樂班子，一路吹吹打打，喜慶熱鬧。

李氏也在眾女眷的擁簇下走到了門口，羞紅了臉，不敢抬頭去看嚴大人。

嚴大人的臉頰有些發紅，難得地在眾人前開了一次玩笑，彎腰做了個請的手勢，笑道：「夫人請上轎。」

眾人又是一陣歡笑聲，目送著李氏羞紅了臉，低頭含笑坐上了轎子。

梁子連忙高聲喊道：「新娘子上轎了！」

轎夫們意思性地把轎子在肩頭晃了兩下，李紅琴便笑呵呵地給轎夫們一人塞了一個紅包。這是安州一帶的規矩，轎夫們要使壞顛新娘子，新娘子的家人就要給轎夫們紅包，以求個路上安穩。

梁子穿著一身嶄新的石青色衣裳，懷裡抱了個沈甸甸的大布袋子，等李氏一上轎子，就從布袋裡抓了一把出來撒向了人群聚集處。

人群中頓時慌亂起來，大人、小孩都笑逐顏開地爭相去撿地上撒落的東西。

不少撿到銅錢的人喜悅地叫了起來。「我撿到錢了！」

安州這一帶有這樣的風俗，把銅錢、花生和喜糖混在一起，在接新娘的路上撒一路，爭搶的人越多，主人家就越高興。

當然了，大多數人家都只會撒花生和喜糖，能撒得起銅錢的人家並不多。

冬寶琢磨著，要是哪家成親辦喜事，撒銅錢、喜糖都沒人搶，便可見這家人品差到何種程度了……

冬寶跟著李紅琴和秋霞嬸子幾個人，在李氏上轎後，鎖了鋪子門，跟上了迎親的隊伍。

嚴大人家裡更是熱鬧，門口支了兩張桌子，柳夫子笑咪咪地坐在桌子前負責登記禮單，柳夫人磨墨，旁邊坐著林實清點禮品。

「柳夫子好！柳嬸子好！」冬寶先笑嘻嘻地向柳夫子和柳夫人行了個禮，又看向了林實。

林實穿著嶄新的藍底暗紋長袍，身形挺拔，麥色的面龐帶著溫暖的微笑，在明亮的陽光下英俊得要命。

冬寶看著林實，嘴角不自覺地就彎了起來，越發覺得自己英明果斷，早早地把這麼好的男孩給定了下來。

院子裡人聲鼎沸的，站滿了前來賀喜的賓客。

院子東北角，一排排的碗盤裡裝滿了已經做好的菜，準備一開席就端上桌，灶臺上架著比冬寶還要高的大蒸籠，冒著熱氣，饅頭和肉的香氣飄散在院子裡。

幾個賓客湊一起，嘖嘖嘆道：「請的是屈老師兒呢！好幾年沒見他出來給人辦喜宴了，嚴大人的面子就是不一樣！」

安州這邊把做喜宴的廚子叫老師兒的，有時候會把修理東西的師傅也叫老師兒，並不是現代意義上的老師，只是對手藝人尊重的稱呼。

「冬寶姊！」小旭瞧見了冬寶，立刻撲了過來。

冬寶接住了他，悄聲問林實道：「怎麼來了這麼多人啊？」看院子裡這陣勢，來的有一百多人了，而且門口還有不少人拎著禮物等著進門賀喜。

「都是鎮上做買賣的。」林實小聲說道。「聽說嚴大人成親，不請自來的。你們沒過來之前，來了不少人放下禮物，登記了名字就走了，都沒留下來。」

冬寶點點頭，問道：「那嚴大人怎麼說？」

林實笑道：「嚴大人的意思，說讓我們看著點，要是貴重的禮就先放著，他過後再想辦法。那些人來了，說是討杯喜酒喝就走，可也不能真讓人喝杯酒就走，還是得安排吃酒席，所以梁子哥到鎮上買菜去了，老師兒說來的人太多，準備的菜不夠。」

「那來得及嗎？」小旭有些擔心。

林實點點頭，笑道：「來得及。今兒我跟我爹送來了一百斤的豆腐，夠做不少菜。老師兒也說了，昨天做的肉菜多，盤子裝得實惠，每個盤子裡多少撥出來一些，肉菜就夠了。」

小旭跟個小大人似地點頭，一臉的如釋重負。「嗯，那我就放心了。」

一句話，惹得周圍人都笑了起來。

柳夫子捏了捏小旭肉嘟嘟的臉，打趣道：「這老子成親，兒子操心啊！」

柳夫人被氣笑了，伸手拍了柳夫子的手臂一巴掌，笑罵道：「老沒正經的！」

這也是冬寶喜歡柳夫子的一個原因，要是不說，旁人絕對看不出來，愛開玩笑、愛和孩子們玩鬧、沒半點架子的柳夫子，曾經是個進士。

柳夫子挨了夫人的訓也不當回事，對幾個孩子笑道：「別圍在我這裡了，馬上要拜堂了，你們趕緊瞧熱鬧去。大實，你也去。」

「欸！」林實笑著應了，拉著冬寶和小旭去了院子裡。

院子中間的地方已經被清理過了，因為嚴大人的父母都已過世，主位上擺著的是寫著兩位老人名字的黃表紙。

主持這場婚禮的人是一個穿著青布長袍的白鬍子老頭，身後站著書院的陳夫子等人，正高喊著「吉時已到，請新人」。

「這人是誰啊？」冬寶問道。

林實小聲說道：「是書院的山長，年紀大了，平常很少出來的，沒想到嚴大人請了他來。」

說話間，嚴大人拿著紅綢，把其中一端遞到了轎子裡，拉著另一端，把李氏從轎子裡請了出來。

李氏出來後，不少愛玩愛鬧的年輕人就大聲地喊了起來——

「新娘子真漂亮！」

「我們要喝新娘子敬的酒！」

李氏羞紅了臉，連頭都不敢抬，跟在嚴大人身後，走到了牌位跟前。

冬寶看著李氏一步步地跟在嚴大人身後，就像一步步地走向她的幸福一般，虔誠而鄭重。

然而，就在所有人的目光都集中在那對馬上要拜天地的新人身上的時候，一道尖利的聲音在眾人背後響了起來，蓋過了震耳欲聾的吹打樂聲——

「這是辦喜事啊？李紅珍，我恭喜妳啊！」

第八十七章　前妻

冬寶立刻轉頭看了過去，院子裡的聲音也頓時安靜了下來，有沒心眼兒的嗩吶手還在繼續吹，立刻被旁邊的人拉住了。

是她！冬寶心裡一驚，這個婦人正是昨天來找李氏的那個人，依舊穿著那身衣裳，戴著那些首飾，塗了厚厚的妝，插著腰站在院子裡。

柳夫人慌忙跑了進來，抱歉地跟嚴大人小聲說道：「沒攔得住，問她是誰也不說。」

「她是誰啊？」小旭仰起頭問道。

冬寶搖搖頭。「我也不認得。」

那婦人在眾人的注視下也不慌亂，抬頭挺胸地走到了院子裡，看著氣派的大瓦房、寬敞的院落，眼底滿是嫉恨。

「海峰……」那婦人看著嚴大人，囁嚅道：「我回來了。」

山根本來是想上前攆那婦人出去的，可沒想到那婦人認得嚴大人，一時間遲疑了起來，看向了嚴大人。

嚴大人疑惑地看了那婦人幾眼，最後似乎是認出來了，很是震驚。

「海峰！」那婦人有些急了，斜了嚴大人一眼，聲音也撒嬌了起來。「你看你，不認識我了？海峰，我這一個大活人還好好的，你就要娶新人了？我可不依啊！」

李氏在一旁急了，也顧不得什麼，推了下嚴大人的胳膊。

嚴大人立即回過神來，沈聲說道：「妳是馮翠菊。」用的是肯定的語氣，顯然是篤定了這個人的身分。

婦人哭了起來，上前要抓嚴大人的袖子，卻被嚴大人狠狠地甩開了。

嚴大人瞪著那婦人，冷笑了起來。「妳還有臉回來？」不知道是氣的還是激動的，嚴大人的聲音都發著抖。

「這是我的家啊！我咋不能回來？」婦人哭著跪倒在了嚴大人腳前，抱著嚴大人的腿，大聲哭叫了起來。「海峰，我天天都想著你和小旭啊！海峰，小旭在哪兒？快叫他過來讓我看看！我想他想得眼睛都要哭瞎了，我才是小旭的親娘啊！」

冬寶簡直不敢相信自己的耳朵，轉頭問林實。「她剛說了什麼？」

林實拉住了冬寶的手，沈聲說道：「別怕，看嚴大人咋辦。」

冬寶深吸了口氣，問小旭。「你不是說你娘死了嗎？她從哪兒冒出來的？」

「我沒說我娘死了啊！」小旭叫了起來，又慌又急。「我娘就是走了，我兩歲的時候她就走了，我爹也不讓我提我娘，提了就打我……」

冬寶此時欲哭無淚，當初聽小旭說他娘走了，父子兩個相依為命，她就以為是小旭喪母，為了避諱「死」字，才說「走了」。如今人家又回來了，還出現在嚴大人和李氏的婚禮上。

她回來了，李氏怎麼辦？

馮翠菊哭得很傷心，在幾個孩子之間來回掃了幾眼，視線就定在了小旭身上，哭著站起來，往小旭那裡跑，大聲叫道：「小旭，我是你親娘啊！我想你想得心肝都要碎了啊！」

小旭早被這個臉上脂粉被淚水沖成一道道溝壑的女人給嚇著了，見她撲過來，立刻埋頭躲到了冬寶懷裡，死命地叫道：「我不認得妳！妳走開！」

冬寶一把推開了那個婦人，林實立刻擋到了冬寶前面，不讓那婦人再去拉扯小旭。

那婦人指著冬寶罵道：「我認得妳！妳就是那臭不要臉的寡婦的閨女！」

小旭在冬寶懷裡聽得一清二楚，他最喜歡的就是冬寶姊和李氏了，當即就從冬寶懷裡轉過頭去，用稚嫩的童聲大聲叫道：「不許罵我娘！」

「我才是你娘！」那婦人又急又氣。

小旭又轉頭，露了個後腦勺給馮翠菊，不再搭理她。

「馮翠菊，妳鬧夠了沒有！」嚴大人大喝道。

冬寶看著眼前的這場鬧劇，喜事成了大笑話，來賀喜的賓客以後都會是這場笑話的見證人。

「這怎麼辦啊？」冬寶小聲問道，眼淚啪嗒一聲掉到了地上。

林實握緊了她的手，抿著唇，半晌才說道：「這事錯不在咱們，嚴大人要是不給咱們一個說法，我跟我爹還有李舅舅都不能依他！」

全子氣得朝小旭罵道：「你跟你爹咋回事啊？你娘還活著，咋能騙李大娘和冬寶呢！」

小旭哭著抱著冬寶，搖頭道：「我不知道，我也不認得她啊！」

賓客之間鴉雀無聲，一個個生怕錯過了什麼好戲。

李紅琴和秋霞嬸子想替李氏出頭，卻被林福攔住了。

「這事看嚴大人咋說，他要是不說出個一二三來，咱再替冬寶她娘出頭也不遲。他是所官又能咋？咱不能由著他欺負。」林福擲地有聲地說道。

馮翠菊憤憤地盯著站在嚴大人身旁，一臉茫然惶恐的李氏。「她想進門也行，先給我磕頭敬茶，我做大，她做小！我是你三媒六聘娶進門的，我還給你生了兒子，她算啥？一個臭不要臉的寡婦，還帶著個拖油瓶！」

李氏被馮翠菊的話說得滿臉通紅。當初決定帶著冬寶二嫁，是鼓足了自己全部的勇氣，是帶著對未來生活的美好期盼才踏出這一步的。正是因為如此，她不能容忍有人對她侮辱誣衊，尤其這個人還是嚴大人的元配夫人，小旭的親生母親。

李氏長吁了一口氣，扔了手裡的大紅錦緞，往冬寶那邊走去，說道：「寶兒，咱走！」

冬寶應了一聲，正要抬腳，就瞧見嚴大人一把抓住了李氏的手腕。

嚴大人急切地說道：「妳別走！」又瞥了眼馮翠菊，厭惡地說：「要走也是她走！」

「海峰！」馮翠菊又哭了起來。「我是小旭的親娘啊！我照顧你們爺兒倆，不比個外人強嗎？」

嚴大人冷笑出了聲，說道：「馮翠菊，妳摸著良心問問，妳有臉回來嗎？當初妳嫌我只是個小衙役，沒本事，不能見天地給妳買首飾、衣裳，小旭才兩歲，我咋求妳都不肯，只差給妳跪下了，妳還是跟個做買賣的跑了……」嚴大人的眼淚也流了出來，繼續說道：「妳走吧，還是跟個有錢人過活吧！」

「相公！我知道錯了，咱們才是一家子啊！你原諒我吧！」說著，馮翠菊往自己臉上打了一個耳光，清脆響亮，顯然是下了狠手的。馮翠菊絮絮叨叨地哭訴道：「我想你和小旭想得心肝都碎了啊！我回來是想和你好好過日子的……這個姊姊你想娶也行，我願意當平妻，兩頭大……」

「呸！」冬寶聽得兩眼冒火，想得美吧！沒想到在沅水威風八面的嚴大人，居然有這麼不堪回首的過往，老婆受不了窮，跟個做買賣的跑了……

「姊，妳跟娘別走！」小旭哭得眼睛紅彤彤的，扯著冬寶，不讓她走。

這會兒上，去買菜的梁子終於回來了，看到那婦人時也是愣了好久，才叫道：「馮翠菊?!咋……咋回來了啊？」最後一句話，已經是極小聲地說出來的了。

嚴大人只是搖頭。「晚了！我不把妳送官已經是看在小旭的面子上了，妳走吧。紅珍是個好女人，她對小旭很好，以後我們父子倆不勞妳費心，我們就當世上沒妳這個人。」

馮翠菊一屁股坐在了地上，扯著嚴大人的袍子不放，嗚嗚地哭道：「我錯了！你原諒我吧！咋說我也給你生了個兒子啊！」

嚴大人把袍角從馮翠菊手裡拽了出來。「我不想再跟妳說什麼了，妳走吧，否則別怪我不顧小旭的面子！」

絕望之下，馮翠菊開始跪在嚴大人面前，給他磕頭，額頭在石板上磕得梆梆作響。「海峰，我捨不得小旭，我也捨不得你啊！我回來就是為了你和小旭，你不能這麼狠心絕情啊！」

嚴大人被馮翠菊的話氣笑了。「馮翠菊，當年小旭才兩歲，話都說不囫圇，飯也不會自己吃，妳就能捨得小旭了，如今想來妳更沒什麼不捨得的了。妳走吧，我不想看見妳。」

從頭到尾，嚴大人一直拉著李氏的手，沒放開過。

冬寶默默地看著，懷裡小旭還在哭，冬寶不知道心裡是個什麼滋味。如果她是嚴大人，遭遇了這麼極品的前妻，肯定把人綁上枷鎖，送去縣衙治她的罪。而嚴大人從頭到尾也沒說什麼多難聽的話，只讓對方走人。

看來嚴大人也是個脾氣軟糯的受氣包啊！冬寶想著，這也是為什麼他和李氏地位差距這麼大，卻能看對眼走到一起的原因吧？兩人性子太相似了。

一想到這裡，冬寶頓時覺得肩膀上的擔子更重了。有一個軟糯的受氣包娘已經夠受了，再加上一個同樣的軟糯受氣包後爹……

「還不趕快走！」梁子在一旁大聲喝道。「妳要是再不走，現在就送妳到縣衙治罪！」

這年頭，婦人與人淫奔可是重罪。

馮翠菊哭哭啼啼地從地上爬了起來，就見嚴大人頭扭到了一旁，小聲地安慰著李氏，而小旭埋頭在冬寶懷裡不看她，院裡的所有人則都鄙夷地看著她，絕望之下，她只得先走了。

嚴大人掏出帕子塞到了李氏手裡，大聲地對賓客們說道：「諸位，實不相瞞，剛才來的那個婦人，是我嚴海峰之前的夫人。五年前，我還只是個普通的衙役，當時她受不了窮日子，拋下我和兒子走了，現在不知道咋又回來了。往常別人問起來，我只說她死了，因為這是我嚴海峰的醜事，一輩子都不想讓人知道的醜事！現在瞞不住了，我也不想瞞了。她與人私奔，按我大肅律例，是要流放的，我看在小旭的面子上，不追究了，但我們的夫妻情分早就完了。今天，是我和李氏成親的好日子，諸位要是來看我嚴海峰的笑話的，現在可以走了，要是來賀喜的，那我嚴海峰歡迎！」

人群很快就重新熱鬧了起來，大家紛紛恭賀著嚴大人和李氏。

冬寶估摸著，這會兒就是有人想走也不會走的，那不明擺著跟嚴大人過不去嗎？

「要說嚴大人才是真男人！」有人嘖嘖誇道。「要是我，早給脫了鞋，拿鞋底子搧那女人，再綁了送官了，哪能就這麼輕易地放過她啊！」

「嚴大人離了那女人才興旺起來的，我看那女人剋夫，再怎麼悔改了也不能要她。」

「肯定是姘頭不要她了！咱嚴大人是好人，可也不能受這窩囊氣！」

在上百個人刻意地議論恭維下，嚴大人立刻變成了忍辱負重的成功人士的勵志典型。

被馮翠菊打斷的婚禮繼續進行著，在書院山長的主持下，嚴大人和李氏先是拜了天地和嚴大人的父母後，接著便夫妻對拜。

接下來卻不是送入洞房，而是安排嚴大人和李氏坐在了主位上，冬寶和小旭被秋霞嬸子從人群裡喊了出來，一人手上塞了一個茶盅，去給後爹、後娘磕頭敬茶。

冬寶先跪在了嚴大人跟前，恭敬地遞上了茶盅，喊了一聲。「爹，請用茶。」

嚴大人連忙接過茶盅，喝了一大口茶後，扶了冬寶起來，再拿出一個紅包塞給了冬寶，笑道：「好孩子，拿著。」

「欸！」冬寶笑嘻嘻地揣進了袖子裡。

而小旭也認真地給李氏跪下敬茶，等李氏接過了茶盅，小旭便給李氏磕了個頭，脆生生地喊了一聲。「娘！」

李氏趕緊把小旭抱了起來，紅著眼睛說道：「好孩子，咱沒這麼多虛禮，不用跪的。」也塞給了小旭一個大紅包。

「禮成！」隨著書院山長的一聲喊，鞭炮聲和鑼鼓聲又響了起來。

嚴大人知道李氏臉皮薄，並沒有拉著她一起向賓客敬酒，只讓她回屋歇著，叮囑冬寶好好陪著李氏。

院子裡是熱鬧的喜宴，觥籌交錯聲、鼓樂聲還有賀喜聲響成一團，彷彿剛才馮翠菊的那場鬧劇根本沒有發生過。

冬寶陪著李氏坐在新婚的床上，床角落裡疊放著六床印著大紅喜字的被子，床頭和銅鏡上貼了紅雙囍，梳妝檯上擺放的是紅色的梳子，窗臺上放著紅紙包裹的大蔥和筷子，喜慶得耀眼。

「娘，妳是咋想的？」冬寶問道。

李氏輕聲說道：「這事兒錯不在他。」自從決定和嚴大人成親後，嚴大人所給她的重視和尊重，才讓她體會到了什麼是真正的婚姻。絕不是她在宋家時那樣，連大氣都不敢出一聲，生怕哪裡讓宋楊看不順眼，又是一頓冷臉和喝斥。

她才體會到幸福婚姻的前奏，還沒有正式走入這個生活，怎麼捨得放棄掉這麼好的嚴大人、這麼乖巧的小旭？

冬寶笑了起來，李氏的意思是不打算追究了。便點頭道：「我也是這麼想的。」兩人親事都辦了，要是因為這件糟心的事而分開，那才真是成笑話了。該寬容的時候，還是要寬容的。

過一會兒，小旭和全子兩人端著一個托盤進來了。因為小旭個子低，全子不得不半躬著身子就著小旭的高度，怕扣碗裡的菜灑了，兩人走得真是艱難萬分，李氏和冬寶見了，便趕緊把托盤接了下來。

「我說我自己端就行了，小旭非得要端一頭，盡費事。」全子半真半假地抱怨道。

小旭紅了臉，爭辯道：「我要給我娘和我姊端飯吃啊！」

李氏立即就高興得合不攏嘴。

冬寶擰了下小旭肥嘟嘟的臉蛋，笑道：「馬屁精！」

送完菜後，全子和小旭就跑出去吃席了。

李氏嚐了幾口菜後，滿意地點頭說道：「聽妳爹說屈老師兒手藝好，真是不孬。」

冬寶慢半拍才反應過來李氏說的「妳爹」是誰，忍不住笑了起來。「我在外頭的時候還聽到有人誇屈老師兒，說他很難請的。」

李氏笑著點頭。難請的屈老師兒，嚴大人都請過來了，不正說明了他重視這個婚姻嗎？

等到宴席吃到一半的時候，屋裡進來好幾個人，為首的是喜氣洋洋的秋霞嬸子和李紅琴，後面跟著桂枝、荷花幾個人，還有高氏。

「妳們咋過來了？吃飽了沒有啊？」李氏問道。

秋霞嬸子笑道：「吃飽了，菜上得多。」又對冬寶和藹地笑道：「明兒我家割麥子，冬寶要不要帶小旭回去玩？」

冬寶連忙點頭。「要去的！我們快晌午的時候過去，順便給你們送飯。」

「可別送飯了，今兒剩的菜多，夠吃好幾天呢！」秋霞嬸子笑道。

她是想讓小旭和冬寶出來，多給嚴大人和李氏一點單獨相處的時間，可不是掛念著未來兒媳婦送飯的。

第八十八章　真男人

冬寶原以為自己換了新環境會睡不著，可沒想到躺下去就睡著了。據說李氏半夜還起來看過她一次，見她睡得跟頭小豬一樣，便放心地回去了。

早上她是被鳥叫聲吵醒的，聽前院裡有鍋碗瓢盆的碰撞聲，還有嚴大人、李氏和小旭的說話聲。當下冬寶心裡暗道糟糕，自己沒李氏和嚴大人起得早也就罷了，居然讓小旭都趕到自己前面去了！

外頭嚴大人正從灶房裡往外端盛著稀粥的盆子，看到冬寶後笑道：「起來了？趕緊坐下來吃飯吧！」

「姊，坐我這兒！」小旭朝冬寶笑嘻嘻地招手。

這會兒上，李氏端了一個小竹筐出來了，乍看到閨女，李氏還有些不好意思，趕緊把竹筐放到了冬寶和小旭面前，轉身就要進灶房拿碗筷。

冬寶跟李氏抱怨道：「妳咋不早點叫我起床啊？你們是不是想背著我把早飯吃了？」她更抱怨李氏的是，這不是新婚第一天嗎？又沒公婆要拜，起這麼早不科學啊！

李氏氣笑了。「我說要喊妳，妳爹說讓妳再多睡會兒，等飯做好了再讓小旭去喊妳。」

李氏笑著看了嚴大人一眼。「沒你這麼慣姑娘的，將來養出個懶姑娘來，看咋辦？」

冬寶悠哉悠哉地說道：「我有大實哥，不愁嫁。妳要是嫌我煩，等到歲數了，我自己打包行李去大實哥家裡就行了。」完全一副賴上人家林實的無恥模樣。

李氏真是被女兒的厚臉皮給打敗了。「妳現在就去人家家吧！」

冬寶嘿嘿一笑。「吃完飯我就去。」

吃過飯後，冬寶便帶著小旭去了鋪子，把大灰套上了板車。

兩人到了塔溝集後，趕著大灰往林家的地裡走，一路上碰到不少認識的鄉親，都紛紛跟冬寶打招呼，看著小旭，恭敬地笑道：「這是嚴大人家的小少爺吧？」

「啥少爺不少爺的，叫他小旭就行。」冬寶笑道，招呼小旭讓他跟鄉親們打招呼。

小旭早就過了怕生的年紀，笑嘻嘻地隨著冬寶「大叔、大伯、嬸子」地一路喊過去，嘴甜得很，人長得又漂亮可愛，惹得不少人稀罕不已。

林實剛割完了一壟麥子，站直了腰擦汗的時候，瞧見了過來的冬寶和小旭，便對母親笑道：「娘，冬寶來了。」

秋霞趕緊迎了上去，笑著問道：「路上熱不熱啊？」

小旭搖搖頭。「不熱！林大娘，我和姊帶了甜豆漿來，你們趕緊喝吧！」

「好！」秋霞嬸子笑著應了，招呼林家人過來喝豆漿。

全子今年十歲多了，他也要下地割麥子了。冬寶看著從遠處跑過來的全子，個頭竄得比她都高，身板也壯實了不少。

「懂事多了！」林福跟鄉親們誇自家小兒子。「不用催就知道幫家裡幹活了，跟他哥一樣，一回家手就不閒著。」

小旭見全子過來了，拉著全子的手讓他帶自己去割麥子，全子被小旭纏得沒辦法，只得帶著他下地了。

秋霞嬸子問冬寶。「妳娘呢？咋樣了？」

冬寶點頭道：「挺好的，我娘說她下午過來嬸子家做豆腐。」

「妳娘就是個閒不住的。」秋霞嬸子笑道。

李氏的確是個十分勤快的人，冬寶壓根兒沒想過李氏會在家裡相夫教子，她肯定是會繼續做買賣的。生意上的成功讓她找到了另一種人生價值，並不一定非得依附嚴大人。

而且在兩人成親前，嚴大人便決定好了，他掙的錢都交給李氏，至於李氏和冬寶掙的錢則是她們母女倆的，他和小旭不會要。作為一家之主，他有責任擔負起一家老小的生活。

冬寶倒是沒想過要和嚴大人劃分得多麼清楚，畢竟大家是一家人了，錢上面分得太清楚也不方便。她的盤算是，等小旭長大些，要讀書科考的時候她和李氏會盡全力支持小旭的。

下午，李氏過來了，讓眾人驚訝的是，嚴大人也穿著家常的短褂和粗布褲子，戴了頂破草帽跟過來了。

冬寶笑了，這樣才對嘛，新婚夫妻哪有不如膠似漆的。

看著眾人衝她笑，李氏紅了臉，解釋道：「我本來是要自己來的，他說他在家也沒事……」後來發現自己越解釋越不像那麼回事，索性就閉嘴不吭聲了，反正都是自家熟人了，也沒啥不好意思的。

豆子這會兒上已經泡發了，林福把大灰套上了石磨，蒙上了眼罩，趕著大灰轉圈拉磨。嚴大人則是左手一個大鐵勺，右手一個小炊帚，幹得有模有樣，不亦樂乎。

等豆漿點好，嚴大人又幫著抬著豆腐到院子裡壓製，從頭到尾李氏要他幹什麼就幹什麼，手腳勤快麻利。

李氏和秋霞嬸子在灶房裡刷鍋，秋霞嬸子小聲問道：「他對妳咋樣啊？」

李氏紅了臉，輕聲說道：「挺好的。」

「那昨晚上到啥時候啊？」秋霞嬸子促狹地擠了擠眼，伸手搗了搗李氏。

李氏的臉就紅到了脖子根，說道：「不是妳想的那樣，昨晚上我們說了半宿的話就睡了。他跟我說，馮翠菊的事不是故意要瞞著我的，就是不想提，覺得丟臉。這麼多年都沒她的信兒，海峰早當她不在了，沒想到她又回來了，但就算回來他也不會搭理她的。」

秋霞嬸子點點頭。「是這麼回事，那馮翠菊掀不起來啥風浪。」又頓了頓，說道：「我們都猜著啊，那馮翠菊回來定是因為姘頭不要她了，這會兒上想起嚴大人來了，也夠不要臉的！她還一個勁兒地喊小旭，生怕別人不知道小旭有個這麼丟人的娘似的。她要是當小旭是親兒子，就不該來鬧。」

「我也是這麼想的。」李氏嘆氣道。「她要是好好地來跟海峰說，海峰肯定得給她幾兩吃飯的錢。她這麼鬧，只想著咋逼海峰在那麼多人面前認了她，就是不想想小旭還是個孩子，以後還得考功名……就衝她這德行，我也不能讓她得了好處去。」

秋霞嬸子鼓勵道：「這麼想就對了。我昨天可嚇著了，就怕妳想不開，帶著冬寶就走，那不就便宜那個馮翠菊了！」

李氏笑著搖頭。「哪會啊！」當時的她可能羞惱之下帶著冬寶走，可現在她不會了。這是她的家庭，作為這個家庭的女主人，她會勇敢捍衛她的家、她的丈夫、她的兩個孩子，那個馮翠菊再敢來，她就敢拿菜刀去砍！

院子裡已經來了不少等著挑豆腐的漢子，沒料到嚴大人居然也在，還和氣地跟大家說著話，一時之間，院子裡的氣氛也活躍了起來。

等每個人都分了豆腐挑走了，林福也挑著擔子準備上路賣豆腐了。李氏和嚴大人謝絕了秋霞留飯的好意，帶著冬寶和小旭回鎮上了。

林福一家子送嚴大人等人到了村口，目送著大灰拉著車走遠了。林實接過了林福肩上的擔子，笑道：「我送爹一段路。」他多挑一會兒，林福就多輕鬆一些。

兩人走了一會兒後，在寂靜的鄉間小路上，林福突然說道：「大實啊，你也是大人了，得跟嚴大人一樣，當個真正的男子漢。我跟你娘勒緊褲腰帶供你和全子唸書，可不是讓你和全子成你宋三叔那樣的人的。」

林實笑著點頭。「我知道的，回頭我也好好跟全子說說。」

林福欣慰地點點頭，又說道：「我是個大老粗，不懂啥大道理，可我覺得吧，一個人不管讀不讀書，幹事得有個男人樣子。你宋大伯沒啥對不起鄉親的毛病，可他對不住冬寶和你李大娘。他這個人啊，自以為有本事，成天在老婆、孩子面前抖威風，咳，實際上誰不知道咋回事啊？爹雖然沒本事，可最瞧不起的，就是你宋大伯這樣的人了，他那不叫本事！」

「爹你放心。」林實說道，微笑著看著越說越興奮的林福。總覺得爹年紀大了之後，嘮叨的毛病是越來越嚴重了，旁人家都是母親嘮叨，他們家卻相反，母親行事風風火火，嘮叨數落他們的成了父親。

「你得跟嚴大人好好學學。」林福還在誇嚴大人。「人家是真好！啥都能幹，還不跟咱擺架子，你將來有這樣的岳父，是你的運氣──」

「爹！」林實打斷了林福的話，笑道：「你咋老誇別人呢？你也很好啊，咱村上的人都誇你。」

林福一愣，有些不好意思地摸了摸腦袋，嘿嘿笑道：「我有啥好的？我大老粗一個，啥都不懂……」

「咱村上的人都誇你是好漢子，對鄉親講義氣，對我爺孝敬，對我娘好，疼我和全子，白天黑夜地幹活掙錢，過日子儉省，捨不得吃、捨不得喝，卻捨得過年給我娘買個頭花首飾，也捨得送我和全子去唸書。我覺得論好男人，你是頭一個，跟學問多少沒關係。」林實真心實意地說道。

「這小子……」林福沒想到自己在兒子心目中的形象是如此的高大完美，快四十的壯實漢子摸著後腦勺，臉紅得跟猴屁股似的，彷彿有什麼不受控制般從眼眶裡滑落。

林福從林實肩頭搶過豆腐擔子，一溜煙地跑遠了，都不敢回頭看兒子一眼。

林實看著父親「落荒而逃」的背影，微微一笑，站在田埂上，手搭在額前看著父親的背影在夕陽下逐漸遠去，直至成了一個模糊的黑點。他輕輕吐了口氣，可算不用聽老爹「愛的嘮叨」了。

剛才那話也不是騙父親的，他相信，不僅在他眼裡父親是個高大偉岸的好男人，在全子眼裡也是一樣。他心目中的好男人，就是父親的模樣，對人忠厚誠實坦蕩，對妻兒關愛體貼，盡心盡力地照顧家人朋友。

下午到了家後，冬寶準備出去幫李氏做飯時，小旭掀開簾子進來了。

「姊。」小旭喊了一聲，又轉頭往外看了看，確認嚴大人和李氏都在外院後，才進來。

冬寶拉著他坐下來，問道：「有啥事嗎？」

小旭嗯了一聲，有些惴惴不安地問道：「姊，昨天來的那個女的……她說她是我親娘，是不是真的啊？」

冬寶遲疑了起來，小旭已經七歲了，這麼大的孩子不是三言兩語能夠哄得住的了。

「我就是想問問……」小旭見冬寶不吭聲，還以為冬寶生氣了，趕忙說道：「我問過爹，爹很生氣，不讓我問，說我已經有娘了。我、我就是想問問……」

冬寶摸了摸小旭的腦袋，慢慢說道：「其實她應該是你親娘，只不過她做錯了事，爹不能原諒她。如果你想認她，現在肯定不行，等你長大了，再決定要不要認她，好不好？」末了，冬寶又叮囑了一句。「也別在爹跟前提這事了。」

嚴大人對馮翠菊的態度顯而易見，小旭在他跟前提這個人，那等於是點燃火藥桶。

其實在冬寶看來，不認馮翠菊對小旭來說才是最好的，有這麼一個品德有問題的娘，不是什麼光彩的事。

小旭點點頭，低聲說道：「我都不認得她……我以後都不會再提她了，等我長大了再說。」

「欸。」冬寶笑了笑，揉了揉小旭的臉，拉著小旭往外走。「你去看書，我去幫娘做飯。」

經過這場談話，冬寶以為馮翠菊的事就這麼過去了，她相信小旭即便長大了也不會去找馮翠菊的。

冬寶這段時間很忙，隔兩天就要往安州跑一趟，和王聽商量著開豆腐坊的事，以及王家的鋪子裡代賣寶記豆腐的事，一項項的都要白紙黑字地寫到紙上簽訂契約。

有一次在八角樓碰到了王五，冬寶有好幾個月都沒見過他了，這回因為他沒戴那頂標示「土豪」身分的赤金冠，冬寶一開始沒認出來。

「聽說妳娘改嫁了？」王五背著手，站在八角樓的過道裡，扯著公鴨嗓問道。

冬寶看了好幾眼，才把人認出來，便笑道：「是啊，我繼父是沅水鎮的所官嚴海峰。」

王五有些詫異地盯著冬寶，他還以為說這話出來，那丫頭要捂著臉，羞憤地哭著跑了，畢竟在他的認知裡，親娘改嫁……不是啥光彩的事吧？莫非在他不知道的情況下，這世道變了？

「啊？喔……喔，聽說了。」結巴的人輪到王五了。

冬寶笑了笑，說道：「五少爺還有什麼事嗎？」

王五連忙說道：「有，還有！聽說妳要跟我堂哥合開酒樓，還要開作坊，是不是？」

一說到生意上的事，冬寶立刻來了勁頭，笑道：「是啊，新酒樓的名字叫豆腐坊，供應的都是以豆腐為特色的菜，很好吃的，請五少爺到時候一定要來捧場啊！」

王五背著手站著，臉上掛著矜持的微笑，點了點頭，又問道：「那作坊呢？我聽我堂哥說，妳開的作坊不小。」

「嗯，等開起來，少說也要幾十個人吧。」冬寶說道。

王五點點頭，這小丫頭倒是挺有野心的。他不甚在意地問道：「妳買了多少個人了？」

冬寶搖頭。「我沒買人，雇的都是鄉親，簽了十年的長契。」

「還當妳多會做生意呢！」王五鄙夷地看著冬寶。「妳做豆腐的手藝是秘密吧？要是誰都知道了，妳上哪兒賺錢去？」

冬寶只是笑了笑。李氏是絕不會同意讓鄉親們簽死契的，而十年後，林實也成長為能為她遮風擋雨的男子漢了。

冬寶的態度讓王五很生氣，他好心好意，屈尊特意提醒她這個鄉巴佬，她居然不當回事？「隨便妳！到時候可別後悔！」王五少爺哼了一聲，十分不悅地走了。

土豪朋友真不是人人都能消受得起的……冬寶暗自感嘆著。

第八十九章 作坊開業

等地裡種上了包穀和高粱的時候，冬寶的作坊也要開業了。

林福這些日子走路都帶著風，馬上就是作坊的大管事了，他和秋霞商量過無數遍，一定要好好幹、用心幹，不能讓未來的兒媳婦失望。

早在李氏要開作坊的消息傳出去後，不光是沅水的老闆，就連縣裡、還有青州的鋪子，都有不少人過來接洽，想從作坊批發豆腐、豆皮什麼的賣。作坊還沒開業，林福接訂單就接到手軟了。

作坊選在五月二十這天開了張，一大清早，嚴大人就駕著大灰拉的平板車，載著一家人趕去了塔溝集。

李氏他們離塔溝集村口還有老遠的時候，就有守在那裡的小孩飛奔到村口報信。「來了，嚴大人他們一家來了！」

林福等人早就等在村口了，等李氏他們的板車到了的時候，都激動得呼啦啦一窩蜂迎了過去，七嘴八舌地打著招呼。

「哎……」李氏頭一次受到這麼隆重的待遇，只顧著擺手。「來恁多人幹啥？咱都是鄉里鄉親的……不搞那些虛的。」

到了作坊門口時，林福打開了作坊大門，乾淨寬敞的院落裡放置著各樣工具，展現在眾人面前，不少人是頭一次見識作坊裡面的場景，都踮著腳、伸著脖子好奇地看著。

冬寶懷疑整個塔溝集的人都過來了，每個人都是紅光滿面的，充滿了希望和期盼。

不過這些人當中，沒有宋家的大人。大毛、二毛倒是在，和一堆拖著鼻涕的小孩子在人群中打打鬧鬧。

這也是冬寶意料之中的事，宋家人驕傲自尊著哩！如果他們別時不時找各種藉口來要錢，還要擺出一副「妳就該給我錢」的架勢，這驕傲和自尊就能顯得真實一點。

大榮早就扛了一根長竹竿過來了，一萬響的大紅鞭炮已經在竹竿上纏繞好了。

林福滿面紅光地站在作坊的門口，咳了兩聲，清了清嗓子，喧鬧的人群頓時就安靜了下來。林福大聲說道：「今兒是作坊開業的好日子，咱們請冬寶她娘來講幾句話！」

李氏連連搖頭，紅著臉擺手道：「我哪會說啥話？不會說，你們說就行了。」

大偉幾個管事連忙笑道：「大家都等著妳呢！」

「是啊，上去說兩句唄！」

李氏回頭看看嚴大人和冬寶，兩人都衝她鼓勵地笑著。

「上去說兩句吧。」嚴大人小聲笑道。「心裡想說啥就說啥。」

小旭也樂滋滋地推著李氏。「娘，上去吧，大家都讓妳說呢！」

李氏被丈夫和孩子這麼一鼓勵，信心也高昂了起來。

面對上百雙眼睛的注視，李氏顯然很不習慣，紅著臉不知道咋開口，剛在心裡想好的話一下子就給忘得光光的。

圍觀的人注視著李氏，她上身是月白色的綢布小褂，下面穿著湖藍色的碎花細棉布百褶裙子，戴著一支銀釵，耳朵上掛著兩個黃豆大的珍珠耳墜。打扮不算富貴，可看起來就是那種日子過得寬裕順心的夫人。

她有兒有女，有支持、尊重她的丈夫，還有什麼底氣不足的？這麼一想，李氏便開口了。「大家伙兒都認識我十幾年了，我不會說啥好聽的場面話。」李氏說道。「今兒是作坊開業的好日子，我向大家承諾，不管生意是好是賴，鄉親們只要來上一天工，就有一天的工錢拿！」

眾人聽到這裡，都興奮了起來，不少人喊著「仗義啊」、「女中豪傑，吐口唾沫能釘釘子」。

李氏擺了擺手，慈愛感激地看向了人群中的冬寶。她可沒啥本事，全都是沾閨女的光。「要是幹得好，也有機會當管事，不光有工錢，年底還能拿分紅！」李氏接著大聲說道。

所有人臉上的神情都是欣喜的、躍躍欲試的。下苦力勤快幹活，這誰不會啊？幹得好還能當管事，還能拿作坊的分紅，這麼好的事往哪裡找？

李氏說完，就趕緊回到了嚴大人和孩子們的身旁。

林福見時候差不多了，便朝大榮使了個眼色，大榮便點燃了鞭炮。

冬寶捂住了小旭的耳朵，眯著眼看那鞭炮炸開的時候閃閃的火光，震耳欲聾的鞭炮聲響了好久。

林福笑呵呵地大聲說道：「開工！我點名，叫到名字的人到秋霞這裡來，檢查過關了才能進去上工。」

「大偉！」林福先喊道。

大偉立刻麻利地從腰裡抽出了一條帕子，把頭包了個嚴嚴實實，然後跑到了秋霞嬸子跟前。

秋霞笑呵呵地先看他身上的衣裳和圍裙乾不乾淨，又檢查他的手洗乾淨了沒有，這才放他進去。

這是招工時定下的規矩，優先招村裡勤快乾淨的媳婦或者漢子，並且上工之前要包好頭髮，衣著整潔，手也要洗乾淨，尤其是指甲縫裡頭，不能有泥垢。

「看這作坊，要求可不少啊！」不少外村的人不知道這規定，交頭接耳地說道。

有塔溝集的人聽到了，笑著解釋道：「咱做的是入口的東西，要是不乾淨，砸了自家的牌子，誰還來買啊？」

不到兩刻鐘的工夫，全部的工人都通過了檢查，進到了作坊裡面，作坊的大門便從裡面鎖上了，直到下工的時候，作坊門才會打開，放人出去。

院子的地上用青石板鋪成，還用各色石頭嵌在地上，將院子分成了幾個區域，做豆腐的、發豆芽的、做腐竹的、做豆皮和豆乾的……

點豆腐的灶房則是只有幾個簽了長約的管事和管事媳婦才能進去的，秋霞嬸子和李紅琴已經在麥收前將豆製品的做法教給了他們。

等到下午的時候，一千斤的豆腐和八百斤的豆皮已經做好了，每塊豆腐和豆皮上都用模具壓上了「寶記」的字樣。上工的人一人分了一個簸箕，開始挑揀第二天的豆子，挑揀後的豆子都要經桂枝檢查，倘若發現有明顯的黴爛豆子沒有被揀出，則是要有懲罰的。

而安州和青州來的馬車也到了作坊門口，排成了長隊，剛做出來的豆腐和豆皮一下子就被來的客商要光了。

下工時，冬寶跟林福商量了下，便決定為了圖個喜慶，今天就先發工錢，以後過十天發一次。

「拿到了錢高興吧？」林福呵呵大笑著問道。「記住啊，今晚回家早點睡，明早二更就得來上工，睡過頭了可是要扣錢的！」

上工的人都高興地咧嘴笑了起來，喜氣洋洋地站成了一列，等著林福叫名字，到貴子那裡領錢，心裡像喝了蜜一樣甜。別說是二更起，就是通宵幹活，也渾身都是勁啊！

上工的人攥著錢，高高興興地回家了，作坊重新冷清了下來。

冬寶和秋霞嬸子還在灶房裡說著話。「嬸子，學會了沒？」

秋霞嬸子點點頭，看著盆子裡黃黃的嫩豆腐，感慨地搖頭道：「要是不說，誰知道這黃豆腐是拿雞蛋做出來的啊！」

「比普通豆腐可好吃多了。」冬寶笑道。「嬸子，這豆腐我打算定十文錢一斤，就由妳來做這個豆腐，明天下午先做五十斤賣賣看。」

秋霞嬸子說的黃豆腐，便是現代的「日本豆腐」、「雞蛋豆腐」，在這裡，秋霞嬸子給它取了個好記的名字——「黃豆腐」。

「賣恁貴啊？」秋霞嬸子吃了一驚。

「肯定有人買的。以後嬸子就在家裡做，別到作坊裡弄，省得被人看到。至於分紅……」冬寶想了想。「一斤能賺六文錢，咱們五五分成。」

秋霞嬸子一時間感動得不知道說什麼好。「這哪行？妳給嬸子算工錢就行。」

冬寶笑咪咪地拉住了秋霞嬸子的手。「嬸子，妳和林叔供應大實哥和全子不容易，這五五分成是妳應得的，擱旁人我不會把這手藝跟他說的。」

「欸！」秋霞笑著應了。

她背地裡跟林福抹淚，說不知道上輩子積了什麼德，才攤上這麼好的媳婦，啥虎女命凶的都是放屁，分明就是個福星！

晚上的時候，李氏和嚴大人一家也沒有立刻回鎮上去，邀請了幾個管事和管事媳婦，在林家擺了兩桌酒席，男客一桌，女客一桌，男客那桌還放了一罈酒。

「咱都少喝一點。」林福挨個兒往碗裡倒酒，笑道：「明兒還得早起，咱當管事的，不能起得比那些幫工還晚。」

大榮先笑道：「是這個理兒！咱要是起得晚，人家還咋服咱們的管啊！」

嚴大人微笑著先起身端起了酒杯，朝各個管事說道：「各位，冬寶和她娘不能天天回來，以後寶記作坊就靠各位努力了。等寶記生意做到了全國，各位就是威風八面的大老闆了，比安州城裡的大老闆都強。」

一席話，說得幾個年輕管事都心潮澎湃了起來，七嘴八舌激動地問道：「真有那麼一天嗎？」能成為大老闆，這是這些鄉下漢子作夢都不敢想的事，即便是當了寶記作坊的管事，也只是覺得自己能掙錢了，手頭寬裕了，能給老婆和孩子們買新衣裳、買肉吃了。

可只要自己認真地努力幹下去，獲得的遠遠不只這些，他們也能像城裡的大老闆一樣過得風光體面！所有人的心都在激動地跳躍著，摩拳擦掌地期待著明天。

作坊開起來後，林福越來越有經驗，管事們一天比一天稱職，每天一更天還漆黑漆黑的時候，作坊就燈火通明了，四十個幫工加上幾個管事，流水線作業，分工明確，有條不紊，雖然人多，卻從來都是井然有序，絕不會出現手忙腳亂的時候。

腐竹和豆乾已經開始對外銷售了，腐竹定的價錢是批發價十四文一斤，而豆乾要更貴一點，十六文一斤，每天都能賣出去幾百斤。

同時，冬寶也沒閒著，她開始鼓搗獨家秘方的嫩豆腐了。

冬寶要做的嫩豆腐其實在現代有個名字，叫內酯豆腐，她太爺爺的手箚上記載著他鑽研出來的新式嫩豆腐，和現在的內酯豆腐差不多。

當嫩豆腐第一次做成的時候，所有人都嘖嘖驚嘆，原以為豆花已經是極嫩極白的了，沒想到還有比豆花更嫩的豆腐，嫩得入口即化。

秋霞嬸子嘆道：「那些城裡的有錢人就愛吃個花樣，肯定喜歡吃這個嫩豆腐。」

大榮嚐過後忍不住開口說道：「嫩是嫩，就是吃不出來多少豆腐味……我是大老粗，有啥說啥，這東西怕是擱鄉下賣得不好，吃著不多實惠。」
「我也是這麼想的。」冬寶笑咪咪地說道。「能賣多少是多少吧。」

作坊開業後三天，安州的豆腐坊也開業了，不光有普通豆腐，還有黃豆腐、腐竹、豆乾等招牌菜，嫩豆腐做成後，也開始往安州送了。

剛開始的時候，一天只要三、四斤嫩豆腐，越到後來嫩豆腐要得越多，二十文一斤的嫩豆腐，一天要供應將近兩百斤。不光是豆腐坊的生意好，在安州和青州，嫩豆腐賣得也不錯。冬寶聽來拿貨的小廝說，有錢人家最愛買嫩豆腐，吃的就是個好看。

「聽少爺說，過兩天豆腐坊就開業一個月了，問宋姑娘有沒有空去趟安州，想請宋姑娘吃飯，要是沒空，就讓小的把分紅給姑娘捎過來。」小廝恭敬地說道。

冬寶想了想，李氏還沒去過安州，不如趁這個機會，一家人都去安州逛一逛，便同小廝回了話，會挑個時候過去。

六月底的時候，趕嚴大人和小旭休沐的日子，一家人雇了一輛馬車一起去了安州。到了安州後，先去了開張一個多月的豆腐坊。

豆腐坊離安州碼頭不遠，選的位置極好，幾個人坐在車裡看了一會兒，豆腐坊門口就沒有斷過人，一樓大堂裡已經坐滿了人，熱熱鬧鬧、人聲鼎沸，夥計忙得不可開交。

「生意真好。」嚴大人感慨道。「到底是安州大地方啊！」

李氏笑著說道：「那還是咱們的豆腐好，要不別的酒樓咋沒咱生意好啊？」她還是頭一次來安州，可算是見識到大城市是啥樣子的了。

王聰正在後院廂房裡算帳，見冬寶過來了，先笑了起來。

冬寶不知道是不是自己的錯覺，她總覺得王聰看她就像在看一個移動的金元寶，眼睛裡都閃著金光。

「見過嚴大人、嚴夫人！」

王聰先是客氣地朝嚴大人和李氏行了禮，嚇得李氏連忙擺手。「王公子太客氣了。」

王聰笑了笑，推過了一個小包裹，說道：「宋姑娘，豆腐坊上個月盈利三百兩，妳我五五分成，這是一百五十兩。」又笑著解釋道：「開業頭十天基本上都在請人吃飯、拉顧客。下個月是汛期，跑碼頭的老闆、客商會更多，咱們的生意也會更好。」

冬寶笑著接過了沈重的包裹，說道：「還是王少爺經營有方，換了我們可做不來這麼大的買賣。」

「沒有宋姑娘的豆腐和方子，這豆腐坊是開不起來的。」王聰笑道。「這次來，可有新菜教廚子？」

冬寶點點頭，笑道：「有的，才在家裡琢磨出一個菜來。」

豆腐坊開業之初，冬寶去教了廚子二十餘道菜，只有十道菜是太爺爺留下的手箚上的私房菜。

她打算以後一年只出十個菜，太爺爺的一百多道私房菜她可以賣十年。做人當然是得留一手的，等王聰發現她沒什麼利用價值了，豆腐坊離開她也能良好地運轉下去時，誰知道他會不會把豆腐坊搞垮掉，然後另外建一個他全資的酒樓呢？如此根本不用每個月分一半的紅利給她。

「那妳先去教菜，我叫他們做一桌席面送上來。」王聰笑道。

冬寶擺擺手。「席面就算了，我們一家難得出來玩一趟，中午想去逛逛走走，嚐嚐安州的風味特色吃食。」

等教完菜出來，嚴大人先帶著李氏和小旭去牽馬車了，冬寶和王聰告辭的時候，王聰笑道：「你還記得周平山吧？」

自從周平山中了秀才後，就不在聞風書院唸書了，冬寶也再沒見過他。

「他現在在我們王家的族學裡唸書，聽說今年準備考舉人了。前幾天我大伯帶幾個學生來我這裡捧場吃飯，他還問我這豆腐坊和妳們有沒有關係。」王聰笑道。

「喔，這樣啊。」冬寶笑道。

王聰點點頭，遲疑了下，還是笑道：「宋姑娘，有些事我得提醒妳一下。」

冬寶的神色也凝重了起來。「王公子有話請講。」

王聰便說道：「周平山來的那天，一個勁兒地打聽妳的消息，話裡話外的語氣很是熱切……宋姑娘，周平山的母親是我的一個遠房姑母，年輕時就守寡，一心想把周平山培養成材，肯定是不會讓兒子在婚事上低就的。」

冬寶立刻明白了王聰是什麼意思，覺得好似被一盆狗血當頭淋下，只想痛斥周平山：你小子什麼意思！

「王大哥，我家裡已經給我說好親事了，就是前幾回和我一起來這裡的林實。至於周平山，我跟他不熟，他要是再問我什麼事，你就說不知道、不清楚。」

王聰點點頭，等冬寶走後，自言自語道：「我也覺得那小子是一廂情願……我要不說，寶丫頭估計都要忘掉有這號人了。」

從豆腐坊出來後，一家人便悠悠哉哉地在街上逛了起來。

李氏買了不少東西，把馬車裝得滿滿的，在安州有名的滷味店買了不少熟牛肉和醬肉，糕餅點心買了幾大袋，時興的布料也買了厚厚一摞，連棉花都買了好幾十斤。

小旭只能坐在摞得高高的布料和棉花堆上，隨著馬車的晃動，他也晃晃悠悠的，還覺得有趣，笑得傻呵呵的。

一家人吃完飯就回去了，李氏先拎著點心和布料去了李立風那裡，回來後就坐著，一聲不吭的，顯然是在李立風那裡生了氣。

嚴大人去了鎮所後，冬寶便賴李氏屋裡，問李氏咋回事？起先李氏不說，後來架不住冬寶軟磨硬泡，終於說了出來。

「妳妗子啊，她這人叫我咋說？我一過去，就看出來她想跟我說點啥了，妳大舅打了好幾回岔沒讓她說。後來我都走老遠了，她還從家裡跑了過來，說妳那兩個表哥沒個著落，想讓他們在妳爹手下當衙役。」李氏嘆氣。

冬寶立刻搖頭道：「娘，妳可不能應了她。」

「娘是那種啥都不懂的人嗎？」李氏笑道。「我當然不能應了她。咱旁的幫不上妳爹，也不能拖人家後腿啊！」嚴大人對她好，她不希望嚴大人因為她而為難。

第九十章　修理大毛

轉眼就到了天氣最熱的時候，這天林實放假，冬寶正好要去作坊，便到了鋪子等林實，就看到春雷媳婦正跟李氏說著什麼，李氏一臉的為難。

「鋪子出了啥事了？」冬寶詫異地問道。

李氏連忙說道：「沒啥事。」

這不是此地無銀三百兩嗎？冬寶哭笑不得。「娘，到底什麼事？」

春雷媳婦一臉的氣憤，說道：「嬸子，這事不能瞞著姑娘！」

李氏嘆了口氣。「不是啥大事，今兒大毛、二毛過來吃豆花……咳，也是沒影的事，萬一冤枉人家也不好。」

「嬸子，可不是我冤枉他！」春雷媳婦氣呼呼地說道。「每回他們過來吃豆花，總得少收錢。我明明看到客人吃完後把錢放桌子上了，才一轉身的工夫，錢就沒了！」

冬寶的臉色頓時難看了起來。大毛以前就是偷個雞蛋而已，沒想到現在都已經升級到偷錢了。

「這事不能這麼算了。」冬寶皺眉說道。「再不管管，將來偷大了管不住手，被人逮住了拉去見官就晚了。」

李氏都改嫁了，跟宋家沒聯繫了，要是宋家還要點臉面，就不會讓家裡的孩子來李氏的店裡白吃白喝的，這一點上，冬寶也很佩服宋家人。

當然了，李氏和冬寶都不是小氣的人，大毛和二毛來吃豆花，來了便好吃好喝地招待，尤其是李氏，擔心有人說出什麼不好聽的來，對大毛、二毛還是很客氣的。

結果這種客氣，沒有換來對方的尊重，反而助長了對方的膽子。

富發媳婦也開口了。「人家全子、栓子每回來吃飯，都搶著幫忙幹活。大毛每回來，張嘴就要吃這、吃那。他擺著架子把我們當下人使喚，當自己是東家少爺啊？就是妳和冬寶丫頭，也從來沒這樣啊！要我說，就不該放他進來，沒見過這麼賴的孩子！」

不放大毛來白吃白喝是不可能的，李氏這一關就過不了。

冬寶想了想，說道：「下回他再來，煩勞嬸子和嫂子們盯緊點，哪怕不招呼客人了，也盯著他別讓他偷錢。」

臨近中午的時候，大實才匆匆趕了過來，秋霞嬸子不滿地說道：「又看書忘了時間吧？讓人家冬寶等了你恁長時間，你爺還在家等你回去哩！」

大實不好意思地笑了笑，對冬寶說道：「咱們走吧。」

冬寶也笑了笑，坐上了門口的板車。

「大實哥，你用不著那麼……」冬寶不知道該怎麼勸他。「今年不行，還有明年哩，你年紀又不大。」

「我知道。」大實笑道。「不過今年是個機會，我也想盡全力試試。」

他也有他的小心思，明年兩人就要訂親了，要是他能有個秀才身分，也能讓訂親更光彩一點，給冬寶臉上增光。

冬寶看他主意已定，也不再多說什麼了，笑道：「那你可要注意身體啊，別累壞了。」

「哪那麼容易就累壞了！」林實心裡甜蜜蜜的。

冬寶正笑嘻嘻地和林實說著話，林實突然就拉了下大灰的韁繩，把板車停了下來，冬寶就瞧見了前面站著一個穿綠衣裳的女人，正是馮翠菊。冬寶心中對馮翠菊的厭惡是不言而喻的，不只是因為馮翠菊拋夫棄子，她大鬧了李氏的婚禮，才是冬寶不能容忍的。

馮翠菊身上依舊是幾個月前的那身綠綢緞衣裙，不知道這回是偶然碰到的，還是從他們出鎮上，馮翠菊就跟著了。

馮翠菊對冬寶笑道：「宋姑娘，我有話想跟妳說。」

馮翠菊臉上沒有塗脂抹粉，一張臉顯得有些發黃暗淡。脫離了脂粉，馮翠菊這個人長得很是普通，完全沒了那天來鬧婚禮時的豔麗。

「什麼事？」冬寶語氣平淡地問道。

馮翠菊賠著笑臉。「宋姑娘，妳娘嫁給小旭他爹是天作之合，我也沒想著去壞妳娘的好事——」

「沒想著壞事兒，那天去鬧個啥？當我是三歲小孩哄啊？」冬寶毫不客氣地打斷了馮翠菊的話。

「我以為妳娘是那不好的人……之前我去找妳娘，沒找著。」馮翠菊支支吾吾地說道。

冬寶往後坐了坐，抱著胳膊看著馮翠菊。

馮翠菊眼含著淚。「妳跟妳娘都是大好人，不能眼睜睜看著我和小旭母子分離吧？宋姑娘，我也不敢跟妳娘爭啥，妳跟妳娘說說，我願意做小，伺候她、伺候小旭——」

「閉嘴！什麼亂七八糟的話也敢在姑娘家面前說！」林實先怒了。什麼小不小的？冬寶才多大！馮翠菊那樣的女人，不用想也知道經歷有多「豐富」，跟冬寶說話他都嫌髒了冬寶的耳朵，居然還敢大放厥詞！

冬寶笑咪咪地拉了拉林實的手，示意他莫要跟這種人生氣，實在不值得。

從一開始叫囂著讓李氏滾，到願意讓李氏做小妾，再到願意當平妻，最後是願意當小妾伺候李氏，馮翠菊的條件降得還真是快。

馮翠菊焦急地看著冬寶。嚴海峰早下了令，不讓她進鎮上，吩咐衙役們要是看到了，就棍棒攆出去，今天好不容易得了機會堵住了宋冬凝，說什麼也不能放走了。

「這事是你們大人之間的事，輪不到我開口說什麼。」冬寶說道。「妳想回去，去找嚴大人說吧。」

馮翠菊臉上的笑就勉強了。「他忙，我見不著他啊！」

「妳找我也就罷了，我提醒妳，別自作聰明找我娘，後果不是妳能承擔得起的。」冬寶搖頭說道。「還有，我可以保證，如果妳回去了，我跟我娘立刻就走，想來我爹不會為了妳而放棄我們的。」

嚴大人怎麼可能會因為一個曾重創過他、品行不端的女人而放棄他好不容易建立起來的美滿家庭呢！

冬寶說完，便讓林實趕著大灰繼續往前走。這回馮翠菊沒再追上來，她覺得馮翠菊是真的走投無路了，不過她腦子再糊塗，也不可能做出給自己娘親添個「妹妹」的糊塗事。

「等回家裡，妳跟嚴大人說說吧。」林實說道。

冬寶點點頭。「要說的。」她想起剛才馮翠菊絕望痛苦的神色，肯定是追悔莫及的。當初她要是安心地跟著嚴大人，現在也是官太太了。只是，如果她不改虛榮物質的本性，即便嚴大人做了縣老爺，怕也是滿足不了她的。

下午冬寶回了家，不光嚴大人在家，梁子也在家裡，趁李氏去灶房做飯的時候，冬寶把今天碰到馮翠菊的事跟嚴大人和梁子說了一遍。

「她膽子不小，敢去堵冬寶妹子！」梁子氣得不輕。

嚴大人笑著摸了摸冬寶的頭，說道：「我知道了，妳做得很好。天不早了，幫妳娘做飯去吧。」

冬寶乖巧地點點頭，笑著應了，去了灶房。

等冬寶走遠了，梁子才笑道：「冬寶妹子越長越大了，又乖又聰明，真捨不得把她嫁給林實那小子啊！」

嚴大人笑著點頭，感慨道：「我跟她娘都打算多留她兩年……」說著，話題一轉。「那馮翠菊怎麼回事？」

梁子的神色嚴肅了起來。「上回跟她說得很清楚了，以後都不准她進到鎮上來，否則見一次收拾她一次，我看她當時嚇得不輕，恁長時間也沒進鎮上，還以為她消停了，沒想到竟纏上冬寶了！」

「我不想看見她。」嚴大人搖頭說道。「你去跟她說清楚吧，讓她走遠點，不要再出現在我家人面前，否則我就把她送官。」

冬寶不知道嚴大人和梁子之後是怎麼處理馮翠菊的，從那天之後，她再沒見到過馮翠菊。而直到她和小旭都成為白髮蒼蒼的老人，她也沒聽小旭提起過他的親娘。

八月的一天，冬寶早上剛進鋪子，就瞧見富發嬸子衝她使眼色，順著富發嬸子指的方向一看，大毛和二毛坐在鋪子裡，吃得正歡。

「妳春雷嫂子盯了他好一陣了，他知道有人盯著，沒敢下手。」富發嬸子在冬寶耳邊輕聲說道。

「總這麼盯著不是個事……」冬寶嘆了口氣，本來人手就有些不夠了，再分出一個人來專門盯著大毛，就顯得更加忙不開了。

春雷媳婦指了指大毛、二毛，說道：「吃了好一陣子了，咱鋪子裡的東西都吃了一遍，還不夠，不知道的還以為是餓了幾天出來的。看那吃相，吃一半灑一半，就是在糟踐東西，逮著便宜狠命地占！」

「嫂子妳先去忙吧，我看著他就行了。」冬寶小聲說道。

二毛只顧著吃，而大毛坐的位子是背對著冬寶的，看不到冬寶來了。

坐在大毛旁邊桌子的一家人吃好了，一個中年大伯從褡褳裡數出來十幾個銅板放到了桌子上，朝門口盛飯的李氏喊了一聲。「老闆娘，錢放桌子上了！」

李氏忙得連回頭的時間都沒有，只在門口喊了一聲。「好，您慢走！」

春雷媳婦正忙著收拾旁邊的桌子，還沒顧得上轉身拿錢，冬寶就看到大毛一隻髒兮兮的爪子伸了過去，一把抓起了桌子上的銅錢，再閃電般地縮回到了自己的袖子裡。

冬寶目瞪口呆，要不是她一直全神貫注地盯著大毛，稍有分神，就看不到大毛電光石火般的動作了。真是有「前途」、有「天賦」啊！冬寶氣得咬牙切齒。

冬寶走了過去，事到如今，大毛的所作所為她再也無法容忍了！

春雷媳婦轉了身，看桌子上沒有銅錢，立刻就看向了旁邊的大毛。

「是不是你拿的？」春雷媳婦指著大毛問道。

大毛衝春雷媳婦翻了個白眼，一副「妳能拿我怎麼樣」的無賴架勢。

「你這孩子咋不學好啊？趕緊拿出來！」春雷媳婦氣得要命。

大毛哼了一聲，滿不在乎地說道：「拿什麼啊？」說完，還得意地攤開雙手給春雷媳婦看了看。

冬寶板著臉，伸手就朝大毛攤開的手上狠狠地打了一巴掌，痛得大毛立刻縮回了手。

「妳敢打我！」在宋家當霸王當慣了的大毛還沒反應過來，依舊把冬寶當成了之前那個受氣包，當即就橫眉瞪眼地叫了起來，然後看到冬寶比他還陰沈憤怒的臉色，大毛頓時有些心虛，嘟嘟囔囔地叫道：「妳現在有錢了就能打人了？我回去跟奶說去！」

「把你藏袖子裡的東西拿出來。」冬寶不理會他的無理取鬧，直截了當地說道。

「妳讓我給妳看，我就給妳看啊？妳算老幾啊！」大毛嚷嚷了起來。

富發嬸子在一旁勸冬寶。「別跟他吵了，直接叫衙役過來，教訓他個兩天，就知道好歹了。」

大毛的叫嚷聲極大，一屋子吃飯的客人都往他這邊看，李氏在門口聽到了響動，趕緊過來了。

「咋回事啊？」李氏問冬寶。

店裡有個坐在二毛旁邊的客人是目擊者，跟李氏說道：「老闆娘，這男娃偷錢了，叫妳閨女逮了個正著，趕緊叫衙役過來吧！」

李氏尷尬地笑了笑。別人不知道大毛和她們的關係，以為是陌生人，可大毛偏偏不是，這就難辦了。

「算了。」李氏拉著冬寶的袖子。「鬧大了不好看。」

大毛早料定李氏不會叫衙役過來拿他，蹺著二郎腿坐在那裡，還得意地衝冬寶翻白眼，吊兒郎當的樣子同宋二叔簡直是一個模子裡刻出來的。

冬寶衝大毛笑了笑，其實她同大毛相處的時間很少，她不怎麼瞭解這個堂弟，但大毛顯然更不瞭解她這個小堂姊。

「你是不是覺得我拿你沒辦法？」冬寶笑道。「你跟我過來，我跟你說句話。」

大毛覺得既然李氏都發話不追究了，冬寶還能把他怎麼樣？便滿不在乎地起身跟著冬寶。

二毛不明所以，也一臉迷茫地站了起來。

冬寶攔住了二毛，對他說道：「你先吃，我跟你哥有話要說。」

聽到這話，二毛又趕緊坐下了。大哥交給他的任務，是能吃多少就吃多少，他覺得自己還能再吃一碗豆花。

「這是幹啥啊？」李氏知道冬寶這回是真惱了，生怕她做出啥事來落人話柄。

冬寶回頭說道：「妳別管了，我就問他點事。」

等大毛跟著她進了後院，冬寶立刻把通往鋪子的門給關住了，上了門。

「妳這是想幹啥？」大毛依舊沒當回事，反正冬寶又不能把他怎麼樣。

冬寶笑了笑，叫過了在廚房裡幹活的秋霞嬸子和張秀玉，指著大毛厲聲說道：「嬸子、秀玉姊，按住他！」

大毛不是笨的，轉身就想往門口跑，被冬寶死命地拽住了。

秋霞嬸子立刻跑過去扭住了他的兩條胳膊，張秀玉也連忙抱住了他的脖子，大毛整個就動彈不得了，臉色猙獰，嘴裡各種污言穢語不停地往外冒，不堪入耳。

「好的不學，學這些下流東西！」冬寶皺著眉頭，找了條帕子塞到了大毛嘴裡，又找出來繩子，把大毛捆成了個粽子，動彈不得。

「咋回事啊？」張秀玉抹了把臉上的汗。

「肯定是又偷錢了！」秋霞嬸子一臉鄙夷地說道。

張秀玉聞言，眼神也頓時充滿了蔑視。莊戶人家大多老實厚道，誰家出了手腳不乾淨的人，一家人都會讓村裡人戳脊梁骨。

「冬寶打算咋辦啊？」秋霞嬸子問道。

「先把他抬到西屋裡頭，關幾天再說。」冬寶嫌惡地瞪了大毛一眼，抖了下大毛的袖子，十幾個銅錢立刻從大毛的袖子裡掉了出來。

西屋是冬寶和李氏之前住的屋子，兩人搬走後，張秀玉和李紅琴依舊住在東屋裡，兩人習慣睡一起作個伴了，如今西屋只剩下一張光板床，連張席子都沒有。

幾個人合力把大毛拖到了西屋，解了他身上的繩子後，就把門上了鎖。

「先餓幾天再說！」冬寶沒好氣地說道。「到晚上再給他送點水。」

大毛那叫一個氣啊！在西屋裡又是踢床、又是大罵的。

冬寶不搭理他，看明天他還有沒有勁兒罵人！

「他咋一點悔過的意思都沒有啊？」張秀玉皺眉嘆道。「剛銅錢從他袖子裡掉出來，要是一般人早羞愧得不行了，他倒好，拿眼狠命地剜咱，好像是咱對不起他似的。」

冬寶冷笑了聲。「我奶家的人，哪是一般人能比的？」都是黃氏言傳身教出來的高徒。

冬寶收拾了下被大毛扯綴的衣裳，就去了鋪子裡頭。

——未完，待續，請看文創風261《招財進寶》4（完結篇）

2015年1月出版

招財進寶

文創風 258～261

穿成屬虎命凶的農家小村姑，爹是極品鳳凰男，娘是懦弱受氣包，
最坑的是，所謂的親人們竟個個都想賣了她換錢！
哼，老虎不發威，真當她是無嘴不還口的Hello Kitty嗎？

村姑也要出頭天　相夫教子賺大錢／天然宅

搞什麼鬼？睡個覺而已，醒來竟穿成了農家女？
這古今之遙的巨大時差她都還沒適應好呢，
竟就得先面對這一大家子無情又勢利的親人？
除了娘親外，他們每一個都想賣了她換錢是怎樣？
一文錢能逼死的絕對不只有英雄好漢，還有她！
這種整天吃不好、睡不好、心驚驚的苦日子她受夠了，
倘若再不自立自強點，到時怎麼死的都不知道，
所以，她決定要帶著娘親脫離他們的奴役，展開新生活，
她可是有技藝又有頭腦的現代女子，就不信會活不下去！

文創風 260

招財進寶 3

國家圖書館出版品預行編目資料

招財進寶 / 天然宅著. --
初版. -- 臺北市 : 狗屋, 2015.01
冊 ; 公分. --(文創風)
ISBN 978-986-328-403-1(第3冊:平裝). --

857.7 103025061

著作者	天然宅
編輯	黃淑珍
校對	黃薇霓　馮佳美
發行所	狗屋出版社有限公司
地址	台北市104中山區龍江路71巷15號1樓
電話	02-2776-5889～0
發行字號	局版台業字845號
法律顧問	蕭雄淋律師
總經銷	知遠文化事業有限公司
電話	02-2664-8800
初版	2015 年1月
國際書碼	ISBN-13　978-986-328-403-1
原著書名	《良田美井》，由創世中文網(http://chuangshi.qq.com)授權出版

定價250元
狗屋劃撥帳號：19001626
網址：love.doghouse.com.tw　E-mail：love@doghouse.com.tw